मौन मुस्कान की मार

जनता

मौन मुस्कान की मार

आशुतोष राणा

प्रभात
प्रकाशन

अस्वीकरण

इस पुस्तक में संकलित व्यंग्य काल्पनिक हैं। इसमें प्रयुक्त किसी भी पात्र/व्यक्ति, स्थान आदि के नाम से साम्यता संयोग मात्र है।

प्रकाशक • **प्रभात प्रकाशन प्रा. लि.**
4/19 आसफ अली रोड,
नई दिल्ली-110002
सर्वाधिकार • सुरक्षित
संस्करण • 2025
मूल्य • पाँच सौ रुपए
रेखांकन • परमात्मा श्रीवास्तव
मुद्रक • नरुला प्रिंटर्स, दिल्ली

MAUN MUSKAAN KI MAAR
Satire by Shri Ashutosh Rana ₹ 500.00
Published by Prabhat Prakashan Pvt. Ltd., 4/19 Asaf Ali Road, New Delhi-2
e-mail: prabhatbooks@gmail.com ISBN 978-93-5266-981-3

मर्म के प्रतीक परमपूज्य

गुरुदेव **पंडित श्री देवप्रभाकर जी शास्त्री 'दद्दाजी'**

व धर्म की प्रतीक

मेरी **धर्मपत्नी श्रीमती रेणुका शहाणे जी**

को मेरा यह रचना–कर्म

समर्पित है।

ये रचनाएँ और आशुतोष राणा

श्री आशुतोष राणा का अनुभव संसार बहुत व्यापक है और वे बहुपठ तथा बहुश्रुत भी हैं, मन लगाकर पढ़ते हैं, ध्यान से सुनते हैं और तब लिखते हैं। इन व्यंग्य निबंधों में उनकी सूक्ष्म-निरीक्षण शक्ति और हास्य की प्रवृत्ति के साथ ही साहित्यिक विनोद भी अच्छा-खासा दिखाई देता है। इसके पहले मैंने उनकी 'सीता-परित्याग' जैसी गंभीर लेख-शृंखला आद्यंत पढ़ी। वे स्त्री-विमर्श, इस विमर्श और उस विमर्श जैसी फतवेबाजी से दूर एक गंभीर सामाजिक चेतना के वैचारिक पक्ष का अधिक उत्तरदायित्व के साथ निर्वाह करते हैं। उनकी मूल प्रवृत्ति जिज्ञासा है, यह उनके संपूर्ण लेखन, वक्तव्यों और सुहृद-गोष्ठियों से समझी जा सकती है। ये फिल्म-संसार के व्यक्ति हैं, जहाँ अदाकारों के लिए पढ़ने-लिखने का काम दूसरे लोग करते हैं। आपाधापी, खींचतान, मानसिक ऊहापोह और कशमकश के बीच ये लेखन करते हैं और दत्तचित्त होकर करते हैं। यह सचमुच आश्चर्य से अधिक आनंद की बात है।

परिवर्तन विश्व का नियम है। समाज, व्यवस्थाएँ, सामाजिक उद्‌देश्य, संस्कृतियाँ, मानवीय आचरण सब निरंतर परिवर्तित होते रहते हैं। साहित्य का उद्‌देश्य सदैव एक नैतिक, मानवीय, बलवान और बुद्धिमान समाज के निर्माण का प्रयास करना है। साहित्य की सभी विधाओं—कविता, निबंध, नाटक, रेखाचित्र आदि में व्यंग्य की उपस्थिति देखी और पहचानी जा सकती है। व्यंग्य कोई विधा नहीं है, वह चेतना है, स्प्रिट है। परसाईजी ने इसे खासतौर पर स्वीकारा है। वह हर विधा में, हर माध्यम से और हर भाषा से हाजिर होता है। यह हाजिरी एक सतर्क और जागरूक पुलिसमैन की है। ज्यों-ज्यों

अपराध बढ़ते हैं, कानून की अवज्ञा का दौर तेज होता है, त्यों-त्यों पुलिसमैन की ड्यूटी बढ़ती है, कार्यभार बढ़ता है, जिम्मेदारी बढ़ती है, क्षेत्राधिकार बढ़ता है और अंततः कार्यकुशलता के आधार पर उसका दर्जा बढ़ता है। इसीलिए वर्तमान समाज संदर्भों के साथ-साथ व्यंग्य का कार्यक्षेत्र बढ़ा है, जिम्मेदारी बढ़ी है और हैसियत बढ़ी है। व्यंग्य की यह बढ़ी हुई हैसियत ही हर विधा में उसकी समर्थ उपस्थिति है। परसाईजी ने 'वैष्णव की फिसलन' की भूमिका में लिखा था—'व्यंग्य की प्रतिष्ठा इस बीच साहित्य में काफी बढ़ी है। वह शूद्र से क्षत्रिय मान लिया गया है।' व्यंग्य साहित्य में ब्राह्मण बनना भी नहीं चाहता, क्योंकि वह कीर्तन करता है। मेरा मानना है कि व्यंग्य क्षत्रिय है, अतः वह लठैती करेगा। यह भी कि अब कीर्तन की नहीं लठैती की ही जरूरत है।

व्यंग्य लेखन एक तरह की लठैती ही है। आज का समाज जैसे विसंगत, विद्रूप और विकृत अनुभवों का संसार है, व्यंग्य के दर्पण में उसकी वैसी ही भयंकर, कुरूप और डरावनी छवियाँ दिखाई देती हैं, इसलिए बाबू बालमुकुंद गुप्त से लेकर आशुतोष राणा तक सक्रिय व्यंग्यकर्मियों की सामाजिक प्रतिबद्धता समाज के दलित, शोषित और पीड़ित लोगों के लिए, उनके अधिकारों और स्वायत्तता के लिए एक न्यायपूर्ण संघर्ष की अगुवाई करती है।

आशुतोष राणा के ये व्यंग्य रेखाचित्र कहे जाएँगे। इनमें उनकी सूक्ष्म निरीक्षण शक्ति ने सचमुच कमाल किया है, जैसे कोई फीचर चल रहा हो। वे समय, समाज, संदर्भ और व्यक्तित्व की ऐसी सबल संरचना करते हैं कि रचना बोलने लगती है। व्यंग्य का मूल स्वर लिये ये रचनाएँ लेखक के द्वारा विधिवत् देखे गए, भोगे गए समय और समझे गए चरित्रों पर आधारित हैं। जब नैतिकता, निष्ठा, समर्पण, शिक्षा और संस्कारों के ध्वस्त और क्षरित होते मूल तत्त्वों से पूरा राष्ट्रीय परिदृश्य एक दोहरे और अविश्वसनीय चरित्र वाले समाज में बदल रहा हो, तब इस तरह का व्यंग्य लेखन एक अच्छी-भली चौकीदारी है, जिसका उद्‌देश्य 'जागते रहो और जगाते रहो' है। इसलिए 'दुखिया दास कबीर है जागै अरु रोवै। सुखिया सब संसार है खावै अरु सोवै।'

इन व्यंग्य-चरित्रों में कुछ तो अद्‌भुत हैं, लामचंद की लालबत्ती, भक्क नारायण महाराज, बी.सी.पी. उर्फ भग्गू पटेल, आत्माराम विज्ञानी, राम रवा-

लपटा महाराज, विष्पाद गुधौलिया, चित और वित्त, यह कलियुग है प्यारे भैया, मूर्ख बनाकर जी और लाठी गली हमें उनके कार्यक्षेत्र मुंबई से उनके गृहनगर गाडरवारा तक घुमा देते हैं। आज मानवीय चरित्रों का विकट अध्ययन करने की आवश्यकता है। ये रचनाएँ हमें इसकी प्रेरणा देती हैं।

सच है, मनुष्य ही संत है, संन्यासी है, भला है, बुरा है। है और नहीं है। वही ठग, डाकू, चोर और लुटेरा है। वही हत्यारा है और वही रक्षा करनेवाला है। वही धनी है, गरीब है, महात्मा भी है और नीच भी है। क्या उत्कट विरोधाभास है। मनुष्य देह जैसे सीढ़ी है चाहो तो उद्धार-उत्थान-परोपकार के देवत्व तक चढ़ जाओ। चाहो तो अपकार, पतन, अवनति और अवगुणों के गर्त तक उतर जाओ। पीर है, फकीर है, वही बादशाह और वही मुफलिस-ओ-गदा है। रचनाकार यह सब तटस्थ दृष्टि से देखता है और उनके चरित्रों की पुनर्रचना करता है। आशुतोष राणा इसमें सिद्धहस्त होंगे, यह मेरी कामना है। सरस्वती उन पर कृपालु हों और वे सदा सारस्वत रहें। मानवीय चरित्रों को इसी सतर्कता से अंकित करते रहें। किसी ने लिखा है—

हर आदमी में होते हैं दस बीस आदमी।
जिसको भी देखना हो कई बार देखना।।

—डॉ. सुरेश आचार्य
पूर्व अध्यक्ष-हिंदी प्रकोष्ठ
प्रधान संपादक-मध्य भारती (शोध पत्रिका)
डॉ. हरीसिंह गौर विश्वविद्यालय, सागर

37, विद्यापुरम, मकरोनियाँ
सागर-470004 (म.प्र.)
फोन : 07582-262246
मोबा. : 09826221961

अपनी बात

बात उस समय की है, जब न मैं ठीक से बड़ा हुआ था और न ही मेरी गिनती छोटों में आती थी। मैं अपने एक मित्र के साथ अपने कस्बे गाडरवारा में 'टेढ़ मुहल्ला के घाट' से उतर रहा था।

गोधूलि वेला का समय था, हम दोनों मित्र अपने कंधों पर बस्ता लटकाए पैदल ही स्कूल से घर की ओर बढ़ रहे थे, ढलान होने के कारण हमारी रफ्तार अपेक्षाकृत अधिक थी कि तभी मेरी दाईं तरफ पैदल चलते हुए मेरे मित्र, जो मुझे स्कूल में पढ़ाई गई 'चारु चंद्र की चंचल किरणें' कविता का अर्थ समझा रहे थे, अचानक पीछे से आती हुई एक साइकिल के अगले पहिए में फँसे हुए बहुत तेजी के साथ मुझसे दूर जाते हुए दिखाई दिए। मैं कुछ समझ पाता इससे पहले ही मेरे मित्र, वह साइकिल और साइकिल सवार तीनों ही सड़क के किनारे ढलान पर लगे आम के पेड़ से जा भिड़े।

यह असोचित और अवांछनीय घटना पलक झपकते ही घटित हो गई थी, मैं बदहवास सा दौड़कर उनके करीब पहुँचा तो देखा कि मेरे मित्र श्री मैथिलीशरण गुप्तजी की कविता को भूलकर उस साइकिल सवार की कॉलर से झूमे हुए स्कूल से बाहर सीखे गए 'अशिष्ट अनुप्रास' अलंकारों का चीखते हुए प्रयोग कर रहे थे।

वे दोनों धूल में गुत्थमगुत्था थे, मैं उनको अलग करके सुलझाने की कोशिश करने लगा, किंतु उन उलझे हुओं को सुलझाना उतना ही मुश्किल था, जितना गीले उलझे हुए लंबे बालों को सुलझाना। मेरे मित्र गुस्से से लाल और धूल से पीले पड़े हुए तार सप्तम में ब्रेथलेस की पैटर्न पर चीख रहे

थे—'कनवा (काणा) सारे अंधरा (अंधा) कहीं का जब सायकल चलात नई बने तो चला काय खों रए हो? एक आँख पहलउँ से फूटी है, कनवा कहीं का अपशगुनी, सारे हम दूसरी भी फोड्ड डाल हैं।'

दूसरी तरफ साइकिल सवार भी अपने शरीर की चोट को भूल, स्वयं को कनवा (काना) कहे जाने से बुरी तरह आहत होकर प्रतिआक्रमण कर रहे थे, 'सारे तुमाय बाप की आँखें नहीं हैं, हमरी आँख है हम एक आँख से देखें चाय दोई से तुमाय बाप को का जा रओ।'

मैंने बड़ी मुश्किल से उन दोनों को अलग किया और मित्र को समझाते हुए उनके घर की तरफ बढ़ा।

मित्र के घर की देहरी पर ही उनके पिताजी के दर्शन हो गए, हमारे मित्र के पिताजी को पूरा कस्बा 'फुर्तीले फूफा' कहता था, वे खड़े भी रहते तो ऐसा लगता जैसे उनका अंग-अंग फड़क रहा है, उनका कौन सा अंग बहुत फुरती से कब एक्टिव होगा, इसका अंदाजा लगाना बहुत मुश्किल था। जब लोगों को लगता कि उनका दायाँ हाथ एक्टिव होगा, तब वे अप्रत्याशित रूप से बाएँ हाथ से आक्रमण कर देते, जब लगता कि वे अपने हाथ से मारनेवाले हैं, तब अचानक वे अपनी लात से झापड़ रसीद कर देते। उनके बारे में यह मान्यता थी कि फुर्तीले फूफा का शरीर हड्डियों से नहीं रबर से बना हुआ है। फुर्तीले फूफा में एक और समस्या थी, उनके एक कान का पर्दा फट चुका था, इससे वे चाय को काय सुन लेते, लोटा को बेटा, मोटा को सोंटा, कुम्हार को लुहार, धोबी को गोभी··· इसलिए उनसे बात करते समय बहुत सतर्क रहना पड़ता था, क्योंकि वे सुनते ही रीएक्ट करने के आदी थे और बहुत जल्दी उत्तेजित हो जाते थे।

फुर्तीले फूफा ने अपने पुत्र को फटे-चिथे कपड़ों में और 'धूरि भरे अति शोभित श्याम जू, कैसी बनी सिर सुंदर चोटी' की अवस्था में देख उन्होंने सबसे पहले मेरे मित्र को एक झन्नाटेदार चाँटा रसीद किया, फिर पूछा, कहाँ कीचड़ में लोट के आ रए? जितना पढ़ाओ-लिखाओ लेकिन तुम रहोगे जानवर-के-जानवर। फिर मेरी तरफ देखकर पूछा—कहाँ कि नल्ली (नाली) से इस भिखमँगे को उठाके लाए हो?

फुर्तीले फूफा देख मेरी तरफ रहे थे, किंतु एक सिद्धहस्थ कबड्डी खिलाड़ी के जैसे अपने पुत्र की ओर देखे बिना ही उसे धुनक भी रहे थे।

भारतीय पिताओं की सत्य उगलवाने की कला का पूरे विश्व में तोड़ नहीं है, वे थप्पड़ों से शुरुआत करते हैं, जिससे पुत्र बाहर के साथ-साथ अंदर से भी हिल जाता है, उसकी सोचकर बोलनेवाली मशीन में एरर आ जाता है। परिणामस्वरूप वे ऑटोमोड पर रोते, सिसकते, लप्पड़ से बचने के प्रयास में डाज देते हुए घटना का पूरा ब्योरा जस-का-तस प्रस्तुत कर देता है—

'हुआ यों था, हमारे हमउम्र कन्नू पटेल, जिनकी एक आँख गिल्ली डंडा खेलते हुए कुछ वर्ष पहले बुझ गई थी, नई-नई साइकिल चलाना सीखे थे, उसी उत्साह में वे टेढ़ की घटिया से उतर रहे थे। साइकिल पर नियंत्रण न कर पाने के कारण वे साइकिल के अगले पहिए को लेकर मेरे मित्र के दोनों पैरों के बीच में पीछे से घुस गए थे और उन्हें लेकर पेड़ से जा भिड़े।'

कहानी अभी समाप्त भी नहीं हुई थी कि तभी कन्नू अपने पिताजी के साथ मित्र के घर आ धमके। आते ही कन्नू के पिताजी भड़क गए, वे बोले, 'हमें जा बात की बिल्कुल चिंता नहीं है फुर्तीले फूफा, कि तुमाए लड़का ने कन्नू खों मारा, मोड़ी-मौड़ा हैं, बे लड़तई हैं, लेकिन तुमाए लड़का ने कन्नू को कनवा क्यों कहा? कछु बो जन्मजात कनवा तो है नहीं! अरे दोई आँखोंवाला था, खेल-खेल में एक फूट गई तो जा कौ जो मतलब तो नई की तुमाओ लड़का कन्नू खों कनवा कहन लगे? इससे कन्नू के तन पे नई उसके मन पे चोट घली है, अपने लड़का से कहो की बो कन्नू से माफी माँगे।'

फुर्तीले फूफा ने प्रशासनिक स्वर में लगभग लताड़ते हुए कहा, 'कॉफी? कॉफी काय माँगे? हमाओ लड़का दूध पियत है। ओखों कॉफी पिला के अपने जैसो अफीमची ना बनाओ।'

इस बात पर कन्नू के पिताजी भी भड़क गए, बोले, 'सारे बहरा कहीं का, कछु बोलो कछु सुनत है, अरे हम कॉफी नई, माफी माँगवे की कह रहे हैं।'

फुर्तीले फूफा ने अप्रत्याशित रूप से कन्नू के पिताजी की कॉलर पकड़ ली और बोले, 'बहरा कौन को कह रहो है बे! हैं?'

कन्नू के पिताजी ने भी फुर्तीले फूफा का कॉलर पकड़ लिया और उससे

भी जोर से बोले, 'सारे तू बहरा तेरो बाप बहरा! अरे, हम कॉफी माँगवे की नहीं माफी माँगवे की कह रहे हैं।'

फुर्तीले फूफा भी क्रोध के चरम पर चीखने लगे—'हट्ट सारे झूठा कहीं का, तुमाओ कन्नू कनवा है। हम एक बार नई हजार बार कह हैं, कनवा, कनवा, कनवा।'

वहाँ पर एक नया बखेड़ा खड़ा हो गया था, अच्छी खासी भीड़ जमा हो गई, तभी वहाँ पर मेरे पिताजी आ गए, जिनको फुर्तीले फूफा और कन्नू के पिताजी बड़े भाई का दर्जा देते थे, उन्होंने पहले तो दोनों को कड़क आवाज में एक-दूसरे से अलग होने के लिए कहा, लेकिन जब वे नहीं माने तो दोनों को दो-दो चाँटे रसीद किए।

चाँटों की आवाज से वहाँ पर अप्रत्याशित रूप से शांति हो गई, तब उस नीरव शांति में हम सबको समझाते हुए मेरे पिताजी ने वह ब्रह्म वाक्य बोला, जो मेरे लेखन की नींव में है। पिताजी ने कहा, "कनवा से कनवा कहो तो तुरतई जे है रूठ, अरे धीरे-धीरे पूछ लो कि कैसे गई थी फूट?"

यदि किसी व्यक्ति की एक आँख है तो उसे काणा कहने की जगह आप उसे 'समदर्शी' कह सकते हैं, बिना भेदभाववाला, जो सभी को एक दृष्टि से देखता है, इससे उसकी वास्तविकता भी प्रकट हो जाएगी और उसे बुरा भी नहीं लगेगा। यदि कोई अंधा है तो उसे अंधा कहने की जगह आप 'लुप्तलोचन' कह सकते हैं। किसी को बहरा कहने की जगह आप उसे 'अल्पश्रुत' कह सकते हैं, कमसुनने वाला। किसी गूँगे को आप आत्मभाषी, स्वभाषी कह सकते हैं।

बड़े और समझदार होने के बाद पता चला कि व्यक्ति या व्यवस्था के विकृत अंग को समाज के सामने कुछ इस तरह से पेश करना, जिससे किसी व्यक्ति या व्यवस्था को बुरा भी न लगे और उसकी वास्तविकता भी समाज के सामने स्पष्ट हो जाए, इस कला को साहित्य में व्यंग्य कहा जाता है।

चूँकि मेरा वास्ता आमजनों से अधिक पड़ता है तो उन्हीं आमजनों में कुछ खास होते हैं, उन सभी का मानना है कि व्यंग्यात्मक शैली में कही गई बात मारक भी होती है और तारक भी होती है। व्यंग्य के इसी गुण के कारण

कथा-कहानियों, कविताओं, उपन्यास में मौजूद व्यंग्य रूपी चेतना के पठन-पाठन लेखन के प्रति मुझमें गजब का आकर्षण बना रहा। इसी आकर्षण ने मेरी किताब 'मौन मुस्कान की मार' को जन्म दिया। जो हमारे देश के सर्वाधिक प्रतिष्ठित संस्थान 'प्रभात प्रकाशन' के माध्यम से आज आपके हाथों तक पहुँची है।

मेरी इस लेखन-यात्रा को उत्साहपूर्वक संचालित रखने में सबसे बड़ा योगदान मेरी धर्मपत्नी परम प्रिय रेणुका शहाणेजी को जाता है, जो मेरी किसी भी रचना की प्रथम श्रोता और निष्पक्ष समीक्षक होती हैं।

मेरे भाई समान मित्र प्रिय तरुण बघेल का बहुत धन्यवाद, जो समय-असमय मेरे सभी व्यंग्यों को धैर्यपूर्वक सुनते हैं।

मेरा खूब-खूब धन्यवाद डॉ. सुमन सिंह को, जो डी.ए.वी.पी.जी. कॉलेज, वाराणसी में हिंदी विषय की असिस्टेंट प्रोफेसर हैं, मेरी रचनाओं को किताब की शक्ल देने से लेकर इसके संपादन तक का कठिन कार्य इन्होंने बहुत सरलता से सहर्ष संपन्न किया।

विनम्रता और प्रबुद्धता बहुत मुश्किल से एक साथ पाई जाती हैं, मेरे मित्र श्री रामकुमार सिंहजी जो 'दस्तक टाइम्स' के संपादक हैं, इसका जीता जागता उदाहरण हैं। उन्होंने इन दोनों गुणों को बहुत सरलता से साधा हुआ है। मैं आभारी हूँ, जो आपने नियमित रूप से मुझे दस्तक टाइम्स में लिखने का अवसर दिया, अन्यथा मैं स्वान्तःसुखाय ही लिखकर मगन रहता।

मुझसे फेसबुक पर जुड़े मेरे सभी परिचित, अपरिचित, सुपरिचित, शुभचिंतक, प्रशंसक एवं मित्रों का हृदय से धन्यवाद, जिन्होंने अपने बहुमूल्य समय में से कुछ समय मेरी रचनाओं को पढ़ने, उन पर प्रतिक्रिया देने में खर्च किया है। आप सभी की प्रतिक्रियाएँ और प्रोत्साहन मेरे परिष्कार का हेतु है।

मैं अपने परिवार में सबसे छोटा हूँ, किंतु मेरे सभी भाइयों, बहनों, भाभियों और बहनोइयों ने मुझे सदैव ही एक विशिष्ट स्थान दिया है, जिसका लाभ मैं अपनी पूरी-अधूरी रचनाओं को इन्हें अपनी शर्तों पर सुनाकर उठाता हूँ। अपने सभी परिजनों से मिलनेवाले इस अशर्त प्रेम के प्रति अनुग्रह के भाव से मैं भरा हुआ हूँ।

मेरे व्यक्तित्व निर्माण में मेरे गृहनगर गाडरवारा व सागर शहर का विशेष योगदान है। मेरी रचनाओं में आप सुधि पाठकों को यहाँ के रंग-ढंग, भाव-भाषा का स्पष्ट प्रभाव दिखाई देगा, मेरी मनोभूमि में गाडरवारा और सागर आज भी वर्तमान हैं।

अच्छा शिक्षक होने के लिए अच्छा विद्यार्थी होना आवश्यक होता है। पांडित्य जन्मजात नहीं स्वयंसिद्ध होता है। ऐसे ही है डॉ. श्री सुरेश आचार्य। विद्या का उद्देश्य सृजन नहीं, विसर्जन होता है, आदरणीय सुरेश भाईसाहब के व्यक्तित्व में ये सारी उक्तियाँ शास्त्रोक्त जुगाली नहीं वरन् चारित्रिक सच्चाइयाँ हैं, वे आधुनिक युग के चाणक्य हैं। डॉ. हरिसिंह गौर विश्वविद्यालय सागर में हिंदी विभाग के विभागाध्यक्ष रहे हैं, उनका मैं हृदय से आभारी हूँ, जो उन्होंने कृपापूर्वक मेरी इस पहली किताब की भूमिका लिखी।

मुझे अपनी पूज्य माँ श्रीमती सीतादेवीजी से विचार करने की क्षमता मिली और पूज्य पिताश्री रामनारायणजी से बात को कहने का हुनर मिला।

मेरे सर्वस्व, मेरे जीवन के आधार, मेरे पथ और मेरे पथ-प्रदर्शक मेरे आध्यात्मिक गुरु गृहस्थ संत परमपूज्य पंडित श्री देवप्रभाकरजी शास्त्री 'दद्दाजी' की अहेतुकी कृपा, पूज्य माँ से मिला हुआ धैर्य व पूज्य पिताजी से मिला हुआ साहस ही मेरी जीवन-पूँजी है, उनके श्रीचरणों में दंडवत् प्रणाम करते हुए अपनी इस प्रथम रचना 'मौन मुस्कान की मार' को आप साहित्य-रसिकों, सुधी पाठकों को सादर समर्पित करता हूँ, इस आशा के साथ कि ये रचनाएँ आपका मनोरंजन करते हुए आपके आनंद का वर्धन करेंगी।

शिवसंकल्पमस्तु...

—आशुतोष राणा
ashutosh.ramnarayan@gmail.com

अनुक्रम

लामचंद की लालबत्ती

माता-पिता ने उनका नाम रामचंद्र रखा था, किंतु मैट्रिक की परीक्षा देने से ठीक पहले वे एक शपथपत्र देकर वैधानिक रूप से रामचंद्र से 'लामचंद' हो गए।

यह उस समय की बात है, जब टेन प्लस-टू का जमाना नहीं था। वह एट प्लस-थ्री का दौर था। यानी आपको अपनी उम्र से लेकर नाम तक जो भी छेड़छाड़ करनी है, आप ग्यारहवीं तक ही कर सकते थे। उसके बाद किया जाने वाला परिवर्तन बेहद पेचीदा था, तब आपको बहुत से सरकारी कर्मकांड से गुजरना पड़ता था। इस सरकारी कर्मकांड की पेचीदगी उस धार्मिक कर्मकांड से भी अधिक भीषण थी, जिसमें जबरदस्ती किसी पापात्मा को पुण्यात्मा बनाकर स्वर्ग में सीट दिलाई जाती थी। उनके रामचंद्र से लामचंद होने के पीछे किसी न्यूमरोलोजिस्ट का हाथ नहीं था और न ही यह क्रांतिकारी परिवर्तन माता-पिता के प्रति विद्रोह के चलते हुआ था। चूँकि वे बचपन से ही प्रखर बुद्धि के स्वामी थे, इसलिए भविष्य में आनेवाले संकटों को किशोरावस्था में ही ताड़ गए। वे मैट्रिक तक आते-आते जान गए थे कि 'र' शब्द जो भगवान शिव के लिए अमृत था, उनके लिए कालकूट विष साबित होगा। भगवान राम में अगाध श्रद्धा होने के बाद भी उनकी जीभ 'र' को 'ल' बोलती थी। बचपन में उनके द्वारा अपने नाम रामचंद्र की जगह लामचंद बोलना बड़ों के लिए आनंद का कारण था, वे उसे छोटे बच्चे का मासूम प्रयास समझकर बहुत प्यार से उनकी पप्पियाँ लेते, किंतु पाँचवीं तक

आते-आते पप्पी डाँट में बदलने लगी, आठवीं तक चिंता का विषय हो गई और आठवीं के बाद पप्पी ने प्रतारणा का रूप धारण कर लिया और इसी प्रतारणा ने रामचंद्र की सोई हुई प्रतिभा को झिंझोड़कर जगा दिया। वे समझ गए कि मैं कभी भी 'र' को 'र' नहीं कह पाऊँगा, सो बेहतर है कि अपने नाम को रामचंद्र से लामचंद कर दिया जाए।

चूँकि लामचंद स्कूल के समय से ही राजनीति के प्रति आकर्षित थे, इसलिए स्कूल में होनेवाले चुनाव में वे प्रतिवर्ष खड़े हो जाते (उस समय स्कूलों में चुनावों की परंपरा थी)। वे क्लास मॉनिटर, सहसचिव, सचिव, उपाध्यक्ष से लेकर अध्यक्ष पद तक का चुनाव मात्र इसलिए हार गए, क्योंकि उनका विरोधी पैनल हर चुनाव में इस बात का प्रचार जोर-शोर से करता कि जो लड़का अपना नाम भी सही-सही नहीं बोल सकता, अपने देश का नाम सही नहीं बोलता, जो भारत को 'भालत' कहता है, राष्ट्रपति को लाष्टपति कहता है, राष्ट्रपिता को लाष्टपिता बोलता है, पंडित नेहरू को पंडित नेहलू, राजघाट को लाजघाट, पार्लियामेंट को पालियामेंट, यहाँ तक कि अपने देश की मुद्रा रुपया को लुपया, राजनीति को लाजनीति, रेलगाड़ी को लेलगाड़ी बोलता है, वह स्कूल का सही नेतृत्व कैसे करेगा?

अब पहाड़े में से 'र' को हटाना, अपने देश, अपने महापुरुषों, राष्ट्र के संवैधानिक पदों व अपनी जन्मभूमि गाडरवारा में से एक नहीं दो-दो 'र' को हटाना, उनके सामर्थ्य के बाहर था। किंतु अपने नाम रामचंद्र पर तो उनका पूरा अधिकार था, इसलिए उन्होंने सोचा कि अपना नाम भी वर्णमाला के उसी अक्षर से शुरू करना चाहिए, जिसके उच्चारण में जीभ की सहज रुचि व सिद्धता है, कम-से-कम मैं अपना नाम तो सही बोल पाऊँगा और उसी दिन वे रामचंद्र से लामचंद हो गए।

स्कूल में ही उन्हें राजनीति का चस्का लग गया था। सौभाग्यवश वे डेढ़ सौ एकड़ सिंचित कृषि-भूमि के इकलौते वारिस थे, इसलिए कॉलेज तक आते-आते उनकी राजनीतिक अँगीठी धुँधाने लगी और कॉलेज छोड़ते ही भभककर जल उठी।

इलाके के बड़े किसान होने के नाते वे उस क्षेत्र के किसानों के सर्वमान्य नेता हो गए थे, इसके चलते शहरी क्षेत्र में भी उनकी अच्छी-खासी धाक थी। किसी की वरयात्रा हो तो लोग दूल्हा और घोड़ी के बाद लामचंद का जिक्र करते। शवयात्रा हो तो शव और ठठरी के बाद लामचंद का उल्लेख होता। कव्वाली का आयोजन हो तो तबला, सारंगी, लामचंद फिर कव्वाल। कुल-मिलाकर लामचंद अपने उत्साह, ऊर्जा, सक्रियता के चलते उस पूरे क्षेत्र का 'न चाहते हुए भी' एक आवश्यक अंग हो गए थे।

एक बार हमारे शहर के सबसे प्रमुख मंदिर में चोरी हो गई। चोर भगवानजी की मूर्तियाँ चुराकर ले गए। पूरा शहर सकते में था, लोगों को समझ नहीं आ रहा था कि क्या किया जाए? सांसद, विधायक सब सन्न थे। शहर अहिल्या के जैसा पाषाणवत् हो गया था, तब लामचंद ने श्रीरामचंद्र का रोल अदा किया और करीब पाँच हजार किसानों का एक जंगी मोरचा निकाला, जिससे सारा शहर हरहराकर जाग गया। अपने तूफानी भाषण से वे जन-जन के हृदय में पहुँच गए, उस समय मेरी उम्र करीब पंद्रह वर्ष की रही होगी, किंतु आज भी उनका भाषण मुझे ऐसे याद है, जैसे कल की ही बात हो। हाथठेले को मंच बनाकर लामचंद गरजे—गाड़लवाला (गाडरवारा) मंदिल (मंदिर)

से गाडलवाला पुलिस स्टेशन कित्ते किलोमीटल (किलोमीटर) ? बोले तो तीन किलोमीटल। औल (और) गाडलवाला से नलसिंगपुल (नरसिंहपुर) कित्ते किलोमीटल ? बोले तो पचपन किलोमीटल। तो नलसिंगपुल की पुलिस डेढ़ घंटे में गाडलवाला आ सकती है, लेकिन गाडलवाला की पुलिस डेढ़ घंटे में तीन किलोमीटल नई आ सकती ? जलूल (जरूर) इसमें पुलिस का हाथ है, टीआई को क्या जलूलत (जरूरत) थी, लात को (रात को) नौ बजे दुकान बंद कलो-दुकान बंद कलो। पुलिस को आड़े हाथों लेकर उसे कठघरे में खड़ा करने के कारण और जनता का भीषण दवाब देख उच्चाधिकारियों ने एक टीआई, दो सब-इंस्पेक्टर और आठ सिपाहियों को तत्काल प्रभाव से सस्पेंड कर दिया और सात दिन में भगवान की मूर्तियाँ चोरों सहित बरामद कर ली गईं। उस समय पुलिस के खिलाफ मोरचा खोलना एक किस्म का भीमकार्य हुआ करता था। सो लामचंद क्षेत्र के अघोषित युवा तुर्क मान लिये गए।

राजनीति में विकट सक्रियता के बाद भी मैंने पाया कि उनकी रुचि विधायकी या सांसदी में बिल्कुल नहीं थी। यहाँ तक कि वे पार्टी के प्रदेश अध्यक्ष या पार्टी-संगठन के बड़े पदों को भी हेय दृष्टि से देखते थे। किंतु लालबत्ती लगी हुई गाड़ी को देखकर चहक जाते। लालबत्ती के प्रति उनका आकर्षण बीमारी की हद तक था, वे गाड़ी के टायरों की आवाज सुनकर बता देते कि गाड़ी लालबत्ती वाली है या नहीं। उनके लिए लालबत्ती में बैठे हुए व्यक्ति से अधिक महत्त्वपूर्ण लालबत्ती की गाड़ी थी। उनका मानना था कि पद आते-जाते रहते हैं, वे अस्थायी होते हैं, लेकिन लालबत्ती स्थायी होती है। एक बार को भगवान का प्रभाव घट सकता है, लेकिन लालबत्ती का नहीं। पैसा, प्रसिद्धि तो सब कमा लेते हैं, लेकिन लालबत्ती तक पहुँचना हर किसी के बस की बात नहीं है। जिसने लालबत्ती को हासिल कर लिया, वही माई का 'लाल' कहलाने लायक है, अन्यथा उसे लाल कहलाने का कोई अधिकार नहीं है।

यदि कोई मंत्री लालबत्ती में उनके गाँव आता तो वे गाड़ी की तरफ ऐसे लपकते, जैसे साँप छछूँदर को देखकर लपकता है। उस मंत्री को रिसीव कर वे मंत्री के साथ जलसे या सभा में नहीं जाते, गाड़ी के पास ही खड़े रहते।

क्योंकि लामचंद के लिए लालबत्ती लैला के जैसी थी, वे फरहाद थे और लालबत्ती उनकी शीरी, वे राँझा थे और लालबत्ती उनकी हीर, वे चकोर थे और लालबत्ती उनका चंद्रमा।

'ल' की लपक के बाद भी उनकी संपन्नता, सक्रियता, लोकप्रियता को देख दो बार उन्हें विधायकी का टिकट ऑफर हुआ, लेकिन उन्होंने बहुत चतुराई से उसे टरका दिया था, किंतु चुपचाप राज्य परिवहन निगम की चेयरमैनी या देश के डिसास्टर मैनेजमेंट डिपार्टमेंट की पाँच सदस्यीय कमेटी में घुसने की जुगाड़ में लगे रहते, क्योंकि सिर्फ इन दोनों विभागों के बाईलॉज में ही लिखा था कि चेयरमैन को या कमेटी के सदस्यों को राज्यमंत्री का दर्जा और लालबत्ती मिलेगी। बाकी निगमों की लालबत्ती बड़े नेताओं की दया पर डिपेंड थी। इसलिए वे अपना अधिकतम समय भोपाल, दिल्ली में गुजारते। एक दिन दिल्ली में मुझे मिल गए सफेद कड़क-कलफकिया हुआ कुरता-पैजामा पहने हुए, रामायण के मेघनाद के जैसी करीने से सजी हुई पतली मूँछें, लालसुर्ख होंठ, जिन पर वे हर दस मिनट में लिपग्लॉस लगा लेते।

मैंने कहा, "भाईसाहब! मुझे आपकी राजनीति समझ नहीं आती। आपकी पार्टी आपको चुनाव लड़वाना चाहती है और आप हैं कि निगम की चेयरमैनी के लिए लार टपकाते घूम रहे हैं। आपने अपने तीस साल बरबाद कर दिए, आज पता नहीं आप कहाँ होते।" वे बेहद दोस्ताना स्वभाव के थे, मुसकराते हुए बोले, "मेली (मेरी) कुंडली में लालबत्ती लिखी है। कश्मील से लेकल कन्याकुमाली तक, औल गौहाटी से लेकल चौपाटी तक, जो भी पंडित मेली (मेरी) कुंडली देखता है, उसमें सबसे पहले उसको लालबत्ती घूमती हुई दिखाई देती है। बोले कि मेले (मेरे) लिए लाजनीति (राजनीति) पैसा कमाने का साधन नहीं है, वह भगवान का दिया हुआ बहुत है। मैं लाजनीति सिल्फ लालबत्ती के लिए कलता हूँ। मुझे लालबत्ती से बेइंतहा मोहब्बत है, बचपन में एक बाल (बार) इंदलाजी (इंदिराजी) को देखा था, तभी सोच लिया था कि जीवन में एक बाल (एक बार) इसे हासिल कलना (करना) है। लोकतंत्र में लालबत्ती का लालच लाजमी है, लेकिन लामचंद के लिए लालबत्ती लालच नहीं लव है। मैंने कहा,

"भाईसाहब, आप यदि चुनाव लड़े होते तो अभी तक मंत्री बनकर लालबत्ती पा चुके होते।" लामचंद बोले, "स्कूल से लेकल कॉलेज तक मैंने कुल सोलह चुनाव लड़े औल सभी में शिकस्त मिली, बिल्कुल जलासंध (जरासंध) के जैसी। जलासंध महाप्लतापी (महाप्रतापी) था, उसने मथुला (मथुरा) जीतने के लिए सोला बाल आकल्मन (आक्रमण) किया, लेकिन कभी जीत नहीं पाया।"

मैंने कहा, "अब्राहम लिंकन भी जीवन भर चुनाव हारते रहे, पहली बार चुनाव जीते, वह भी राष्ट्रपति का।" उन्होंने सहमति में सर हिलाया और बोले, "बचपन में अगल (अगर) किसी चीज का डल (डर) बैठ जाए तो वह जीवन भल (भर)नहीं निकलता। नेपोलियन बहादुल योद्धा था, विश्वविजेता, लेकिन बिल्ली से डलता (डरता) था। औल चुनाव जीतने के बाद लालबत्ती मिले ही, इसकी कोई गालनटी (गारंटी) नई।"

मैंने कहा, "भाईसाहब! बुरा मत मानिएगा, अगर आपके ये ही लक्षण रहे तो आप और लालबत्ती के प्रेम का हश्र भी कहीं लैला-मजनूँ टाइप न हो जाए, जो कभी मिल नहीं पाए।" वे नाराज हुए बिना पूरी आस्था से बोले, "यदि किसी चीज को पूरी शिद्दत से माँगो तो बलह्मांड (ब्रह्मांड) आपकी इच्छा पूली (पूरी) कलता (करता) है।" अब उन्होंने एक नियुक्ति-पत्र मुझे दिखाया, जिसमें स्पष्ट शब्दों में लिखा था कि श्री लामचंद को भारत सरकार के डिजास्टर मैनेंजमेंट डिपार्टमेंट की पाँच सदस्यीय समिति का सदस्य मनोनीत किया जाता है और आपको राज्यमंत्री का दर्जा प्राप्त होगा। दिल्ली में सरकारी आवास, देशभर में लालबत्ती से लैस सरकारी वाहन, राष्ट्रीय ध्वज के साथ। एक लाल झंडेवाला सायरन, हूटर से लैस पायलट वाहन, जो आगे चलेगा, एक फॉलो वाहन सायरन हूटर से लैस, जो पीछे चलेगा। चार-सोलह की पुलिस सिक्योरिटी। इस नियुक्ति-पत्र को पढ़ाते हुए लामचंद भाईसाहब प्रसन्नता से काँप रहे थे, उनका गोरा चेहरा सुर्ख लाल हो गया था। बोले कि आज गाडरवारा जा रहा हूँ।

मैं बुरी तरह चौंका, वे भी बुरी तरह चौंके, हम दोनों ही लगभग एक साथ बोल पड़े, "अभी क्या बोला?"

वे बदहवास हो पूछने लगे, "अभी मैंने जो बोला वह तुमने सुना?"

मैंने कहा, "जी सुना, लेकिन आपने जो बोला, क्या मैंने सही सुना? आप उसे फिर से बोल सकते हैं?" वे दीवार के अमिताभ बच्चन वाले अंदाज में बोले, "मैं आज गाडरवारा जा रहा हूँ।"

यह चमत्कार था, वे गाडरवारा के एक नहीं दोनों 'र' को 'र' बोल रहे थे। इस बात का एहसास होते ही लामचंद खुशी के उन्माद में रामचंद्र, भारत, राष्ट्रपिता, राष्ट्रपति, रुपया, नेहरूजी, इंदिराजी, रेलगाड़ी, रतलाम, राम-राम, गाडरवारा, गाडरवारा बोलने लगे। 'र' के रस ने उन्हें उन्मत्त कर दिया था। लालबत्ती के नियुक्ति-पत्र ने उनकी 'र' को 'ल' कहने की समस्या का जैसे निदान ही कर दिया था। बहुत गर्मजोशी से उन्होंने मुझे छाती से चिपका लिया और बेहद गौरव व गरिमा से जैसे कोई अपनी प्रियतमा के दिव्य गुणों का, उसके रूप का बखान करता है, बोले, "देखा, लालबत्ती में चिकित्सकीय गुण भी हैं। यह देवताओं के सोमरस से भी ज्यादा असरकारी औषधि है, यह व्यक्ति की जन्मजात समस्या का भी निदान करती है। इसे प्राप्त करते ही व्यक्ति के सारे दोष दूर हो जाते हैं, लालबत्ती के प्रकाश में व्यक्ति के अवगुण भी गुण दिखाई देते हैं।"

यह चमत्कार देख मैं स्वयं अचंभित था। मैंने हँसते हुए कहा, "रामचंद्र को लालबत्ती मिलने और 'र' को 'र' बोल पाने की बहुत-बहुत बधाई, भाईसाहब! मैं तीन दिन बाद गाडरवारा आ रहा हूँ, आपसे अवश्य मिलूँगा।" वे प्रसन्नाता के सातवें सुर पर खड़े होकर बोले, "प्लीज करेक्ट योर सेल्फ... यह रामचंद्र की नहीं 'लामचंद की लालबत्ती है।' लामचंद उर्फ रामचंद्र को तुम्हारी प्रतीक्षा रहेगी, आइए आपका स्वागत है।" उन्हें आनंदमग्न, आह्लादित छोड़ मैं वहाँ से मुंबई के लिए निकल गया।

मुंबई में गाडरवारा जाने से पहले मैंने टीवी पर न्यूज देखी कि पंजाब और उत्तर प्रदेश की तर्ज पर सरकार ने लालबत्ती व्यवस्था को कानूनी रूप से बंद करने का फैसला ले लिया है। देश भर में कोई भी मंत्री या अधिकारी अब लालबत्ती का इस्तेमाल नहीं कर सकेगा। लालबत्ती का अस्तित्व समाप्त

किया जाता है। खबर सुनकर मैं सन्न रह गया। मेरी आँखों के सामने लामचंद का चेहरा घूमने लगा, जिनके लिए लालबत्ती 'तुम्हीं हो माता, पिता तुम्हीं हो। तुम्हीं हो बंधु, सखा तुम्हीं हो।' जैसी थी। राजनीति के बहुत से उपासक हैं और सब ही लालबत्ती पाना चाहते हैं। लेकिन वे लालबत्ती न मिलने की शर्त पर सांसदी, विधायकी या संगठन के विभिन्न पदों से ही इश्क कर बैठते हैं और एक समझौते के तहत उन्हीं से ब्याह रचाकर शांति से अपना अतृप्त जीवन बिता लेते हैं। किंतु लामचंद जैसा लालबत्ती का एकनिष्ठ, अच्युत प्रेमी, जो लालबत्ती के अलावा लालबत्ती परिवार की किसी और कन्या के साथ हरगिज विवाह रचाने के लिए राजी नहीं है, मिलना बहुत दुर्लभ था। उनके लिए लालबत्ती को स्वयंवर से हटा देना, उसकी मान्यता को खारिज करना बिल्कुल भीष्म पितामह और अंबा के जैसी स्थिति थी। मुझे लगा कि कहीं इतिहास स्वयं को दोहराने की तैयारी तो नहीं कर रहा ? क्योंकि भीष्म का राजी न होना ही अंबा की नाराजगी का कारण था, परिणामस्वरूप शिखंडी का जन्म हुआ और फिर शिखंडी ही भीष्म की शरशैया का कारण बना।

तभी मेरा फोन घनघना उठा, मैंने देखा कि डिस्प्ले पर लामचंद कॉलिंग चमक रहा है...मैंने अपने को मानसिक रूप से तैयार कर फोन उठाया, हैलो कहते ही वहाँ से आवाज आई, "छोटे, तुम्हारी जुबान काली है।" वे सर्द सुर में बोल रहे थे, "तुमने मुझसे कहा था कि मेरा लालबत्ती प्रेम भी कहीं लैला-मजनू के अंजाम पर न पहुँच जाए, जो जीते जी एक-दूसरे से मिल नहीं पाए थे, सही साबित हो गया।" मैं कुछ भी बोलने की स्थिति में नहीं था सो चुपचाप उन्हें सुनता रहा। लामचंद बोले, "खैर, यह जानते हुए भी कि इस युद्ध में मेरी हार निश्चित है, मैं महाभारत के कर्ण के जैसा ही दुर्धर्ष युद्ध करूँगा। क्योंकि कर्ण की और मेरी कुंडली मिलती है। कर्ण के साथ भी देव-इंद्र ने छल किया था, तो मेरे साथ भी नर-इंद्र ने ही खेल कर दिया। इंद्रपुत्र अर्जुन के सारथी श्रीकृष्ण थे, तो इस नर-इंद्र के रथ को हाँकनेवाले भी कृष्ण ही थे। नरावतार अर्जुन 'लालसा' को छोड़कर मुक्त होने के सिद्धांत का पक्षधर था, तो यह नरश्रेष्ठ भी 'लाल' को छोड़कर सिद्ध होने की बात करता है। कैसा अजीब संयोग है कि

महाभारत में भी नरावतार की सफलता के मूल में कृष्ण थे और भारत में भी इस नरश्रेष्ठ की सफलता के मूल में कृष्ण ही हैं। मैंने तुम्हें इसलिए फोन किया, ताकि तुम्हें बता दूँ कि तुम्हारा बोला हुआ सच हो जाता है, इसलिए सँभलकर बोला करो। आजकल लोग सच्ची भविष्यवाणी को नहीं, अच्छी भविष्यवाणी को पसंद करते हैं।" मैंने कहा, "जी स्मरण रखूँगा।" अब लामचंद भाईसाहब, चेतावनी प्लस सूचना देने वाले स्वर में बोले, "छोटे, याचना नहीं अब रण होगा, जीवन जय या कि मरण होगा।" यह कहकर उन्होंने फोन काट दिया।

जब मैं अपने शहर पहुँचा तो ट्रेन से उतरते ही मुझे माहौल में गरमी और मातम दिखाई दिया। रेलवे स्टेशन से बाहर निकलते ही मैंने देखा कि करीब पंद्रह-बीस हजार लोग जमा थे, जो लामचंद भाईसाहब के नेतृत्व में दिल्ली की ओर कूच करनेवाले थे। लामचंद एक ऊँचे चबूतरे पर खड़े होकर भयंकर क्रोध से भरे हुए भाषण दे रहे थे। यह लोकतंत्र की विशिष्टता पर प्राणघातक हमला है। लालबत्ती के अस्तित्व को समाप्त करना यानी अनुशासन को समाप्त करना है। जनप्रतिनिधियों की विशिष्टता को नष्ट करना जनतंत्र को नष्ट करना है, लोकतंत्र आम आदमी को खास बनाता है, खास को आम बना देना लोकतंत्र के विरुद्ध चलने जैसा है। देश व्यवस्था से चलता है, और व्यवस्था बत्ती से बनती है। इसका प्रत्यक्ष उदाहरण हमारे चौराहों पर लगी लाल, पीली, हरी बत्तियाँ हैं। जहाँ पर लालबत्ती नहीं होती और ट्रैफिक को बत्ती विहीन आदमी के जरिए कंट्रोल करवाया जाता है, वहाँ पर ट्रैफिक जाम हो जाता है। एक किस्म की अराजकता फैल जाती है, लोग एक-दूसरे पर चढ़ पड़ते हैं। हम बढ़ नहीं पाते, चारों तरफ शोर-शराबा होता है और इन्होंने... पूरे देश से बत्ती गुल कर दी, जिससे हम एक-दूसरे पर चढ़ जाएँ? अगर आप जनप्रतिनिधियों का वी.आई.पी.पना खत्म करना चाहते हैं तो लालबत्ती के आगे-पीछे चलनेवाली गाड़ियाँ बंद कीजिए, इससे आम लोग असुविधा से भी बचेंगे, पेट्रोल-डीजल बचेगा, समाज का पैसा जो टैक्स के रूप में वसूला जाता है, वह भी बचेगा। इसके लिए लालबत्ती को हटाने की क्या जरूरत? अभी अगर लालबत्ती की सिर्फ एक गाड़ी हो, तब भी लोग उसे वी.आई.पी.

वाहन जानकर रास्ता दे देते हैं, लेकिन लालबत्ती के हटते ही, आप देख लेना जो अभी सिर्फ एक गाड़ी में चलता था, वह दस गाड़ियाँ लेकर चलेगा और उनके आगे-पीछे चलनेवाली गाड़ियों में बैठे लोग फिर्रर-फिर्रर सीटियाँ मारेंगे, ताकि उनके वी.आई.पी. का वी.आई.पी.पना दिख सके। पेट्रोल, डीजल, मैन पावर, टैक्स का पैसा सब की दस गुना बरबादी होगी। आप बेचारी लालबत्ती को तो हटा देंगे, लेकिन लोगों के दिमाग से वी.आई.पी.पना कैसे निकालेंगे? दोषी बाहर दिखनेवाली लालबत्ती नहीं, अंदर बैठा हुआ वी.आई.पी.पन है। अरे साहाऽऽब, वी.आई.पी. कल्चर खत्म करना है तो मंत्रियों, संतरियों के एक-एक, दो-दो एकड़ में फैले सरकारी आवास छोटे करो, वह जनता का आदमी है, तो उसे जनता के बीच दो-तीन कमरों के मकान में रखो। आप यह सब न करके लालबत्ती को दोषी ठहरा रहे हैं।

लामचंद खिजयाए हुए से बोले कि बड़ी चिंता है तो वी.आई.पी. को मिलने वाली सिक्योरिटी हटाओ, चुने गए प्रतिनिधियों को अपने ही लोगों के बीच जाने के लिए फौज-फटाके की क्या जरूरत? लालबत्ती नहीं, ये फौज-फटाका, ढोल-नगाड़े वी.आई.पी. कल्चर हैं। लोगों की भावनाओं का मजाक बनाकर रख दिया—यह बंद, वह बंद, अमका बंद, ढिमका बंद...जब देखो तब बंद, बंद, बंद...अरे भैया, सब बंद ही करते रहोगे या कुछ चालू भी करोगे? साथियो, लोकतंत्र राजा है और लालबत्ती इसका ताज, हम किसी भी कीमत पर अपने राजा के ताज की रक्षा करेंगे। सफेद सरकारी गाड़ी की छत पर लपलपाती हुई लालबत्ती उसके सौभाग्य की, उसके सुहाग की निशानी थी, हम हर कीमत पर उसके सुहाग की रक्षा करेंगे। वे अपने साथ हुए विश्वासघात से बुरी तरह आहत थे, उनके मुँह से झाग निकलने लगा। अपनी बात को न्याय और नीतिसंगत सिद्ध करने के लिए लामचंद ने अब अपने भाषण को एक नया मोड़ दिया।

यह संसार सभी ग्रहों से मिलकर चलता है, लेकिन इनमें सूर्य का सबसे विशेष स्थान है। आप लोग ध्यान दीजिएगा, सूरज जब घर से निकलता है तो लाल होता है, यह लाल क्या है? सूरज को राजा इंद्र से मिली हुई यह लालबत्ती

की चमक है। उसी लालबत्ती के कारण आपको सूरज को प्रणाम करना पड़ता है, उसका स्वागत करना पड़ता है, उसे जल चढ़ाना पड़ता है। सूरज को देखते ही आपको काम पर जाना पड़ता है। यह सब क्यों? क्योंकि वह लालबत्तीवाला है। ऐसे तो चंद्रमा भी रोज निकलता है, सबको शीतलता देता है, लेकिन हम घंटों ध्यान नहीं देते उस पर, कब निकला, कब चला गया, पता भी नहीं चलता। एकाध दिन करवाचौथ या शरद पूर्णिमा को छोड़कर हम उसको महत्त्व नहीं देते, क्यों? क्योंकि उसके पास लालबत्ती नहीं है। लालबत्ती समाप्त करने का यह फैसला हम चमकते हुए सूरजों को करवाचौथ का चंदामामा बनाने का प्रयास है कि साल में एकाध बार तुम्हारी कद्र हो जाए, बस बहुत है। सूरज निकलते हुए भी लाल होता है और जब ढलता है, तब भी लाल ही होता है, ऐसा नहीं कि वह अब ढल रहा है तो देवेंद्र उसकी लाली छुड़ा लें। क्योंकि वे जानते हैं कि लाली वाले की लाली छुड़ाना अलोकतांत्रिक व्यवस्था है। लाल में पावर है, लाल में विश्वास है, लाल में जीवन है। और आऽऽप, राजधानी में बैठकर हमसे हमारा लाल छुड़ाकर हमें पावरहीन कर रहे हैं, हमारे जीवन से लाल रंग खत्म कर देना चाहते हैं, ताकि हम पीले पड़ जाएँ और लोग हमें रोगी समझ के हमारी तरफ देखना बंद कर दें। अरे, आपको नहीं लगानी लालबत्ती साहाऽऽब, तो आप मत लगाइए, लेकिन यह क्या बात हुई कि न

हम लगाएँगे और न लगाने देंगे या सिर्फ हम ही लगाएँगे और किसी को नहीं लगाने देंगे। अरे, जैसी स्कीम गैस सब्सिडी में लाए हैं, वैसी ले आते, इच्छा हो तो छोड़ दो भाई वाली। भाईसाहब गला फाड़कर चीख रहे थे, क्रोध और विषाद के आवेग से उनके कंठ का ही नहीं, शरीर का संतुलन भी गड़बड़ा रहा था। वे क्रोध और करुणा के मिश्रित स्वर में विलाप करते हुए से बोले, "हम दिल्ली के जंतर-मंतर पर धरना देंगे, भले ही हमारी जान चली जाए, लेकिन इस देश से लालबत्ती को हम नहीं जाने देंगे, लालबत्ती किसी व्यक्ति की नहीं, जनतंत्र की शान है, लालबत्ती हमारा जन्मसिद्ध अधिकार है और हम इसेऽऽ।"

वे इतना ही कह पाए थे कि भड़ाक से गिर पड़े। चारों तरफ अफरा-तफरी मच गई। मैं भीड़ को चीरते हुए उन तक पहुँचा। वे संज्ञाशून्य हो गए थे कि तभी लालबत्तीवाली एंबुलेंस सायरन बजाती हुई आई, सायरन सुनकर अचानक भाईसाहब की पुतलियों में हरकत हुई। उन्होंने बहुत हसरत से लालबत्ती को देखा, वे लालबत्ती को अपने आगोश में लेने के लिए उठकर खड़े होना चाहते थे कि तभी उन्हें जोर से हिचकी आई और वे फिर से बेहोश हो गए। चारों तरफ हाहाकार मच गया। लोगों ने बेहद फुरती से भाईसाहब को ससम्मान लालबत्तीवाली एंबुलेंस में रखा और एंबुलेंस सायरन बजाती हुई भाईसाहब को अपने साथ लेकर चली गई।

मैं अस्पताल पहुँचा तो डॉक्टर ने बताया कि सिचुएशन आउट ऑफ डेंजर है, लेकिन उन्हें गहरा सदमा लगा है। वे किसी को पहचान नहीं रहे हैं। डॉक्टर से अनुमति लेकर मैं उनके कमरे में पहुँचा, भाईसाहब एकटक कमरे की सीलिंग को घूर रहे थे, मैंने उनका ध्यान अपनी तरफ खींचने के लिए धीरे से 'भाईसाहब प्रणाम' कहा। मैंने महसूस किया कि उनके कान तो मेरी आवाज पहचान रहे हैं, किंतु उनकी आँखें मुझे नहीं पहचानना चाहतीं। इससे मुझे बल मिला और मैं थोड़ा जोर से, जिससे वे ग्लानि मुक्त होकर वास्तविकता के प्रति सहज हो सकें, बोला, "भाईसाहब को प्रणाम करता हूँ", अब उनकी आँखें कमरे के छत से हटकर मेरी छाती पर टिक गईं, आँखें वे अभी भी नहीं मिला रहे थे। मैंने और अधिक उत्साह से बोलना शुरू किया, "भाईसाहब मैं

या मेरे जैसे इस क्षेत्र के पच्चीस-तीस हजार लोग लामचंद से प्रेम करते हैं, उनकी लालबत्ती से नहीं।" मेरी बात सुनकर उनके चेहरे पर एक विवशता भरी मुसकराहट आई, वे बहुत धीमे स्वर में बोले, "प्लेलना (प्रेरणा) की समाप्ति ही प्लतालना (प्रतारणा) है।" मैं आश्चर्यचकित था, लामचंद पुनः 'र' को 'ल' बोलने लगे थे। इस अप्रत्याशित परिवर्तन को देखकर मैं दंग रह गया। वे अब बूढ़े भी दिखने लगे थे। बोले, "इनसान की इच्छा पूलती (पूर्ति) होना ही स्वल्ग (स्वर्ग) है, औल उसकी इच्छा का पूला (पूरा) न होना नलक (नरक)। स्वल्ग-नल्क मलने (मरने) के बाद नहीं, जीते जी ही मिलता है।" मैंने कहा, "नहीं भाईसाहब, स्वर्ग-नर्क परिस्थिति पर नहीं, मनःस्थिति पर निर्भर करते हैं। हम अपने जीवन में संकल्पों को तो बहुत महत्त्व देते हैं, लेकिन विकल्पों पर बिल्कुल ध्यान नहीं देते। सफलतापूर्वक जीवन जीने के लिए जितना महत्त्व संकल्प का होता है, शांतिपूर्ण जीवन जीने के लिए उतना ही महत्त्व विकल्प का भी होता है। विकल्प जहाँ जीवन में शांति की सृष्टि करते हैं, वहीं संकल्प कभी-कभी अशांति का कारक होता है। क्योंकि—

"मनचाही में खलल है, प्रभु चाही तत्काल।
बलि चाही आकाश को, और भेज दियो पाताल॥"

अब भाईसाहब और मैं दोनों ही आनंद से मुसकरा रहे थे।

□

गप्पी और पप्पी

पानी की टंकी से बाँए मुड़ते ही 'पिछोड़ सदन' पड़ता था। उसे देखने पर वह एक ऐतिहासिक इमारत का भान देती थी, किंतु उसके वास्तु से स्पष्ट होता था कि यह ऐतिहासिक इमारत नहीं है, बल्कि इसे तोड़-ताड़कर जबरदस्ती ऐतिहासिक इमारत का स्वरूप प्रदान किया गया है।

यह इमारत स्वतंत्रता के इतिहास का जीवित दस्तावेज है, इस बात को सिद्ध करने के लिए इसके बारे में अफवाहें भी उड़ाई गई थीं कि 1857 के विद्रोह के समय तात्या टोपे यहाँ कुछ समय के लिए जमे रहे थे और इस सदन के वर्तमान मालिकों के पिताजी के पड़ के पड़दादा (परदादा) ने उनकी जान बचाई थी, जिससे अंग्रेजों ने गुस्से में आकर इस इमारत को मिटा दिया था और पड़ के पड़दादा को कालापानी की सजा दी गई, जहाँ से वे छह बार भागने में कामयाब हुए।

हर बार वे भागकर यहाँ आते, इस इमारत को बनवाते, अंग्रेज गुस्से में इसे तोड़ देते, उनको पकड़कर फिर कालापानी भेजा जाता, वे फिर भाग जाते, इमारत बनवाते, अंग्रेज इसे तोड़ते, और उनको फिर कालापानी रसीद किया जाता, और अंततः एक दिन गुस्से में अंग्रेज कमांडर ने इस सौ वर्षीय युवा तुर्क को छह लड़ाकू समुद्री जहाजों से घेरकर बीच समुद्र में इनके परखच्चे उड़ा दिए।

इनके महाबलिदान के बाद इनके पुत्र, जो उस समय पिछोर में तात्या टोपे के बच्चों के साथ रह रहे थे, वे यहाँ आए और इस इमारत को बनवाया,

अंग्रेजों ने इसे फिर तोड़ा और उनको भी कालापानी भेजा गया। वे भी छह बार वहाँ से भागकर यहाँ आए, वे इमारत बनवाते, अंग्रेज तोड़ते, यह तोड़ने-बनाने का क्रम 1947 तक चलता रहा। और अंततः माउंटबेटन जब नेहरूजी को चार्ज देने लगा, तब उसने संधिपत्र में यह लिखा कि नेहरूजी की जवाबदारी है कि यह इमारत बन ना पाए, जिसे नेहरूजी ने माना और इंदिराजी के शासन काल तक यह इमारत नहीं बन पाई। उसके बाद वर्तमान मालिकों के पिता ने, जिनका नाम पिछोड़ी महाराज था, अपने बाहुबल के दम पर इस ऐतिहासिक इमारत का निर्माण किया, तब से आज तक यह बरकरार है, जिसमें पिता पिछोड़ी महाराज के बाद उनके दो पुत्र गजेंद्र प्रसाद पिछोड़ी और उनसे दो साल छोटे पुष्पेंद्र प्रसाद पिछोड़ी रहते हैं।

ये दोनों ही इलाके भर में कर्मकांड, ग्रह-नक्षत्र के लिए प्रसिद्ध हैं, दोनों ही इलाके भर के लोगों का भाग्य बनाते-बिगाड़ते रहते हैं। अन्य कोई सार्थक विकल्प न होने के कारण (जिसे इन दोनों भाइयों ने पैदा भी नहीं होने दिया।) पूरे क्षेत्र के अवाम का इहलोक से लेकर परलोक तक सुधारने का इनका ही ठेका है।

गजेंद्र प्रसाद पिछोड़ी साइंस के विद्यार्थी थे तो पुष्पेंद्र प्रसाद पिछोड़ी आर्ट्स के, दोनों की ही रुचि कर्मकांड में नहीं थी, किंतु पिता पिछोड़ी महाराज की दबिश के चलते इनको अपने पुश्तैनी व्यापार में घुसना पड़ा। इन्हें अपने नाम के साथ-साथ अपने पिता का नाम भी बेहद पिछड़ा हुआ लगता था, सो इन्होंने मध्य मार्ग निकालते हुए अपने नामों को आधुनिक बनाने का प्रयास किया और अपना पूरा नाम न लिखकर उसके इनीशियल लिखने शुरू कर दिए।

पिछोड़ी सदन, जिसकी छत तो एक थी, किंतु दोनों भाइयों के भयंकर मनमुटाव, आपसी विरोधाभास के चलते छत के नीचे दो हिस्सों में बँटा हुआ था।

अपने वाले हिस्से के मुख्य द्वार पर बड़े भाई गजेंद्र प्रसाद पिछोड़ी ने अपने नाम का इनीशियल GPPI लिखकर लटका दिया था, तो उन्हीं की

देखा-देखी छोटे भाई ने भी अपने नाम पुष्पेंद्र प्रसाद पिछोड़ी को PPPI कर दिया था। इसका प्रभाव इलाके की कम पढ़ी-लिखी जनता पर बड़ा ही विचित्र हुआ। मासूम लोग GPPI को 'गप्पी महाराज' पुकारने लगे और PPPI को 'पप्पी महाराज' कहा जाने लगा।

इन दोनों के ग्राहक एक ही थे, सो सदैव उनपर हक जमाने की जंग मची रहती, गप्पी गुरु ने यदि किसी बात की पुष्टि की तो पप्पी गुरु उसका खंडन करते और यदि पप्पी गुरु ने किसी बात की सत्यता स्थापित की तो गप्पी गुरु उसे असत्य साबित करके ही दम लेते। इस चक्कर में इलाके की जनता सदैव भ्रम में पड़ी रहती।

गप्पी गुरु विज्ञान का धर्म समझना चाहते थे तो पप्पी गुरु को धर्म के विज्ञान में रुचि थी।

गप्पी गुरु के जजमान यदि भ्रम से उकताकर थोड़ा विरोध करते तो गप्पी उनको भ्रम की वैज्ञानिकता का महत्त्व समझाते हुए उन्हें संतुष्ट करते कि यह भ्रम ही है, जो हमारे समस्त श्रम का कारण है, यदि मनुष्य को भ्रम न हो तो वह श्रम करना बंद कर दे। इसलिए भ्रम को ही भगवान मानो।

और दूसरी तरफ पप्पी के भक्त यदि बेचैन हो जाते तो पप्पी भ्रम के धर्म की व्याख्या करते कि हमारा श्रम ही हमारे सभी भ्रमों का कारण है, भ्रम का भूत ही हमारे श्रम को कुंठित करता है। इसलिए अपने श्रम रूपी भगवान को भ्रम रूपी भूत की चपेट में मत आने दो।

गप्पी के फॉलोअर भ्रम को भगवान मानकर उसकी पूजा करते तो पप्पी के फॉलोअर भ्रम को भूत मानकर उसके निवारण की व्यवस्था में जुटे रहते।

अपने भक्तों, अनुयायियों को व्यस्त और पस्त रखते हुए दोनों भाई मस्त रहते।

और महीने में एक बार पिछोड़ सदन की साझा छत पर एक-दूसरे के खिलाफ मोर्चा खोल देते, जिससे सुस्त पड़ रहे अनुयायी फिर से व्यस्त हो जाते।

गप्पी और पप्पी ने इस सूत्र को पकड़ लिया था कि भक्तों का व्यस्त

रहना ही इनके मस्त रहने का साधन है।

विभाजित पिछोड़ सदन की अविभाजित साझा छत पर पप्पी गुरु अपने हतोत्साहित, कुंठित जजमान के हृदय में गीता के सार्वकालिक सूत्रों के माध्यम से प्राण फूँकने का प्रयास कर रहे थे, मुरझाया हुआ जजमान पप्पी के वचनों से कुछ हरियाने सा लगा था, धूप सेंकते हुए गप्पी गुरु को उस कुंठित का उत्कंठित होना रास नहीं आ रहा था तो पप्पी को भूलुंठित करने के लिहाज से गरजते हुए बोले, अर्थ की बात करना अब व्यर्थ है, इसलिए व्यर्थ की बात का अर्थ मत समझाओ पप्पी। 'गुग्गलगीता' पढ़ी होती तो इतनी तकलीफ न होती। तुम उसी पुरानी गीता के चक्कर में रहे, इसलिए फेल हो। अब शब्दों के अर्थ बदल चुके हैं, या यह कहें कि अब जाकर हमें शब्दों के सही अर्थ समझ में आए हैं।

परमात्मा जिसको अपन अभी तक परम-आत्मा, यानी भगवान मानते थे, वह भगवान नहीं है।

परमात्मा का मतलब 'पर + आत्मा' = परमात्मा, 'पर' यानी पराई, 'मा' मतलब मम्मी, यानी पराई मम्मी से पैदा होनेवाली आत्मा। सरल शब्दों में दूसरे की आत्मा।

तो परमात्मा में ध्यान लगाओ का मतलब हुआ? अपनी नहीं, दूसरे की आत्मा के दोषों पर ध्यान दो, उन्हें प्रकाशित करो, समाज के सामने लाओ, किसी दूसरे के दोषों को दुनिया के सामने उघाड़कर रख देना ही परमात्मा का साक्षात्कार है।

तुम्हारी गीता में अजर-अमर भी लिखा है...डू यू नो द मीनिंग ऑफ 'जर'?

पप्पी गुरु ने कहा, जी, जर यानी रोग। गप्पी गुरु बोले, करेक्ट...तो अजर मतलब ?

पप्पी ने कहा, जिसे कोई रोग ना हो।

गप्पी गुरु ने धिक्कारते हुए कहा, कुंठित बुद्धिजीवियों के पान की पीक... शेम ऑन यू!

अजर शब्द बना है, अ + जर से, तो क्या मतलब हुआ इसका?

पप्पी को चुप देख खुद ही बोले 'आ' यानी Come...come here वाला Come... और जर का मतलब तुमको पता ही है—रोग, तो क्या मतलब हुआ इसका? आ—रोग, रोग—आ। मींस, हू इन्वाइट इलनेस। रोग को आमंत्रित करना।

'अमर' यानी अ + मर...अर्थात् कॉलिंग फॉर डेथ। तुम्हारी पिछड़ी हुई शुद्ध हिंदी में इसका अर्थ हुआ—मृत्यु का आह्वान।

सो गुग्गलगीता के अनुसार 'आत्मा अजर-अमर है' यानी 'ऐन ऐंग्री सोल हू इन्वाइट्स इलनेस ऐंड कॉलिंग फॉर डेथ।'

तुम अर्थ का अनर्थ करते हो और मूर्ख बनाते हो लोगों को कि आत्मा को न कोई मार सकता है, न जला सकता है। टाइम इज चेंजिंग वैरी फास्ट... सो गोविंद की गीता से मत चिपके रहो, इट्स आउटडेटेड नाउ।

वे दिन गए, जब गोविंद का जलवा था और सबकुछ सिर्फ उन्हीं को पता

था। आज गुग्गल का चरचराटा है, सो उनकी वंदना करो।

बड़े आए आत्मा को कोई जला नहीं सकता वाले...नजर उठा के देख पोंगे, चारों तरफ जली-भुनी आत्माओं की रेलमपेल है। एक आदमी ढूँढ़ के बता दे, जो जला हुआ न हो? आजकल सड़ी सी बात पे आदमी की आत्मा फट जाती है, दूसरे की तरक्की देखकर आत्मा फक्क से जल जाती है। हर कोई कहता हुआ मिल जाएगा, हमारी आत्मा जल गई, आत्मा फट गई, आत्मा मर गई—खुद जली, भुनी, मरी हुई आत्मा लेकर घूम रहे हो, और कहते हो आत्मा को कोई मार नई सकता! अपने आपको जिंदा कहते हुए शर्म नहीं आती तुमको?

क्या लेकर आए थे और क्या लेकर जाओगे? पढ़ लिया गीता में और भाषण देने लगे। मतलब भी समझते हो इसका? इसका सिंपल अर्थ है कि अपनी रिटर्न सही-सही और समय पे फाइल करो...तुमसे हिसाब माँगा जा रहा है कि बताओ क्या लेकर आए थे 31 मार्च तक और क्या ले के जानेवाले हो 31 मार्च के बाद?

कभी सोचा है कि 1 अप्रैल को ही मूर्ख दिवस क्यों कहा जाता है? बिकोज आफ्टर फाइलिंग अवर रिटर्न, देट इज द वेरी फर्स्ट डे जब या तो हम इन्कम टैक्स डिपार्टमेंट को मूर्ख बनाते हैं या डिपार्टमेंट हमको मूर्ख बनाता है। वी ऑल प्ले गेम ऑफ फूल्स।

हमारा वित्तीय वर्ष 1 अप्रैल, यानी मूर्ख दिवस से शुरू होकर 31 मार्च, अर्थात् धूर्त दिवस पर समाप्त होता है।

पढ़-लिख गए, लेकिन इतना भी नहीं समझते कि मूर्खता से शुरू होनेवाला जीवन धूर्तता पर ही समाप्त होता है।

ये पूजा-पाठ करके तुम मरने के बाद स्वर्ग के स्वप्न दिखा रहे हो। अरे, हम जीते जी लोगों को स्वर्गवासी बनाने की व्यवस्था कर रहे हैं। ये सब लिखा है क्या तुम्हारी गोविंद गीता में...नहीं ना? लेकिन 'गुग्गी' में सब साफ लिखा मिल जाएगा।

पप्पी ने बीच में टोकते हुए उनसे पूछा, 'गुग्गी' मतलब? गप्पी भाईसाहब

झल्लाते हुए बोले, गुग्गी मतलब गुग्गल गीता यार...इतना टाइम नहीं है हमारे पास कि पूरा बोलकर टाइम खराब करें, एक-एक माइक्रो, नेनो सेकेंड की कीमत है आजकल, टाइम इज मनी ऐंड मनी इस एव्रीथिंग।

हमारे गुग्गी के सामने तुम्हारे 'गोगी' उर्फ गोविंद गीता की क्षमता शून्य है। तुम्हारे गोविंद की बात तो दुर्योधन जैसे टुच्चे ने भी नहीं मानी थी, मर का मर गया पट्ठा, मगर माना नहीं। सुई की नोंक के बराबर भी जमीन नहीं दी। वहीं मजाल है, गुग्गल कुछ कह दे, उनके मुँह से निकला शब्द-संसार का एक मात्र सत्य माना जाता है। उदाहरण के लिए अगर गुग्गी में किसी के पिताजी का नाम गलती से मूलचंद की जगह गुलेलचंद लिखा गया ना ! तो फिर स्वयं मूलचंद भी आके कहें कि नहीं मैं गुलेलचंद नहीं मूलचंद हूँ, तब भी संसार गुग्गल की ही मानेगा, अरे संसार छोड़ो! खुद मूलचंद को भी अपने आपको गुलेलचंद मानने पर राजी होना पड़ेगा।

तुम लोगों से कहते घूमते हो कि गोविंद सब देख रहे हैं, सबके कर्मों का हिसाब रखे हैं...कहाँ हैं गोविंद बताओ ? और कहाँ है हिसाब ? अगर हिसाब रखे हो तो दिखाओ। हवा में बात मत किया करो यार। दूसरी तरफ गुग्गल से माँगो...सारा काला चिट्ठा निकल आएगा। तुम भले ही गुग्गल को ना देख पाओ, लेकिन गुग्गल 'ट्वेंटी फोर इंटू सेवन' तुम पर नजर रखे हुए है। हर आदमी की अलग गीता है उनके पास। तुम्हारे जैसा नहीं कि हर छोटे-बड़े, अमीर-गरीब सबको एकई भाँग घोंट के पिला रहे हैं। इसलिए बात-बात पर गोविंद को अगरबत्ती लगाना बंद करो।

अब गप्पी गुरु ने अपनी मुख मुद्रा बदली, एक गहरी दृष्टि पप्पी गुरु पर डाली, अचानक पप्पी को लगा कि वे कुरुक्षेत्र के मैदान में घुटनों के बल हाथ जोड़कर बैठे गिड़गिड़ाते हुए अर्जुन हैं और उनके भाईसाहब गप्पी गुरु 'एकोहम द्वितियो नास्ति' वाले श्रीकृष्ण।

पप्पी को लगा कि भाईसाहब ने जैसे अपने पैंट के पॉकेट से सुदर्शन-चक्र निकालकर अपनी उँगली में फँसा लिया।वे विस्मयाभिभूत से भाईसाहब को देख रहे थे ।

गप्पी गुरु अपनी पतली और तीखी आवाज को अपनी क्षमता भर धीर-गंभीर बनाते हुए बोलने लगे, "पप्पीऽऽ संसार अब गोविंद की चुटकी से नहीं, गुग्गी की क्लिक से चलता है, अब गोविंद के 'माउथ' की नहीं, गुग्गी के 'माउस' की कीमत है।"

अब द्रौपदी कितना ही 'स्क्रीम' कर ले कि, सेव मी-सेव मी, दुशासन इज पुलिंग माई सारी! कोई फर्क नहीं पड़ता, चिल्लाती रहो, क्योंकि अब स्क्रीम नहीं 'स्क्रीन' का महत्त्व है। बड़ी-से-बड़ी स्क्रीम भी अब तब ही सुनी जाएगी, जब वह स्क्रीन पर दिखाई दे। बड़ी स्क्रीन से अधिक महत्त्व छोटी स्क्रीन का है, क्योंकि स्क्रीम अब सुनने की नहीं, देखने की चीज है।

तुम्हारे गोविंद तो श्रद्धा, भक्ति का डोज देकर दुनिया की आँखें बंद कर देते थे, लेकिन हमारे गुग्गी ने दुनिया की आँखें खोल दी हैं। अब भक्ति नहीं, शक्ति की चलती है।

तुम ठीक आदमी हो पप्पी, तुम्हारे अंदर अभी संभावनाएँ बाकी हैं, इसलिए तुमको सलाह दे रहा हूँ कि तुम यह 'भक्ति में ही शक्ति है' वाले आउटडेटेड कॉन्सेप्ट के चक्कर में मत पड़ो।

मेरी मानो और जिसमें शक्ति है, उसी की भक्ति है, वाले कंटेंपरेरी फॉर्मूले को अप्लाई करो, तुम सफल ही नहीं, सिद्ध और प्रसिद्ध भी हो जाओगे।

□

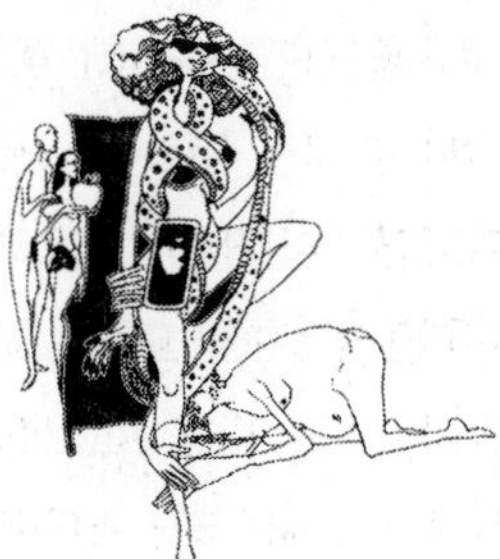

गंधी वृक्ष

भाईसाहब कस्बे के सबसे विशाल छायादार दरख्त को जड़ से उखाड़ फेंकने के भीम कार्य को संपन्न करने में व्यस्त थे। वे चिढ़े हुए, गुस्से में दिखाई दे रहे थे।

भाईसाहब अपने परिवार की पिछली तीन पीढ़ियों के कष्ट का कारण इस पेड़ को मानते थे। वे पूरी शक्ति से वृक्ष की जड़ों पर प्रहार कर रहे थे, किंतु वह वृक्ष इतना जिद्दी था कि गिरने को तैयार ही नहीं था। पेड़ को गिरता न देख भाईसाहब अपने को ठगा सा महसूस कर रहे थे।

लोगों का मानना था कि इस वृक्ष की जड़ें पूरे कस्बे में फैली हुई हैं या यों कहें कि हमारा पूरा कस्बा ही इस पेड़ की जड़ों पर बसा हुआ था तो अतिशयोक्ति नहीं होगी।

गाँव के पुराने लोग बताते हैं कि यह वृक्ष अनेकों बार प्राकृतिक प्रकोप का और विकृति के कोप का शिकार हुआ था, किंतु इसके बाद भी यह धराशायी नहीं हुआ।

इस वृक्ष से एक अजीब सी सम्मोहित करनेवाली गंध निकलती थी, जिससे लोग इसे 'गंधी वृक्ष' कहने लगे थे। इसकी एक और विशेषता थी कि यह ठंड, गरमी, बरसात हर मौसम में सदा हरा-भरा रहता था। आजादी से पहले कई अंग्रेज वैज्ञानिकों ने इसका कारण जानने के लिए वृक्ष की जड़ों को खोद डाला, किंतु इसकी जड़ें मानो पाताल तक पहुँची हुई सी दिखाई देती थीं। अंग्रेज वैज्ञानिकों ने कई बार उसे काटकर फेंक दिया, किंतु हर बार

वह दोगुनी गति से, पहले की अपेक्षा अधिक विस्तार लेते हुए फिर से खड़ा हो गया था।

पुराने लोग बताते हैं कि वृक्ष की शीतलता से घबराकर ही अंग्रेजों ने हमारा कस्बा छोड़ दिया था और तब से अंग्रेजों के यहाँ काम करनेवाले हमारे कस्बे के कुछ लोग बेरोजगार हो गए थे। वे अपनी दुर्दशा की वजह इस वृक्ष को बताने लगे, वृक्ष की शीतलता को वे भीषणता कहने लगे।

वृक्ष अपनी विलक्षणता के कारण पूरे कस्बे के विश्वास का केंद्र हो गया था, लोग उसकी पूजा करते, मन्नत माँगते, लोगों द्वारा अपनी इच्छापूर्ति के लिए बाँधे गए रंग-बिरंगे धागों से वह पेड़ अँटा पड़ा था। कुछ उसे काटकर अपने घर बना लेते, तो कोई उसकी लकड़ियों पर अपनी रोटियाँ सेंक लेता।

उस वृक्ष की एक विशेषता और थी, जहाँ उसकी डालियों पर संसार भर की सभी प्रजातियों के पक्षियों ने अपने घोंसले बना लिये थे, वहीं उसकी छाया में सभी जातियों के मनुष्यों ने अपने घर बना लिये थे। कुछ लोग पत्थर मारकर उसपर लगने वाले फलों को तोड़ते, तो कोई उसकी लकड़ियों को जलाकर उसकी आग तापता।

कुल मिलाकर वह पेड़ पूरे कस्बे के सत्कार का ही नहीं, तिरस्कार का केंद्र भी था। हमारे कस्बे में उस पेड़ को लेकर मिली-जुली भावनाएँ थीं, कुछ उसे कल्याणकारी तो कुछ उसे अकल्याणकारी मानते थे।

मैं भाईसाहब के पास पहुँचा, मेरे मन में उनके लिए बेहद आदर था। मैं उनके जीवट, आत्मविश्वास, अथक परिश्रम की विकट क्षमता का प्रशंसक था। किंतु गाँव के बुजुर्ग उनके प्रति मेरे आदर-भाव को आस्था से उपजे आदर की नहीं, आतंक से उपजे आदर की श्रेणी में रखते थे।

भाईसाहब मुझे पसंद करते थे, मुझे देख मुसकराकर बोले कि महाबली भीम हो या दुर्योधन, कंस हो या दस हजार हाथियों की ताकतवाला दुःशासन, यहाँ तक कि हनुमानजी को भी मैंने धराशायी होते देखा है, किंतु यह गंधी पेड़ है कि गिरता ही नहीं। पिछले कई सालों से लगातार इसपर चोट की जा रही

है। इसे काटा गया, पीटा गया, यहाँ तक कि जलाकर राख भी कर दिया गया, लेकिन यह खत्म होने की जगह और लहलहाने लगा।

मुझे इसकी एक और विशेषता की जानकारी हाल ही में हुई कि इसकी राख, खाद का काम करती है। जैसे रक्तबीज के रक्तकण समस्या थे, वैसे ही इसके राखकण एक विकट समस्या हैं। यह तो गीता की आत्मा से ज्यादा शक्तिशाली है, न इसे कोई मार सकता है, न जला सकता है, न काट सकता है, न गीला कर सकता है।

मैंने कहा कि भाईसाहब! जितना समय आपने इसे मिटाने के लिए खर्च किया, उतना समय यदि आप नए पेड़ लगाने में खर्च करते तो अभी तक पूरा-का-पूरा जंगल खड़ा हो गया होता और वैसे भी जिस पेड़ ने हमारी रक्षा की है, उसकी रक्षा करना हमारा कर्तव्य है।

भाईसाहब बोले, "तुम नहीं समझोगे, इसकी छाया में कोई दूसरा पेड़

बढ़ ही नहीं सकता और बढ़ भी गया, तो उसे वह महत्त्व नहीं मिलेगा, जो इस गंधी को मिलता है।

"इस गंधी के कारण हम नहीं हैं, बल्कि हमारे कारण ही यह फल-फूल रहा है। अपने परदादे ही इसे अफ्रीका के जंगलों से यहाँ लाए थे। उन्हें इस बात का ज्ञान नहीं था कि यह पेड़ पूरे कस्बे में अपनी जड़ें जमा लेगा।

"खैर जो हुआ, उसे बदला तो जा नहीं सकता, लेकिन भुलाया तो जा सकता है। पुरखों की चूक के कारण हम मूर्ख माने जाएँ, यह मैं बरदाश्त नहीं कर सकता। इसलिए मैंने अब इसे मिटाने का प्लान छोड़ दिया है। अब इसे बरबाद नहीं, बदनाम किया जाएगा। हत्या से अधिक घातक चरित्र हत्या होती है, इसलिए इसके गुणों को ही इसका दोष बताया जाए, ताकि लोग इसकी छाया से भी दूर रहें। इसकी गंध को दुर्गंध साबित करने की देर है। लोग स्वयं ही इससे किनारा कर लेंगे। हमारे परिवार की बेरोजगारी और तमाम तकलीफों का कारण यही पेड़ है। इसने हमारी जमीन पर अपनी जड़ें जमाई हैं, तो अब हम इसकी जड़ों पर अपनी जमीन तैयार करेंगे।" भाईसाहब अचानक घोषणात्मक स्वर में बोले, "अब से हमारा यह कस्बा गंधीग्राम नहीं, नंदीग्राम के नाम से जाना जाएगा। नाम परिवर्तन के लिए आज से बेहतर कोई और दिन हो ही नहीं सकता, क्योंकि आज वही दिन है, जब इस पेड़ की राख उड़कर पूरे कस्बे के जर्रे-जर्रे में फैल गई थी।"

भाईसाहब ने शंकित भावुकता से मुझसे पूछा, "इस परिवर्तन में क्या तुम मेरे साथ हो?"

मैंने उन्हें आश्वस्त करते हुए कहा, "आप निश्चिंत रहें भाईसाहब, हम सामान्य जन हैं, बदलाव नहीं, बरदाश्त ही हमारा भाग्य है। हम गरीब लोग हैं, हमें नाम से क्या मतलब, हमें तो काम से मतलब है। इस सच्चाई को हम जानते हैं कि नाम बदलने से नियति नहीं बदलती। सो सुगंध हो या दुर्गंध, इस भूमि को तो हम छोड़ने से रहे। अब यह भूमि ही हमारा भाग्य है या कह लें कि हमारे भाग्य में यही भूमि है राम जाने।

"आप बड़े हैं, पढ़े-लिखे हैं, भूत और भविष्य के द्रष्टा ही नहीं, सृष्टा

भी हैं और हम वर्तमान की छोटी-छोटी समस्याओं से जूझनेवाले आमजन। हमारे बुजुर्गों ने अपने दुःख को सुख में बदलने का अचूक नुस्खा बताया था, सो उसी का ईमानदारी से पालन करते हुए हम जीवन बिता रहे हैं, इसलिए हर परिस्थिति में आनंद रहता है।"

भाईसाहब ने उत्सुक हो मुझसे कहा, "क्या उस आनंदमंत्र को तुम मुझसे साझा कर सकते हो?" मैंने उत्साहित कंठ से उस मंत्र का सस्वर पाठ किया—

"जहि विधि राखे राम तहि विधि रहिए।
बड़ा आदमी जो भी बोले हाँ जू-हाँ जू कहिए॥"

□

आभासी क्रांति

सुबह घर से निकला ही था कि एक सज्जन से मुलाकात हो गई, मिलते ही वे चढ़ गए और बोले, "आज देश को क्रांति की जरूरत है, देश में आंदोलन चल रहा है बदलाव के लिए और आप एक्टिव नहीं हैं, चुप हैं...चुप क्यों नहीं होंगे, पेट जो भरा है, बड़ी गाड़ियों में घूमते हैं, लानत है आपके इस बड़े फोन पर, जिसे लेकर आप घूमते हैं, ए.सी. से निकलकर ए.सी. में बैठनेवालों ने ही इस देश की ऐसी-तैसी कर रखी है।" मैंने कहा, "भाईसाहब, हुआ क्या?" वे बोले, "चुप रहिए आप, देश की जमीनी हकीकत के बारे में कुछ पता भी है आपको? किसान मर रहा है, महँगाई बढ़ गई है, दिनदहाड़े रेप हो जाते हैं, बेरोजगारी-रिश्वतखोरी, सड़क, बिजली, पानी, इंडिया गेट से लेकर कोल गेट तक और विज्ञापन से लेकर व्यापम तक कितनी समस्याएँ गिनाएँ आपको, साँसें खत्म हो जाएँगी, पर समस्याएँ खत्म नहीं होंगी। पर आपको क्या, आप तो बस स्मार्ट फोन लेकर घूमते रहें। लानत है आपके इस फोन पर, एक तरफ हम लोग हैं, जो प्राणपण से बदलाव के लिए जुटे हुए हैं, हम अपने परिवारों से कट गए, बीवी-बच्चों की तरफ देखते भी नहीं हैं, पर हमें इसकी परवाह नहीं, हमारे कारण ही आप मंगल पर पहुँच गए और वहाँ पानी भी मिल गया। आप जैसों के भरोसे रहते तो घर में भी पानी न मिलता।

आपने कभी सोचा कि इस मंगल के चक्कर में हमारी जिंदगी अमंगल हो गई। आप क्यों सोचने लगे, आप तो बस अपना बड़ा सा फोन लेकर

घूमिए। बैठे-ठाले बदलाव नहीं आता, कुछ करना पड़ता है, कुरबानी देनी पड़ती है परिवार की, समय देना पड़ता है। पर आप तो ऐक्टिव होने से रहे, मजे से अपने बड़े फोन को लेकर घूमिए।" मैं शर्मिंदगी से गड़ गया और लगभग फुसफुसाते हुए कहा, "भाईसाहब, आप जिस बदलाव की बात कर रहे हैं, वह मुझे तो कहीं दिखाई नहीं दे रहा, सब पहले जैसा ही तो है।" वे

भड़क गए, "दिखाई कहाँ से देगा, एक्टिव ही नहीं हैं व्हाट्सप पर। घर में घुसे रहते हैं बस फेसबुक, ट्विटर, इंस्टाग्राम, व्हाट्सप पर आकर देखो, क्रांति मची पड़ी है वहाँ। एक-से-एक देशभक्त मिल जाएँगे आपको, हम लोगों ने दिन-रात एक करके धर्म से लेकर मर्म तक सबकुछ बदलकर रख दिया है सोशल मीडिया पर। सिर्फ बराबर टैक्स जमा करके या रेलगाड़ी में टिकट लेकर यात्रा करने से कोई देशभक्त नहीं हो जाता, लाल बत्ती हुई रुक गए, हरी हुई चल दिए, कोर्ट-कचहरी में दीवार पर पान की पीक नहीं थूकना, सड़क पर कचरा न फेंकना, बिजली-पानी की चोरी नहीं करना; नहीं भाई हम तो समय से दफ्तर पहुँचेंगे, जायज काम को तुरंत करेंगे, नाजायज काम नहीं करेंगे, राष्ट्रीय संपत्ति की रक्षा करेंगे, ये सब चोचले हैं, देशभक्ति नहीं।"

मैंने पूछा, "फिर देशभक्ति क्या है ?" अरे भैया ! जरा सोशल मीडिया पर आएँ, लाइक-डिस्लाइक (like dislike) ठोकें, समर्थन, विरोध करें, थोड़ा गालीगुप्तार करें, आंदोलन का हिस्सा बनें, अपने राष्ट्रप्रेम का सबूत दें। तब देशभक्त कहलाएँगे। बदलाव कोई ठेले पर बिकनेवाली मूँगफली नहीं है कि अठन्नी दी और उठा लिया, बदलाव के लिए ऐसी-तैसी करनी पड़ती है और करवानी पड़ती है। वरना कोई मतलब नहीं है आपके इस स्मार्ट फोन का। और भाईसाहब, हम आपको बाहर निकलकर मोरचा निकालने के लिए नहीं कह रहे हैं, वहाँ खतरा है, आप पिट भी सकते हैं, यह काम आप घर बैठे ही कर सकते हैं, अभी हम लोगों ने इतनी बड़ी रैली निकाली कि तंत्र की नींव हिल गई, लाखों-लाख लोग थे, हाईकमान को बयान देना पड़ा। मैंने कहा कि यह सब कहाँ हुआ, बोले कि सोशल मीडिया पर इतनी बड़ी थू-थू रैली थी कि उनको बदलना पड़ा। मैंने कहा कि लेकिन ये सब बदलाव हवा में हैं, हकीकत तो वही है पहले जैसी। वे विफर गए, हकीकत की ऐसी की तैसी, हवा बदलें हवा, हवा सबसे ज्यादा महत्त्वपूर्ण है, नहीं तो यह क्यों कहा जाता कि उसकी हवा बंद हो गई, उसकी हवा खिसक गई, उसकी हवा टाइट कर दी, उसकी हवा है, हवा में मत उड़ो, हवा खिलाफ है, हवा निकल गई, हवा बदल गई। बिना रोटी, पानी के रह सकते हैं, बिना हवा के तीन मिनट रहकर

बताएँ तो जानें, हवा बंद हो जाए तो सब हकीकत धरी रह जाएगी, बड़े आए हकीकत वाले, हवा बदलें नहीं तो पिछले साठ साल से पिट रहे हैं, अगले साठ भी पिटते रहेंगे।

मैंने कहा, "भाईसाहब, सभी देश को बदलने में लग गए तो इसे बनाएगा कौन, कुछ मेरे जैसे बनानेवाले भी तो चाहिए।" वे बोले, "क्या उखाड़ लोगे बनाकर और क्या उखाड़ लिया, उन लोगों ने जो तुमसे पहले बनाने में लगे थे? यह बदलाव की हवा है, तुम बनाओगे, हम बदल देंगे। हमें निर्माण नहीं बदलाव चाहिए...चुपचाप सोशल मीडिया पर एक्टिव हो जाओ, नहीं तो जितने भी ग्रुप में हो, रिमूव करवा देंगे। थू-थू होगी वह अलग।" उन्होंने मुझे एक भद्‌दी सी गाली दी। इंटरनेट का उपयोग न करनेवाले कपटी, लानत है तेरे स्मार्ट फोन पर, डैम फूल, बदलाव का विरोध करनेवाले अक्रांतिकारी जलकूकड़े। वे हवा के झोंके की तरह चले गए। मैं किंकर्तव्यविमूढ़ सा खड़ा सोचता रहा कि

"देश चलता नहीं, मचलता है
मुद्‌दा हल नहीं होता, उछलता है
जंग मैदान पर नहीं मीडिया पर जारी है
आज तेरी तो कल मेरी बारी है।"

□

भक्क नारायण महाराज

जी, लोग उनको भक्क नारायण महाराज कहते थे। लेकिन यह उनका असली नाम नहीं था। किसी थानेदार ने चिढ़कर उन्हें इस उपाधि से विभूषित किया था। जिसको कर्म-कांड, पूजा-पाठ की जानकारी नहीं हो, फिर भी वह आगे-आगे हो, ऐसे व्यक्ति को 'भक्क' कहा जाता है। भक्क मूर्ख का लोकल पर्यायवाची है। जनेऊ, शादी-विवाह, सत्यनारायण की कथा से लेकर मरने-गड़ने तक, पूरे क्षेत्र में उनके अलावा कोई विकल्प नहीं था। वे एकमात्र व्यक्ति थे, जिनके पास रोग-शोक निवारण से लेकर स्वर्ग-नर्क तक भेजने का लाइसेंस था। कुल मिलाकर आप उन्हें भगवान् का पासपोर्ट अधिकारी कह सकते थे। सो लोग चिढ़कर उनको 'भक्क' और मजबूरी व भय से उपजे आदर के कारण भक्क के आगे 'नारायण' लगा देते कि कहीं भक्क महाराज नाराज होकर भगवान् के सामने उनकी सी.आर. (CR) न बिगाड़ दें। वे बेहद गोरे थे। हमेशा ऊर्जा से भरे रहते। शादी के समय श्मशान के और श्मशान पर शादी के मंत्र पढ़ देते। थानेदार ने अपने बेटे की शादी पर इस बात पर आपत्ति की थी कि ब्याव में मरघटा के मंत्र काय पढ़ रहे हो? सो पंडितजी ने बहुत शांति से उनको जवाब दिया था कि ब्याव सोई मरे बराबर होता है, अब तुम्हारा जे लड़का तुमाये लिए मरा बिरोबर है, अब से जे बहु के साथ रहेगा उसकी कस्टेडि में। सो उसका परलोक सुधारने के लिए जे मंतर पढ़ा जाना जरूरी है, ताकि बो नरक में रहते हुए अपने आपको स्वर्गवासी महसूस करे। थानेदार बहुत भड़क गए थे और गुस्से में बोले कि अगर आज

हम कहूँ जे ब्याव के कपड़ों की जगह अपनी बरदी पहने होते तो इत्ति ठुकाई करते सारे कि तुम जे सबरे मंत्र भूल जाते और चीखकर बोले, हट्ट सारे 'भक्क' कहीं का। तो वे तब से पूरे क्षेत्र में 'भक्क नारायण महाराज' कहलाने लगे। भक्क महाराज के पास एक मरियल्ली सी घोड़ी थी, जिसे वे लोकल ट्रांसपोर्टेशन के लिए इस्तेमाल करते थे। कथा के लिए आसपास के गाँवों में जाते तो अपने सभी पोथी-पुराण, जिनका इस्तेमाल वे सिर्फ पूजा-स्थल को सजाने के लिए करते थे, पूजा-सामग्री, खाने-पीने के सामान के साथ स्वयं को भी उस मरियल्ली पर लाद देते। अपनी औकात से ज्यादा बोझ के कारण घोड़ी जमीन में धँसी हुई दिखाई देती थी और महाराज उसे धक्का देते हुए से दिखाई पड़ते थे। घोड़ी उन्हें खींच रही है या वे घोड़ी को खींच रहे हैं, यह कह पाना बहुत मुश्किल था। मेरी उम्र उस समय करीब नौ-दस (9-10) बरस की रही होगी, मैं तालाब के किनारे दोनों हाथ छोड़कर साइकिल चलाने की प्रैक्टिस कर रहा था। मैंने देखा कि भक्क महाराज अपनी घोड़ी पर बैठे हुए चले आ रहे हैं, गाँव के चार जवान और बेरोजगार लड़के तालाब के किनारे बने मंदिर के चबूतरे पर बैठे पत्ते खेल रहे थे। यह उनका रोज का काम था। जैसे ही उन्होंने भक्क महाराज को देखा, अपने पत्ते फेंके और पास में रखी हुई पतली छड़ी उठा ली, जैसे ही महाराज उनके पास पहुँचे, उन्होंने अपनी छड़ी से घोड़ी के पुट्ठे पर दे मारा। अचानक हुए हमले से घोड़ी हुदबुदा गई और एकदम से उछली। भक्क महाराज तैयार नहीं थे, वे घोड़ी से गिर पड़े। मुझे लगा कि महाराज अभी-के-अभी गुस्से से आग-बबूला होकर इन लड़कों को अपने शाप से भस्म कर देंगे, क्योंकि पूज्य माँ ने मुझे यह बताया था कि गरीब की हाय और किसी पुजारी पंडित का शाप नहीं लेना चाहिए। सो मैं अपनी साँस रोके उन लड़कों के भस्म होने की प्रतीक्षा करने लगा, क्िंतु देखता क्या हूँ कि महाराज कराहते हुए उठे, अपने कपड़े झाड़े और जोर-जोर से ताली बजाकर हँसते हुए कहने लगे, "यही होना चाहिए, यही होना चाहिए..." और अपनी टेंट में से चार चवन्नियाँ निकालीं, एक-एक चवन्नी उन चारों के हाथ में रख दी और मुसकराते हुए उन चारों की तरफ देखा। अपना हाथ

उठाकर उनको आशीर्वाद दिया कि आयुष्मान भवः! उन लड़कों ने भी ठहाके मारकर हँसते हुए बड़े जोर से कहा कि पाँव लागी महाराजऽऽऽ और वापस मंदिर में बैठकर पत्ते खेलने में व्यस्त हो गए। मैं धीरे-धीरे भक्क महाराज के पास पहुँचा, वे अपने बिखरे हुए सामान को समेटकर वापस घोड़ी पर लादने में व्यस्त थे, अपनी साइकिल को स्टैंड पर खड़ी कर मैंने लपककर उनके चरण स्पर्श किए और उनके सामान को समेटने में उनकी मदद करते हुए उनसे पूछा कि आपको चोट तो नहीं आई? वे मुझे देख मुसकरा दिए और बोले, "आँहाँ हल्के बीर। जौ तो रोज को खेल है इन लड़कन को। इन्हें मोहे पटक बे में मजा आउत है और मोहे इने चवन्नी दए में सुख मिलत है...बे सोई खुस और मैं सोई खुस।" भक्क महाराज अपनी घोड़ी पर बैठकर चल दिए। मैं आश्चर्यचकित था कि कैसे इनसान हैं ये, लड़के इनको परेशान करते हैं, इनको पटकते हैं, फिर भी ये उन लड़कों को सबक नहीं सिखाते! सबक

सिखाना तो छोड़िए, ये उनको चवन्नी भी देते हैं ऊपर से। जिससे ये लड़के सुधरने की जगह और बिगड़ जाएँगे। कुल मिलाकर मुझे भक्क महाराज पर बहुत गुस्सा आ रहा था, मैं उन लड़कों से ज्यादा भक्क महाराज से चिढ़ गया था। इस घटना को करीब पंद्रह दिन बीत गए, इन पंद्रह दिनों में कम-से-कम सात बार मैंने यही दृश्य देखा। घोड़ी का हुदकना, महाराज का गिरना, उठकर ताली पीटना, यही होना चाहिए कहना, लड़कों को चवन्नी देना, लड़के अक्खड़ता से पाँव लागी महाराज कहते, वे आयुष्मान भवः का आशीर्वाद देते और चुपचाप निकल जाते।

मेरे बालमन में भक्क के लिए अब दया नहीं, चिढ़ ने परमानेंट जगह बना ली थी। एक दिन दोपहर को मैं घर में काम पर लगे बढ़ई के साथ बैठा रंदा चलाना सीख रहा था कि अचानक मुझे कुछ लोगों के जोर-जोर से रोने, चीखने-चिल्लाने, गिड़गिड़ाने, माफी माँगने की आवाजें सुनाई दीं। मैं भागकर अहाते के बाहर निकलकर अपने बाट के दरवाजे पर पहुँचा तो देखा कि पूज्य बाबूजी के परम मित्र, जो इलाके में सफेद पटेल के नाम से जाने जाते थे, अपने सफेद झक्क सवा छह फुटिये घोड़े पर सवार उन चारों लड़कों को रस्सी से बाँधकर सड़क पर घसीट रहे हैं और उनके साथ के चार आदमी लातों, जूतों और पुलिसिया बेंत से जमकर उन चारों की ठुकाई कर रहे हैं। गाँव के सौ-पचास लोग भी इस रगड़रंग यात्रा में शामिल हैं और भक्क नारायण महाराज आनंदमग्न हो तालियाँ बजा-बजाकर 'यही होना चाहिए, यही होना चाहिए' का कीर्तन कर नाच रहे हैं।

रगड़रंग यात्रा जब हमारी बाखर के सामने पहुँची तो सफेद पटेल मुझे देख मुसकरा दिए और घोड़े पर बैठे-बैठे ही बोले कि नन्हे पटेल भैया से कहना कि गाँव भर में इन लफंगों की रगड़पलेट करके हम थोड़ी देर में आते हैं। वे पूज्य बाबूजी से उम्र में दो-तीन साल बड़े थे, फिर भी वे उन्हें भैया कहते थे। भक्क महाराज मेरे पास आए और बोले, "हल्के बीर, अब समझ में आई, हम क्यों सारों को चवन्नी देते थे। हमारी चवन्नियाँ आज फल गईं। भगवान के घर देर है, पर अँधेर नई। इन उपद्रवियों को लगा कि जब हमारी

मरियल्ली को लठिया मारने पे चवन्नी मिलती है तो इस कद्दावर घोड़े को मारने पे रुपैया जरूर मिलेगा, सो लपका में पटेल के घोड़ा को इन्ने मार दिया। फिर क्या था, पटेल ने पहले तो घोड़ा से उतरकर सालों की बहुत ठुकाई करी, फिर घोड़ा से बाँधकर वहीं से रगड़ना शुरू किया और ससुरों के भूत उतार दिए। कोई गिरने-पिटने के बाद भी अगर ताली बजाए, तुम्हें आशीर्वाद देय तो जे मत समझना कि बो तुमाये साथ है। बो साथ नई, भक्क नारायण की चुअन्नी हैं।

"अरे हम ठहरे गरीब पोंगा पंडित, अगर हम इनसे जरा भी कुछ कहते, तो जे अभे घुड़िया को मार रए थे, ओखों छोड़कर जे सबरे मिलके हमाए हड्डा-पसला तोड़ देते। सो हमने भी सोची कि कुच्छ न बोलो। मरबे से अच्छो है गिरबो, सो गिरके इने चुअन्नी और आशीर्वाद देओ। जिससे इने गिराबे को लपका लग जाए। फिर आहे कोई पटेल बोई इनके किल्ला झड़े है। और भव बोई। आज हमारी सब चुअन्नीयें काम आ गईं। तुम अभी हल्के हो, बड़े हुईयो जबरन तंगानेवाले तुमको मिलेंगे, अगर उनसे उन्हीं के हिसाब से निपट सको तो ठीक। नई तो भक्क महाराज का फारमूला याद रखना। गांधीजी टैम गया कि कोई तंगाए तो कुछ मत बोलो। आजकल कुछ न बोलना भी एक किसम का विरोध माना जाता है। इसलिए बो मत बोलो, जो तुमको अच्छा लगता है, वो बोलो जो उसको अच्छा लगता है, क्योंकि जबर आदमी को तुम सामने से नहीं जीत सकते, इसलिए जबर के आगे नहीं उसके पीछे चवन्नी चिपका दो, बो खुदई दिबाल से मूँड़ मार लेगा।"

इस घटना को करीब चार दशक हो गए हैं, लेकिन भक्क नारायण महाराज आज भी मेरी स्मृतियों में ताजा हैं। आज भी जब कभी शादी में श्मशान के और श्मशान पर शादी के मंत्र कान में पड़ते हैं तो उनका गोरा, ऊर्जा से भरा, किंतु निरीह चेहरा याद आ जाता है, और मैं मौन चुपचाप घटनाओं को घटित होते हुए देखता हूँ, घटनाएँ घटित नहीं होतीं केवल क्रम बदलती हैं।

□

अंतरात्मा का जंतर-मंतर और तंतर

कल एक तांत्रिक टाइप के व्यक्ति से मुलाकात हो गई।

अब आप कहेंगे कि यह टाइप क्या होता है? तांत्रिक या तो होता है या नहीं होता।

उसकी वजह है, वे पेशे से यांत्रिक (टेक्निकल मैन) हैं, तंत्र (सिस्टम) के नौकर हैं (बहुत बड़े अधिकारी हैं) और कई किस्म के मंत्रों का उन्हें अखंड ज्ञान है।

मैंने उनसे कहा कि भाईसाहब आप तो प्रत्येक क्षेत्र में सिद्धहस्त हैं, इसलिए संकट में हूँ कि आपको क्या कहूँ? किस क्षेत्र का विशेषज्ञ मानूँ?

वे ठठाकर हँसते हुए बोले कि मैं तंत्र (सिस्टम) के लिए काम करता हूँ। वही मेरा पेट भरता है, पैसे वहीं से कमाता हूँ तो आप मुझे तांत्रिक कहें।

बात माँ (जन्म देने वाली भी तथा मातृभूमि भी) से शुरू हुई और आत्मा, पुण्यात्मा, पापात्मा, महात्मा, परमात्मा, को कवर करते हुए अंतरात्मा पर आकर समाप्त हो गई।

मैंने कहा कि भाईसाहब यह अंतरात्मा क्या चीज है? यह होती भी है या हम यूँ ही इसके नाम पर चटकारे लेते रहते हैं? क्योंकि एक लंबा जीवन निकल गया, लेकिन मेरी मुलाकात अपनी अंतरात्मा से आज तक नहीं हुई! जबकि इस बीच कई बार गाहे-बगाहे दूसरे लोगों की अंतरात्मा से जरूर मुलाकात हो गई, कुछ मित्रों ने अपनी सोई हुई अंतरात्मा के दर्शन कराए तो कुछ की अंतरात्मा मुझे देखकर हड़बड़ा कर जाग गई, और मेरा खामखाँ

नुकसान करके चली गई। बाद में नुकसानदाता मित्र ने माफी माँगते हुए बताया कि तुमने गहरी नींद में सोई हुई मेरी अंतरात्मा को जगा दिया था, इसलिए वह बुरा मान गई और तुम्हारा नुकसान हो गया, इसमें मेरी कोई गलती नहीं है। मैं तुम्हारा अभी भी सच्चा मित्र हूँ।

मेरे साथ मेरे परम मित्र डी.वी. (DV) भी थे (माफ कीजिएगा नाम का इनिशियल ही लिखूँगा, क्योंकि वे एक बड़ी नामचीन कंपनी में बड़े अधिकारी हैं।)

डी.वी. भी बोले की बंधु सही कह रहे हैं, मुझे भी आज तक मेरी अंतरात्मा के दर्शन नहीं हुए, अरे दर्शन तो छोड़िए, उसने कभी मुझसे बात करना भी उचित नहीं समझा, यह मसला क्या है?

तांत्रिक बोले कि देखो भाई, अंतरात्मा सबकी होती है, लेकिन अंतरात्मा

जब तक विपक्ष में होती है, तब तक बहुत बोलती है।

मैंने बीच में ही पूछ लिया कि विपक्ष मतलब?

तांत्रिक मुसकराते हुए बोले कि मतलब जब आप परेशानी में हों, अपने को सेट करने की जुगाड़ में हों और दूसरे पक्ष को अप्सेट करने के लिए प्रयासरत हों। लेकिन जैसे ही अंतरात्मा सत्ता में आती है, बिलकुल चुप हो जाती है, और मान लीजिए कि सत्ता में रहते हुए कभी अगर अंतरात्मा बोले भी, तो समझिए कि आप पक्ष में होते हुए भी विपक्ष टाइप का फील कर रहे हैं, तब वह बोलती नहीं है सिर्फ भाषण देती है...

वैसे आपको बताए दे रहे हैं, अंतरात्मा बोलती-मोलती नहीं है। यह या तो सोती है या जागती है। बोलता तो आदमी है अंतरात्मा के बिहाफ पर। एक बात और समझ लीजिए, आपको कन्फ्यूजन नहीं रहेगा, इसका सोने-जागने

का भी टाइम निश्चित है... अंतरात्मा जब तक आप विपक्ष में हैं तब तक जागती रहती है, लेकिन जैसे ही आप सत्ता में आए यह फटाक से सो जाती है फिर आपके कान पर नगाड़े भी बज रहे हों, बड़े-से-बड़े धमाके भी क्यों न हो जाएँ, यह नहीं उठती, गहरी नींद में सोती रहती है।

इतने में उनका इंटरकाम बजा। उन्होंने हूँ—हाँ कहा और फोन रख दिया, वे बिजली की गति से उठकर खड़े हो गए और गर्मजोशी से हाथ मिलाते हुए बोले कि अच्छा हम लोग फिर मिलेंगे, अभी मुझे निकलना पड़ेगा। साहब के सूखाग्रस्त क्षेत्र के दौरे की जिम्मेदारी मुझे दी गई है। आई वॉज लुकिंग फॉर दिस ऑपर्टूनिटी।

मैंने रास्ते में 'डी.वी.' से पूछा कि बंधु इनका सत्ता से का क्या मतलब था, राजनीति ?

'डी.वी.' ने मुसकराते हुए कहा कि नहीं बंधु, हमें जो समझ आया वह यह कि अंतरात्मा का संबंध राजनीति से नहीं कूटनीति से होता है।

मैंने प्रश्नवाचक मुद्रा में 'डी.वी.' को देखते हुए लगभग बुदबुदाते हुए पूछा कि कूटनीति मतलब डिप्लोमेसी ?

'डी.वी.' जीआलॉजिस्ट ही नहीं, एम.बी.ए. भी हैं, सो हँसते हुए बोले—डिप्लोमसी वाली कूटनीति नहीं बंधु, अपनी सागर यूनिवर्सिटी में जो चलती थी... किसी को कूटकर कचरा करने के लिए जो नीति अपनाई जाए वह कूटनीति।

□

बीसीपी उर्फ भग्गू पटेल

कल अचानक ही भग्गू पटेल मिल गए एयरपोर्ट लाउंज में, मेरी सामने वाली टेबल पर बैठे थे। उनके साथ उनके कुछ देसी और विदेशी मित्र भी थे। करीब बारह साल बाद मैंने उनको देखा था। उनका हुलिया, हाव-भाव देख मैं कुछ देर तो उनको पहचान ही नहीं पाया, क्योंकि जिस ठेठ बुंदेलखंडी भग्गू को मैं जानता था, वह दूर-दूर तक दिखाई नहीं दे रहा था, किंतु बहुत ध्यान से देखने पर पता चलता था कि भग्गू मरा नहीं है, बल्कि बहुत होशियारी से उसे सूट-बूट के नीचे छिपा दिया गया है। इसी बीच अचानक भग्गू और मेरी आँखें मिल गईं, मैं मुसकराया, भग्गू मुझे देखकर बुरी तरह सकपका गए और बेहद फुरती से चेहरे पर कुछ ऐसे भाव लाए जैसे उन्होंने मुझे देखा ही न हो और डैमेज कंट्रोल करने के लिए उच्च स्वर में अपने विदेशी मित्र से अंग्रेजी में पूछ बैठे—

"यू वांट सुगर इन टी?" और उनके द्वारा की गई 'सुगर' की पेशकश ने ही उनके भग्गू होने पर मोहर लगा दी, क्योंकि भग्गू हॉस्टल के दिनों से ही 'स' और 'श' को लेकर पीड़ित थे। अथक प्रयासों के बाद भी इन दोनों शब्दों का सही उच्चारण उन्हें सिद्ध नहीं हो पाया था। सागर विश्वविद्यालय में उनकी पहली गर्ल फ्रेंड का नाम शर्मिला था। उन्हें विश्वास था कि अत्तरा, जहाँ के वे रहनेवाले थे, जहाँ अमूमन सभी 'सड़क को शड़क' और 'शक्कर को सक्कर' कहने पर राजी थे, के घुट्टी में पिलाए गए भाषायी संस्कार को, शर्मिला का आभिजात्य प्रेम निश्चित ही सुधार देगा। हॉस्टल में रात भर

शर्मिला–शर्मिला कहने की प्रैक्टिस करने बाद अगले दिन सुबह बॉटनी गार्डन में उसे अपनी दो सखियों के साथ खिलखिलाती देख प्रपोज कर बैठे। प्रणय निवेदन के समय अभ्यासगत संस्कार की जगह जन्मजात संस्कार ने फन निकाल लिया और वे कह बैठे, 'सर्मिला आइ बाँट टू शे शमथिंग टू यू प्लीज शिट फोर शम टाइम...।'

'शिट फोर शम टाइम' सुनकर शर्मिला ने उन्हें आश्चर्य व तिरस्कार के भाव से देखा, जिसे भग्गू ने शर्मिला की प्रेमिल अधीरता और स्वीकार का सिग्नल समझ फटाक से, सर्मिला आई लव यू कह दिया और फिर चटाक की जोरदार आवाज, जिसकी गूँज पूरी यूनिवर्सिटी में सुनाई दी, के साथ उनकी प्रेम कहानी का अंत हो गया। भग्गू पटेल, जिनका वास्तविक नाम भागचंद पटेल था। इस घटना को छुपाना चाहते थे, किंतु शर्मिला जो आर्मी के उच्चाधिकारी की बेटी थी, ने यह संभव न होने दिया। उसने वाइस चांसलर को नामजद लिखित शिकायत की कि इस लड़के ने सरेआम मुझे बॉटनी गार्डन में कुछ समय तक शिट करने को कहा। भग्गू रेस्टीकेट होने से बमुश्किल बचे, किंतु सेना के जवानों ने उन्हें पीटते हुए विश्वविद्यालय में उनका जुलूस निकाल दिया, जिसका एक फायदा जरूर हुआ कि भग्गू रातोरात विश्वविद्यालय में प्रसिद्ध हो गए।

तब से भग्गू शर्मिला ही नहीं, हर उस बात से छड़कने लगे, जिसमें 'स' या 'श' शब्द आते थे। मेरे नाम आशुतोष से तो उन्हें सख्त एतराज था, क्योंकि उसमें सिर्फ शक्कर वाला श ही नहीं, षट्कोण वाला ष भी आता था। भग्गू सन् 2004 तक निरंतर मेरे संपर्क में थे। हिस्ट्री, पोलिटिकल साइंस व सोसलॉजी से ट्रिपल एम.ए. करने के बाद भी उन्हें मनोवांछित नौकरी नहीं मिली, सो अपने सरवाइवल के लिए उन्होंने किराना दुकान से लेकर संविदा शिक्षक तक के सारे काम कर डाले, किंतु कोई भी काम उन्हें मोक्ष उपलब्ध न करा सका। आज से बारह साल पहले जब मैं अंतिम बार उनसे मिला था, तब वे लोकल पॉलिटिक्स से खजुराहो में गाइड के काम पर शिफ्ट हुए थे, उसके बाद उनका कुछ पता न चला। आज अचानक ही लाउंज में प्रकट हुए।

मैं प्रसन्नता से भरा हुआ अपने एक्टरपन से मिली प्रसिद्धि से उपजे अहंकार को ताक पर रख, उनकी टेबल पर पहुँच गया और बेहद गर्मजोशी से उनको देखकर बोला, "भग्गू, तुम कहाँ हो यार?"

अपने देसी-विदेशी संभ्रांत से दिखनेवाले दोस्तों के बीच अपने लिए भग्गू सुनकर वे असहज हो गए, उनकी आँखों में शर्मिला कांड से लेकर किराना दुकान तक का अप्रिय अतीत भड़ाभड़ स्लाइड्ज बदलने लगा। भग्गू की सरलता मुझसे लिपट जाना चाहती थी, किंतु प्रयत्नपूर्वक सिद्ध की गई संभ्रांतता ने उसका गला दबा दिया था, जिससे वे स्वयं घुटते हुए से दिखाई दिए। मैंने मौके की नजाकत को समझ तुरंत यू टर्न लिया और उनके सूट-बूट, फेल्ट हैट को ध्यान में रख बेहद सम्मानजनक औपचारिकता के साथ कहा, "आई एम सॉरी जेंटलमन। इफ आई इम नॉट मिस्टेकेन, आर यू मिस्टर भागचंद पटेल?" मैंने प्रश्न जरूर पूछा था, किंतु मेरे पूछने का ढंग घोषणात्मक था, कि आई एम श्योर यू आर भग्गू फ्रोम अत्तरा। मेरी आँखों में अपने भग्गू होने का दृढ विश्वास देख उन्होंने सरेंडर करना उचित समझा। किंतु वे अपने विदेशी मित्रों को कतई इस बात की भनक तक लगने देने के मूड में नहीं थे कि यह सूटेड-बूटेड व्यक्ति कभी भग्गू था। उनकी पूरी कोशिश इस बात को सिद्ध करने की दिखाई दी कि जैसे कर्ण कवच-कुंडल के साथ पैदा हुआ था, वैसे ही वे भी सूट-बूट पहनकर ही पैदा हुए थे। इतने में उनके साथ की देसी महिला मित्र मुझे देख उछल पड़ीं और प्रसन्नता से भरी हुई बोलने लगीं, "हेऽ मिस्टर आशुतोष राणा। यू आर एन अमेजिंग ऐक्टर... आई एम सो सो हैप्पी टू सी यू।" अब वे भग्गू से मुखातिब हुईं और बोलीं, "बीसीपी! यू नेवर टोल्ड अस...यू न्यू सच अ फेमस पर्सन द आशुतोष राणा। ही सीम्स टू बी वेरी क्लोज टू यू...।" अब भग्गू भौंचक होकर मुझे देख रहे थे। वे गर्व और भय के मिश्रित भाव से भरे हुए थे...गर्व इस बात का कि 'द फेमस' आशुतोष राणा 'उनको' जानता है और भय यह था कि आशुतोष राणा उनको 'क्लोजली' जानता है।

फिर वे ही महिला बोलीं, "कैन आई टेक वन सेल्फी विद यू? ओह,

आई एम सॉरी...मैंने आपको अपना नाम ही नहीं बताया। आई एम शारदा बट बीसीपी कॉल्स मी 'सारदा'...ही गेव मीनिंग टू माय नेम...सार...मीन्स

'एसेंस' ऐंड...दा यानी देनेवाली...सो इन शॉर्ट...'सारदा' मीन्स 'एसेंस ऑफ लाइफ'।"

मेरे प्रति भारतीय महिलाओं का आदर-भाव देख अब विदेशी भी मुझे विशेष व्यक्ति समझकर हे मैन, हा मैन, बॉलीवुड, सिलेब्रिटी, हा हा हू हू करने लगे। उनके सम्माननीय बीसीपी के लिए मेरे भग्गू को रोक पाना अब बहुत मुश्किल हो रहा था, क्योंकि मैं उनके सुख-दुःख का पुराना साथी था। कायदे से बदलना मुझे चाहिए था, किंतु बदल वे गए थे, इस बात की उन्हें अब ग्लानि भी हो रही थी। मैंने उन्हें इस ग्लानि से मुक्त करने के लिए बेहद आत्मीयता व आदर से संबोधित किया, "हे बीसी, हाऊ डूइंग मैन?" अब वे लपककर खड़े हुए और मेरे गले से चिपक गए। इस गले मिलन में दो भाव थे, एक अपनापन और दूसरा मुझे आगे कुछ भी न बोलने देने का बलपूर्वक प्रयास और "ओह माई गॉड राना, इट्स प्लेजर, इट्स प्लेजर" कहते हुए वे मुझे घसीटकर उस टेबल से दूर ले आए और दूर से ही अपने मित्रों से बोले, "एक्स्क्यूज मी विल बी बैक इन शम टाइम।"

अब हम दोनों अकेले थे, टॉयलेट के पास। बोले, "गुरु माफ करियो, हम अपने भग्गू होने से बहुत परेशान थे, सो गाइडगिरी करते हुए एक दिन हमें एक आइडिया सूझा कि क्यों न हम भागचंद पटेल को बीसीपी कर दें। शायद हमारे भाग खुल जाएँ? भागचंद में साली एक पनोती सी थी। लेकिन नाम बदल देने भर से भाग्य थोड़ी बदलता है, इसके लिए तो साला हमें भी अपने आपको बदलना पड़ेगा, सो लग गए भग्गू को मिटाने में। एक दिन भाग्य से नागा शाधुओं की एक टोली खजुराहो में मिल गई, सो हम सोई भभूत-मबूत लगाकर उनके संगे हो गए। पैले तीन-चार दिन तो ठीक कटे, मगर चौथे दिन रात में नागाओं के कोतवाल ने हमें पकड़ लिया और छह-सात चिमटा हमारी पीठ पर जड़ दिए, बोला, ''साले फर्जी कहीं का, हरामखोर। आदमी होके नागा बना घूमता है। निकर सारे, नई तो तुझे जिंदा जला के तेरी राख सरीर पे लगा के हम रात भर तांडव करेंगे।'' सो हम भाग लिये, अब सोचा कि चलो नरमदा किनारे हैंई हैं तो परकम्मा कर लें...सो परकम्मा में ही एक

दिना विचार आया कि जितनी भीड़ जीते-जागते मुख्यमंत्री के दरवाजे पे नई लगती, उससे ज्यादा भीड़ तो पत्थर के देवी-देवता के मंदिरों में लगती है। कारण क्या है कि आदमी आदमी की इच्छा पूरी नई कर पाता, लेकिन पत्थर कर देता है ? ऐसेइ रास्ता चलत जे सवाल हमने एक सामान्य टाइप के चिलमबाज शाधु (साधु) से पूछ धरा, बे बोले, मानो तो पत्थर भी देवता है और न मानो तो देवता भी पत्थर बिरोबर है। चमत्कार पत्थर नहीं करता, उस पत्थर के प्रति इनसान की श्रद्धा उसका विश्वास करता है। गुरु, उसकी बात हमें जम गई और हमने रंग-बिरंगे, छोटे-बड़े कुछ अजीब टाइप के पथरा इकट्ठे करना शुरू कर दिए। पहले लोकल लेबल पर हमने उन पत्थरों को चमत्कारी पत्थर के नाम से बेंचा। इसमें हमारा खर्चा-पानी निकलना शुरू हो गया। फिर लगा कि क्यों न शूट-बूट पहनकर अंग्रेजी बोलते हुए पत्थर बेचे जाएँ और हमारा तीर निशाने पे लगा, जो पत्थर हिंदी में सौ रुपल्ली में बिकता था, शाला (साला) अंग्रेजी में ढाई हजार में बिका। हम समझ गए गुरु, अब हमने हर समस्या के निदान का अलग पत्थर और उनके अंग्रेजी नाम धर लिये...जैसे ट्रबल सूटर, एनर्जी बूश्टर, फ्लाइंग फीवर, लव श्टोन, पीश फोर माइंड, मिलेनियर, शेक्श शक्शेश (सेक्स सक्सेस), एन्वी, प्रोट्रैक्टर, फेम श्टोन, हैपीनेश, लाई कन्वर्टर...फिर लगा कि अगर हिंदी आदमी के दिल में जगह बनानी है तो अंग्रेजी आदमी के थ्रू आओ, कोई विदेशी अगर अपनी पीठ ठोक दे तो अपन लोगों की आदत है कि अपन उसके चरणों में लोट जाते हैं। सो विदेसियों को घेरना शुरू किया। विदेशी वैसे ही विश्वासी होते हैं, उनके विश्वास को बढ़ाने के लिए ज्यादा मेहनत नहीं करनी पड़ती। कहकर पत्थर पकड़ा दो कि काम होगा, मतलब होगा। फिर देखो, सारे कोई कसर नई छोड़ते, पत्थर को सही साबित करने के लिए जी जान लगा देते हैं। सफल होते हैं वे और श्रेय मिलता है बीसीपी के गाइडिंग स्टोन को। आज गुरु इटली, फ्रांस, अमेरिका, इंग्लैंड, यूएइ दुनिया के दस देशों में अपने ऑफिस हैं।"

मैंने कहा, "यार भग्गू, तुमने तो कमाल कर दिया, लोग हीरा नहीं बेच पाते, तुमने पत्थर बेच दिए।" भग्गू बोले, "लोग हीरे को शक की नजर से

देखते हैं गुरु, और पत्थर को विश्वास की। मैंने पत्थर नहीं, उनके विश्वास को बेचा है।"

मैंने हँसकर कहा, "यार, यह विश्वास नहीं अंधविश्वास है।"

भग्गू बेहद संजीदगी से बोले, "गुरु, विश्वास नाम की कोई चीज नहीं होती। हमारी सफलताएँ अंधविश्वास पर ही खड़ी होती हैं। खुली आँखों का विश्वास विज्ञान कहलाता है, यह विज्ञान भी अंधविश्वास की ताकत से ही पैदा होता है। हवाई जहाज बनानेवाले को पहले अंधविश्वास ही होगा कि मैं पूरे कुनबे को हवा में उड़ा सकता हूँ, विश्वास परिणाम है और अंधविश्वास प्रक्रिया। बिना प्रक्रिया के परिणाम कैसे मिलेंगे? हम अंधविश्वास भी पूरी ईमानदारी से नहीं करते, इसलिए फेल हो जाते हैं। जिसे तुम अंधविश्वास कह रहे हो, दरअसल वह इशखिलित (स्खलित) विश्वास है, जिसमें हम दुनिया पर तो विश्वास करते हैं, किंतु स्वयं पर अविश्वास करते हैं। खुली आँखों से किए गए काम नहीं, बंद आँखों से किए गए काम ही चमत्कार की श्रेणी में आते हैं। जितने भी चमत्कारी लोग हुए हैं, उन्होंने लोगों की आँखें खोली नहीं हैं, बल्कि खुली आँखों को बंद किया है। बच्चे को जगाना नहीं, बच्चे को सुलाना कला है, इसलिए माताएँ बच्चे को सुलाने के लिए लोरी गाती हैं, उसे जगाने के लिए नहीं। सुख मीठी नींद में है गुरु, सो मेरे काम को तुम माँ की लोरी मानो, क्योंकि अच्छी नींद लेनेवाला बच्चा जब अपने आप जागता है तो वह आनंद और ऊर्जा से भरा होता है, फिर उसको अपना अभाव भी प्रभाव नजर आता है। एक बार तुम्हीं ने हमसे कहा था कि शंशार में सबसे बड़ी ताकत श्वप्न की ताकत होती है, हमें लोगों के अंदर शपने (सपने) देखने की ताकत पैदा करनी चाहिए। देखो तुम्हारे दिए गए गुरुमंत्र का अक्षरशः पालन कर रहा हूँ।"

मैं उनकी बात सुनकर ठहाका मार हँस दिया और कहा कि तुम धन्य हो यार। आज तुम्हारे नाम का सही अर्थ समझ में आया, जो स्वयं के ही नहीं, संसार के भी तपते हुए भाग्य को चाँद की शीतलता के एहसास से भर दे, वह भागचंद। भग्गू गद्गद होकर मेरे गले से चिपक गए। तभी मुझे अनाउंसमेंट

सुनाई दिया कि मैं आखिरी सवारी हूँ, जिसकी प्रतीक्षा हो रही है। मैंने भग्गू से विदा लेते हुए कहा, "अच्छा बंधु मिलते हैं।"

भग्गू बोले, "गुरु जाते-जाते एकाध मंतर और दे जाते तो कल्याण हो जाता।"

मैंने हँसते हुए कहा, "अब सफलता सिद्ध मंत्र से नहीं, शुद्ध षड्यंत्र से मिलती है भग्गू।"

मेरे मंत्र में अपने जन्मजात बैरी 'स', 'श' और 'ष' को एक साथ देख भग्गू चिढ़ गए, बोले, "गुरु सड्यंत्र तो हम सुद्ध बोल भी नहीं सकते, करना तो दूर की बात है।"

मैंने कहा, "षड्यंत्र बोला नहीं जाता, किया जाता है। इसलिए तो तुम इसमें पारंगत हो। भग्गू लोग अपने आपको बदल सकते हैं, किंतु छिपा नहीं सकते। तुम अपने को बदल नहीं पाए, इसलिए छिपाने में माहिर हो गए। यह षड्यंत्रकारी का प्राथमिक और आवश्यक गुण होता है। मैं देख पा रहा हूँ कि तुम बहुत जल्दी नर्मदा जी के शिव कंकण के सहारे सृष्टि के कण-कण में समाने वाले हो। तुम षड्यंत्र के बल पर यंत्र ही नहीं, तंत्र पर भी अपना आधिपत्य स्थापित कर लोगे और तुम्हारा नाम मंत्र के रूप में प्रसिद्धि प्राप्त करेगा। यह गुरुमंत्र नहीं, भविष्यवाणी है, किसी भी भविष्यवक्ता से मुफ्त में भविष्य नहीं सुना जाता, इसलिए दस्तूर के मुताबिक मुझे दक्षिणा दो, जिससे तुम्हारा सोचित व मेरे द्वारा घोषित भविष्य फलित हो।"

भग्गू ने हर्षातिरेक में अपना पूरा बटुआ निकालकर मुझे दे दिया। मैंने मुसकराते हुए उसमें से सिर्फ एक रुपए का सिक्का उठाया, शिवम् भवतु कहा और चल दिया। वे अवाक् हो मुझे बोर्डिंग गेट की तरफ जाते हुए तब तक देखते रहे, जब तक मैं उनकी आँखों से ओझल नहीं हो गया।

□

आत्माराम विज्ञानी

क्रॉकडायल की छापवाला सूटकेस, उनकी दसों उँगलियों में विभिन्न नगों से जड़ी हुई कुछ सोने-चाँदी की अँगूठियाँ, तेल से पीछे खींचकर बाँधे गए लंबे बालों की एक चोटी, जिसे रुद्राक्ष व सोने के छोटे गुरियों के बैंड से बाँधा गया था। माथे पर लालसुर्ख एक बहुत बड़ी बिंदी, जिसके बीचोबीच एक छोटा सा सोने का श्रीयंत्र चिपका हुआ था। उनके चेहरे पर किसी को भी असहज और आतंकित कर देनेवाला एक अजीब सा सम्मोहन था। करीब पाँच फुट दो इंच के उस सूटेड-बूटेड व्यक्ति को देखकर लगता था कि यह निश्चित ही कभी अघोरी रहा होगा और अब श्मशान छोड़कर शहर में रहने लगा है। हावड़ा मेल के फर्स्ट एसी के 'ए' कूपे में ये मेरे सहयात्री थे। अपनी सीट पर व्यवस्थित होने के बाद मैंने एक सौजन्यतापूर्ण मुसकराहट उन पर फेंकी, वे संभवतः मेरी पहल का इंतजार ही कर रहे थे, छूटते ही पूछ लिया, "कहाँ तक यात्रा करेंगे श्रीमान?" मैंने कहा, "गाडरवारा, और आप?" वे बोले, "आपसे आगे...इलाहाबाद तक।" मैंने महसूस किया कि वे मेरे बारे में जानने से ज्यादा अपने बारे में बताने के लिए अधिक उत्सुक हैं। मनोविज्ञान का नियम है कि उत्सुक व्यक्ति की उत्सुकता को तुरंत निस्तार नहीं देना चाहिए, यह बिल्कुल अधपके फल को तोड़ लेने के जैसा होता है। सो मैंने उन्हें और अधिक पक जाने के लिए तटस्थ मुद्रा बना ली और 'अच्छा' कहकर शून्य में देखने लगा। यह उनकी आतंकित करनेवाली 'सम्मोहन शक्ति' पर पहली चोट थी। वे बोले, "क्या करते हैं आप?" मैं चुपचाप करीब

बीस सेकेंड तक, अपने चेहरे पर बिना कोई भाव लाए उन्हें देखता रहा। इस बीस सेकेंड के सन्नाटे ने उन्हें मेरे प्रति कौतूहल से भर दिया, उन्हें लगा कि मैं कोई बहुत बड़े रहस्य का उद्घाटन करने से पहले उनकी पात्रता परख रहा हूँ, जिससे उन्होंने अपनी मुख मुद्रा को और अधिक गंभीर बनाकर मुझे अपने विश्वसनीय और सुपात्र व्यक्ति होने का सबूत दिया। अब वे तैयार थे, मैं क्या करता हूँ सुनने के लिए।

मैंने उनकी बात का जवाब न देते हुए उनसे पूछा, "टाइम कितना हुआ?" वे दोनों हाथों में घड़ियाँ पहने थे, फिर भी अचकचाकर मोबाइल उठा लिया और उसमें से समय देखकर बताया कि दस बज रहे हैं, मैं अच्छा कहकर फिर चुप हो गया। अब उनकी जिज्ञासा चरम पर थी, वे थोड़ा हिल गए थे। अब उन्होंने पूछा, "आप चाय पिएँगे?" और मेरे हाँ कहने की अपेक्षा से मुझे देखने लगे। मैंने कहा, "आपने क्या पूछा था?" वे बोले, "चाय का", मैंने कहा, "नहीं, उससे पहले?" वे सोच में पड़ गए और अचानक जैसे छोटे बच्चों को भूला हुआ जवाब याद आता है, बिल्कुल उसी उत्साह में बोल उठे, "मैंने पूछा था, कहाँ जा रहे हैं?" मैंने कहा, "नहीं, वह तो मैं बता चुका।" वे बोले, "हाँ वह तो आप बता चुके!" वे कन्फ्यूज हो गए थे, क्योंकि उनकी रुचि मुझमें थी ही नहीं, वे मेरे बारे में जानने से अधिक स्वयं के बारे में बताने को अधिक उत्सुक थे, उन्होंने मुझसे संबंधित कुछ उड़ते हुए सवाल मात्र इसलिए किए थे, जिससे उन्हें स्वयं के बारे में बताने का वैध लाइसेंस मिल जाए। लगातार हो रही चोटों से वे बिखरने लगे थे, अपने को समेटते हुए, उत्साह से बोले, "मैं इलाहाबाद जा रहा हूँ।" "जी आपने बताया था मुझे..." यह कहकर मैं फिर शून्य में देखने लगा। मैं जितनी शांति से जवाब देता, वे उतने ही बेचैन हो रहे थे। चार लोगों के कूपे में हम मात्र दो लोग थे, अचानक बोले, "आप बहुत चुप रहते हैं।" मैंने हँसकर कहा, "अकेला व्यक्ति यदि बात करने लगे तो लोग उसे पागल कहेंगे, चुप रहना मेरा स्वभाव नहीं, मेरे सामान्य प्राणी होने का प्रमाण है।" यह उनपर अभी तक की सबसे बड़ी चोट थी, जिसने उनके सम्मोहन अस्त्र को व्यर्थ सिद्ध

कर दिया था। अब उन्होंने मुझे अपने मोहपाश में बाँधने के लिए अपने तूणीर में से एक नया अस्त्र निकाला, अपना हैंडबैग खोलकर उसमें से दो लैपटॉप, चार पामटॉप और तीन मोबाइल निकाले, उनके पास कुल पाँच मोबाइल थे, दो पहले से ही बाहर रखे थे।

उनकी इलेक्ट्रॉनिक संपन्नता देख एक बार को मुझे लगा कि मैं किसी छोटे-मोटे इलेक्ट्रॉनिक तस्कर के साथ यात्रा कर रहा हूँ, किंतु आने वाले समय में मेरा यह भ्रम टूटनेवाला था। फिर उन्होंने एक डोंगल निकाला और उसे प्रॉपर सिग्नल के लिए सेट किया और जूझने लगे, अपने तमाम गैजेट्स के साथ। उन्हें विश्वास था कि इस शक्ति प्रदर्शन से मैं निश्चित ही उनके प्रति उत्सुक होकर उनके सम्मोहन की चपेट में आ जाऊँगा। उनके मन की बात चूँकि मैं ताड़ गया था, इसलिए उनको एक बड़ा झटका देने के लिए मैंने अपनी तटस्थता को उदासीनता में बदल दिया। वे मुरझा से गए और गैजेट्स पर ही अपनी निगाहों को गड़ाए हुए 'अहा, ओहो, अच्छा, यह बात, हम्म' जैसी ध्वनियाँ पहले मद्धिम व बीच-बीच में तीव्र स्वर में निकालने लगे। मैं भी पूरी ढीठता लिये हुए निर्विकार भाव से शून्य में ही देखता रहा। अब उनसे अपना अस्तित्व सँभाला नहीं जा रहा था, वे अपने बारे में बताने के लिए मचलने से लगे। वे बोले, "आप आत्माओं में विश्वास करते हैं?" उन्होंने प्रश्न कुछ इस अंदाज में किया था कि मैं उनके प्रश्न का उत्तर 'न' में दूँ, जिससे वे आत्मा के 'हाँ' पक्ष को लेकर मुझ पर चढ़ जाएँ। मैंने उनकी अपेक्षानुरूप कह दिया, "जी नहीं, मैं आत्माओं में विश्वास नहीं करता।" वे प्रसन्नता से फनफनाने लगे और एक पारलौकिक सी दृष्टि मुझ पर डाली, बोले, "आपने पूछा नहीं, फिर भी बता देता हूँ, दरअसल मैं एक तांत्रिक हूँ, मेरा नाम आत्माराम विज्ञानी है। लोग मुझे आदर से 'टेक्नो बाबा' भी कहते हैं। पहले मैं श्मशान में मृत आत्माओं को ढूँढ़कर उनका उपचार करता था, अब शहर में जीवित, छद्म, छिपी हुई आत्माओं को ठिकाने लगाने का काम करता हूँ। मृत आत्माओं से ज्यादा खतरनाक जीवित आत्माएँ होती हैं, ये यदि किसी के पीछे पड़ जाएँ तो अच्छा-भला आदमी पागल हो जाता है।

"मरी हुई आत्माओं को ढूँढ़ना बड़ा आसान होता है। अमूमन उनका अड्डा कब्रिस्तान या श्मशान होता है और ये किसी भी गाँव, शहर, कस्बे में सीमित संख्या में होती हैं। लेकिन जीवित आत्माओं को ढूँढ़ना बिल्कुल समुद्र में गिरे हुए सुई के पैकेट को ढूँढ़ने जैसा होता है, क्योंकि ये वीराने में नहीं, बस्तियों में वास करती हैं। जब मैं सिर्फ मृत आत्माओं का उपचार करता था, तब सिर्फ तंत्र-साधना से काम चल जाता था, किंतु इन जीवित आत्माओं का उपचार करने के लिए मुझे यंत्र को भी सिद्ध करना पड़ा। जब तक मैं सिर्फ तांत्रिक था तो लोग मुझे आत्माराम, यानी आत्मा को आराम देनेवाला मानते थे, लेकिन जब से इन जिंदा भूतों से निपटना शुरू किया है, लोगों ने आत्माराम के साथ विज्ञानी जोड़ दिया।" और वे हे-हे करके हँसने लगे, मुझे यह व्यक्ति अत्यंत रोचक लगा, सो उनका उत्साह बढ़ाने के लिए मैं भी हँस दिया और कहा, "मतलब अब आप तांत्रिक ही नहीं, यांत्रिक भी हैं?" अपने तमाम गैजेट्स की तरफ इशारा करते हुए बोले, "जी ये सारे हथियार उन जीवित आत्माओं के शोधक-यंत्र हैं।" मैंने कहा, "कैसे? मैं देख रहा हूँ कि आप सोशल मीडिया पर ऐक्टिव हैं। ट्विटर, फेसबुक, इंस्टा पर!" अब वे अत्यंत रहस्यमयी मुस्कान लिये हुए लगभग फुसफुसाते हुए बोले कि इन जीवित आत्माओं का सबसे बड़ा अड्डा यही है। यहाँ पर एक-एक आत्मा दस-दस रूपों में मौजूद होती है। ये सिर्फ रूप ही नहीं, लिंग बदलने में माहिर होती हैं। स्त्री पुरुष बन सकता है, पुरुष स्त्री का भेष धारण कर लेता है। मृत आत्माएँ सिर्फ निराकार रह पाती हैं, किंतु ये जिंदा भूत! बाबा रे55-साकार होते हुए निराकार, निराकार से साकार, साकार से ॐकार...पता नहीं क्या-क्या! और-तो-और, ये योनि भी बदल लेते हैं, मनुष्य योनि से पशु योनि में बदल जाएँ, कहो तो पेड़-पौधा बन जाएँ, अब उन्होंने अपना पामटॉप उठाकर एक ट्विटर अकाउंट मुझे दिखाया, जिसके प्रोफाइल पर एक अजीब से प्राणी की फोटो लगी थी, जिसे कुत्ता कहें, गधा कहें समझ नहीं आ रहा था और नाम कुछ Xlluccyytheatteck chanchantheworrier लिखा था।

टेक्नो बाबा बोले कि आप बताइए कि यह क्या है, कौन है, किस योनि

का है, स्त्री है या पुरुष, है भी कि नहीं है? मैं चक्कर में पड़ गया, क्योंकि सच में प्रोफाइल को देखकर उसे समझ पाना मेरे लिए असंभव था। वे बोले, "इस भूत ने पता नहीं कितने अच्छे-भले लोगों को पागल करके रखा है, यह चौबीसों घंटे, हफ्ते के सातों दिन, बारह महीने ऐक्टिव रहता है। जिनके पीछे इसे छोड़ा गया है, इधर उसने कुछ लिखा और अगले ही पल यह उन पर झूम जाता है और आठ-दस इसके जैसे ही उस भले मानस को घेर लेते हैं, उसकी खूब लानत-मलानत करते हैं, उसके कपड़े फाड़ डालते हैं, उसे नरकीय यातना देते हैं और उस भले आदमी को खदेड़कर ही दम लेते हैं, जिसे इनकी भाषा में 'ट्रोल' कहा जाता है। मृत आत्माएँ तो अपनी अतृप्त इच्छा की पूर्ति के लिए किसी जीवित व्यक्ति को अपना साधन बनाती हैं, उनकी एक निश्चित माँग होती है, इसलिए उनसे निपटना आसान है। किंतु ये! अतृप्त नहीं अशांत आत्माएँ हैं। जिनकी कोई माँग ही नहीं होती, सिवाय अशांति के। जो व्यक्ति इनके रडार में है, उसे पीड़ा पहुँचाना ही इनका प्रमुख धर्म है। मृत आत्माएँ तो बेचारी स्वपीड़ा से ग्रसित होती हैं, किंतु ये परपीड़ा के उन्माद से भरे होते हैं। इसलिए मैं इनको परपीड़क संघ के नाम से पुकारता हूँ। मैंने पूछा कि इनका ऐसा कोई संघ या संगठन है क्या? वे बोले, "अरे नहीं जी, जैसे नशेड़ी नशेड़ी को ढूँढ़ लेता है, वैसे ही ये अपने आप ही एक-दूसरे की तरफ खिंचे चले आते हैं। ये कभी एक-दूसरे से मिले भी नहीं होते हैं, लेकिन इनमें गजब का भाईचारा होता है, ये परपीड़ा के रिश्ते से बँधे होते हैं। दुनिया में प्रेम के रिश्ते से कहीं बहुत मजबूत पीड़ा का रिश्ता होता है।"

मैंने कहा, "जब हम छोटे थे, तब स्कूल हो या घर, हमें यह कहा जाता था कि किसी को परेशान करना अच्छी बात नहीं है। यदि हम किसी को परेशान करते तो हमें दंड दिया जाता था, घुटने के बल खड़ा कर या मुर्गा बनाकर।" वे हँसने लगे, बोले, "भाईसाहब! देश अब छोटा नहीं रहा, बड़ा हो गया है। अब प्रताड़ित करने के लिए दंड का नहीं, पुरस्कार का विधान है। पहले निरक्षरता थी तो मरने के बाद भी आत्माएँ भोंदू ही रहती थीं, भूत बनने के लिए उनको मरना पड़ता था। अब साक्षरता का परचम चारों ओर फहरा

रहा है, अब भूत बनने के लिए मरने की जरूरत नहीं है। साक्षरता के कारण अब जीवित होते हुए भूत बनने की कला में ये पारंगत हैं। जिंदा भूत मरे हुए भूत से ज्यादा खतरनाक होता है, साहब। पहले मरने के बाद कब्र खोदी जाती थी, अब ये जिंदा भूत आपके जीते जी ही आपकी कब्र खोद देते हैं। गड़े मुरदे उखाड़ने में तो ये एक्सपर्ट होते हैं। ये जादू भी जानते हैं, अच्छे-भले मनुष्य को गधा और उल्लू बनाने में तो महारथ हासिल है इनको। अब आप सोचें कि मैं मनुष्य हूँ, इसलिए मनुष्य जाति को आप अपनी बात से सहमत कर लेंगे, तो आप गलतफहमी में हैं, क्योंकि अब आप मनुष्य बचे ही नहीं, इन्होंने आपको गधा या उल्लू बना दिया है और यह संसार का नियम है कि कोई भी मनुष्य किसी गधे या उल्लू की बात से सहमत नहीं होता, चूँकि आप गधा और उल्लू

बना दिए गए हैं, इसलिए आपकी बात से सहमत होनेवाला ऑटोमैटिक गधा और उल्लू की बिरादरी में शामिल हो जाएगा। इसलिए लोग आपसे कहकर रहेंगे और आप संसार में अकेले पड़ जाएँगे।

आप महाभारत के अश्वत्थामा के जैसे अपने घाव को लेकर भटकते रहेंगे। ये आपको मरने देंगे नहीं और जिंदा आप रह नहीं पाएँगे। मनुष्य एक सामाजिक प्राणी है, सो आप सोशल होने की चाह से सोशल मीडिया की तरफ लपलपाते हुए चले आते हैं, किंतु इन जिंदा भूतों ने इस सोशल मीडिया को सबसे ज्यादा अनसोशल बनाकर रख दिया है। इनके चक्कर में पड़कर आप अपने घर में भी अनसोशल हो जाते हैं। ये बिल्कुल भगवान् के जैसा व्यवहार करते हैं, पल भर में किसी का निर्माण कर दें और क्षण भर में किसी को मिटा कर रख दें। जैसे ईश्वर सब जगह है, लेकिन किसी को दिखाई नहीं देता, बिल्कुल वैसे ही ये हैं। इनके कई रूप होते हैं, इसलिए इनका कोई रूप नहीं होता।"

मैंने कहा, "लेकिन अब तो कानून बन गया है, जिसमें ऐसे लोगों को सख्त सजा देने के प्रावधान हैं।" वे हाऽऽऽहा करके जोर से ठहाके मारने लगे, बोले, "मरे हुए को मौत की धमकी से डर नहीं लगता, साहब। यदि कोई हो तो सजा मिलेगी न! जब वहाँ कोई है ही नहीं, तो उसका क्या उखाड़ लेंगे आप? किस पर मुकदमा करेंगे? एक जगह से उसे ब्लॉक कर दो, वह दूसरी जगह से घर में घुस जाएगा। आप हिंदू हैं?" मैंने कहा, "जी।" "पूजा-पाठी हैं?" मैंने कहा, "जी।" "किस भगवान् के फॉलोअर हैं?" मैंने कहा, "हम तो 33 कोटि देवी-देवताओं में विश्वास करते हैं, इसलिए सभी हमारे पूजनीय हैं।" वे बोले, "आप जैसे धार्मिक आदमी से भी अगर मैं सब भगवानों के नाम पूछ लूँ तो आपको भी याद नहीं होंगे। ऐसे ही इनके भी सैकड़ों नाम, सैकड़ों रूप होते हैं, आप किस-किस का हिसाब करेंगे? कानून बनाकर आप मनुष्य पर नियंत्रण कर सकते हैं, हवा पर नहीं। विज्ञान सबसे शक्तिशाली होता है, वह भी सिर्फ साकार को ही कंट्रोल कर सकता है, निराकार को साधने की ताकत उसमें भी नहीं है। फिर कानून तो सिर्फ एक मान्यता है। माननेवालों के

लिए वह भगवान् है और न माननेवालों के लिए कल्पना।

"जैसे अभेद किला बनाने से पहले वास्तुशास्त्री उसमें चोर दरवाजे का निर्माण कर लेते हैं, जिससे जरूरत पड़ने पर बचने के लिए उस दरवाजे से बाहर निकला जा सके। वैसा ही कुछ आप यहाँ भी समझें।"

मैंने आपत्ति दरशाते हुए कहा, "आप कुछ ज्यादा ही बढ़ा-चढ़ाकर स्थितियों को पेश कर रहे हैं, मैं भी सोशल मीडिया पर एक्टिव हूँ...मुझे तो ऐसा कुछ दिखाई नहीं देता।" वे बोले, "देखिए, आप भले ही फर्स्ट एसी में यात्रा कर रहे हैं, किंतु आप सामान्य आदमी हैं, आपकी कोई वैल्यू नहीं है। साधारण लोगों को तो आजकल मरे हुए भूत भी घास नहीं डालते, फिर जिंदा की बात तो आप भूल ही जाएँ। उनके आकर्षण का केंद्र बनने के लिए पहले आपको प्रसिद्ध होना पड़ेगा। वे सिर्फ उन्हीं को दिखाई देते हैं, जो कुछ हों, आखिर उनकी भी कुछ इज्जत है। डाका वहाँ डाला जाता है, जहाँ कोई खजाना हो। भिखारियों के घर में चोर नहीं घुसते, लूट वहाँ होती है, जहाँ लूटने के लिए कुछ हो, आपके पास है ही क्या? जो वे आपको दिखाई दें? पहले उनके दर्शन की पात्रता प्राप्त कीजिए, फिर उनके अस्तित्व पर प्रश्नचिह्न लगाइए। आपने रेल का टिकट खुद लिया या किसी ने आपको स्पोंसर किया है?"

मैंने कहा, "मैं दूसरों के पैसों पर आनंद उठानेवाला सुविधाभोगी नहीं हूँ। यह मेरी मेहनत की कमाई है।" वे बोले, "यह प्रमाण है आपके कुछ न होने का। आपको कोई फर्स्ट क्लास का टिकट नहीं देता, आपको कोई इन्वाइट नहीं करता, कोई स्पोंसर नहीं करता, इसका मतलब है कि आप सिलेब्रिटी नहीं हैं। इसके बाद भी आप इन दिव्यात्माओं के दर्शन चाहते हैं? शेष आदमी होकर विशेष आदमी होने का रुतबा मत माँगो। तुमको ट्रोल करके इनको क्या मिलेगा? बल्कि उलटा तुम ही खामखाँ प्रसिद्ध हो जाओगे। ये कोई भोंदू भूत नहीं हैं, जो गाँव के गरीब गुरबों को अपनी सवारी बनाते हैं। ये सब बुद्धिजीवी हैं, पढ़े-लिखे, ये शेष वर्ग पर नहीं, विशेष वर्ग पर अटैक करते हैं। इन्होंने अशक्त के पक्ष में नहीं, सशक्त के विरुद्ध मोरचा

खोला हुआ है। आप आप ही हैं? इस बात का क्या सबूत है आपके पास?" मैंने कहा, "मेरे पास पास्पोर्ट है, राशन कार्ड है, वोटर आईडी, आधार कार्ड, पैन कार्ड, ड्राइविंग लाइसेंस, जन्म प्रमाणपत्र से लेकर मूल निवासी प्रमाणपत्र तक सारे डॉक्युमेंट हैं।"

वे बोले, "ब्लू टिक है?" मैं चौंका! वे बोले, "जब तक ब्लू टिक नहीं है, तब तक आप आप नहीं हैं, ये सारे कागज बेकार हैं। ब्लू टिक आपके वैधानिक होने, विशेष होने का एकमात्र प्रमाण है। पहले ब्लू टिक की हैसियत हासिल करो, फिर ट्रोलर्स को देखने का ख्वाब देखना। नहीं तो मेरी मंडली में शामिल हो जाओ, समाज सुधारने का काम करो। जैसे पैसे से पैसा कमाया जाता है, वैसे ही प्रसिद्धि से प्रसिद्धि कमाई जाती है। आजकल जली जलाई बीड़ी से बीड़ी जलाने का जमाना है। अपनी माचिस लेकर कोई नहीं घूमता। कलयुग में प्रसिद्ध होने के लिए आपको सद्कर्म करने की जरूरत नहीं है, यह लंबा रास्ता है, आप तो बस किसी सद्कर्म करनेवाले प्रतिष्ठित, प्रसिद्ध आदमी को घेर लें और उसके सभी कर्मों पर प्रश्नचिह्न लगाकर उसकी ऐसी-तैसी करके प्रतिष्ठा को धराशायी कर दें। यह इंस्टंट फॉर्मूला है, यू विल बी फेमस इन शॉर्ट स्पैन ऑफ टाइम। मे बी यू विल गेट अवार्ड सम डे। बट रेवॉर्ड तो पक्का है। क्या कहते हैं?" और उन्होंने आशा भरी निगाहों से मुझे देखा। उन्हें पूरा विश्वास था कि मैं उनके प्रभाव में आ चुका हूँ।

मैंने कहा, "बात तो आपकी बेजोड़ है, लेकिन मुझे यह बताइए, जिन्हें आप जिंदा भूत कह रहे हैं, उन आत्माओं का आह्वान कौन करता है? ये किसके नियंत्रण में रहती हैं? जीते-जागते मनुष्य को भूत बनाकर कौन प्रस्तुत करता है? यदि आपके कथानुसार ये समाज सुधारने का काम कर रहे हैं तो अपने प्रोफाइल पर ये खुद का या किसी मनुष्य का फोटो न लगाकर किसी ऐसे जानवर का फोटो क्यों लगाते हैं, जिसमें कुत्ता कुत्ता नहीं रहता, शेर शेर नहीं रहता, घोड़ा गधा जैसा दिखाई देता है, गधा घोड़ा जैसा लगता है? इनके स्वरूपों को बिगाड़कर कौन डिजाइन करता है? ये अजीब से नाम क्यों रखते हैं, जो पढ़ने, पहचाने में मुश्किल हैं? आपको किसने इस काम पर रखा है?"

वे मक्कारी से मुसकराते हुए बोले, "आप ऐसे सवाल कर रहे हैं, जिनका कोई जवाब नहीं है।" मैंने कहा, "जवाब नहीं है या आप देना नहीं चाहते?" बोले, "मैं खुद भी इन सवालों के चक्रव्यूह में फँसा हुआ हूँ। मैं बहुत बड़े तंत्र का एक छोटा या यंत्र हूँ, यंत्र कितना ही बड़ा हो जाए, किंतु तंत्र से बड़ा नहीं हो सकता। इसलिए तंत्र तो यंत्र को देख सकता है, किंतु यंत्र में तंत्र तक पहुँचने की हैसियत नहीं है।"

मैंने कहा, "यानी यह बिल्कुल भगवान की माया के जैसा है, जिसमें हम माया को तो प्राप्त कर सकते हैं, किंतु मायापति को नहीं।" वे बोले, "हाँ कुछ ऐसा ही समझ लें" और उसी रौ में बोले, "ब्रह्म सत्य है और जगत् मिथ्या। आप तो ब्रह्म को देखें मिथ्या के चक्कर में मत पड़ें।" मैंने पूछा, "हम लोग ब्रह्म की श्रेणी में आते हैं या मिथ्या की?" वे स्वयं को मिथ्या मानने पर राजी नहीं थे, सो फँस गए, बोले, "ऑफकोर्स हम ब्रह्म हैं।" मैंने कहा, "श्रीमानजी, जब हम सभी ब्रह्म हैं, तब आप क्यों चाहते हैं कि हम मिथ्या के पक्ष में खड़े होकर ब्रह्म होते हुए भी मिथ्या के नाम से जाने जाएँ? जो अंतर तंत्र और तांत्रिक में होता है, वही अंतर ब्रह्म और ब्रह्मा में है। ब्रह्म एक धारणा है, जो असीमित है और ब्रह्मा एक व्यक्ति है, जो सीमित है। ऐसे ही तंत्र एक व्यवस्था है, विचार है और तांत्रिक एक व्यक्ति है। हम जैसे आमजन विशेष होने में नहीं, शेष होने में विश्वास रखते हैं, क्योंकि विशेष सीमित होता है और शेष असीमित। हम तंत्र के उपासक हैं, तांत्रिक के नहीं। हम साधारण लोग व्यवस्था और विचार के पक्षधर होते हैं, व्यक्ति के नहीं, क्योंकि व्यक्ति आते-जाते रहते हैं, किंतु व्यवस्था सदैव वर्तमान होती है। इसलिए हम आम लोग व्यवस्था के लिए व्यक्ति को बदलते हैं, व्यक्ति के लिए व्यवस्था को नहीं बदलते।

"हम जैसों के लिए व्यक्ति की विशेषता प्राप्त करने से कहीं अधिक कल्याणकारी विचार की विलक्षणता को प्राप्त करना है, क्योंकि कोई भी व्यवस्था व्यक्ति से नहीं, विचार से संचालित होती है। हम सामान्य लोग किसी की बदनामी पर अपने नाम की इमारत नहीं खड़ी करते। किसी को मिटाकर

स्वयं को बनाने में हमारा विश्वास नहीं है। किसी की अप्रतिष्ठा पर हम अपनी प्रतिष्ठा का महल खड़ा नहीं करते। हम समाज को सुधारने में नहीं, स्वयं को सुधारने में विश्वास रखते हैं, क्योंकि हमें हमारे संत मनीषियों ने सिखाया है कि 'हम सुधरेंगे, तो जग सुधरेगा।' मैं आपके जैसा तांत्रिक, यांत्रिक नहीं हूँ, लेकिन मांत्रिक जरूर हूँ। इसलिए आपको प्रसिद्धि का नहीं, सिद्धि का मंत्र बताता हूँ। आम होना ही खास होने की प्रक्रिया है महाराज। यदि आप खास होना चाहते हैं तो स्वयं को आम बना लीजिए। आम को आम होना आता है, इसलिए उसे 'फलों का राजा' कहा जाता है।" अब मेरे अंदर का ठेठ ग्रामीण लट्ठबाज इनसान जगा, जिसे सिर्फ कबीर के दोहे ही नहीं, फाग गाई जानेवाली गालियाँ भी कंठस्थ थीं, मैंने कहा, "इस देश का जितना नुकसान आतंकवादी नहीं करते, उससे ज्यादा नुकसान तुम जैसे अराजकतावादी करते हैं। आतंकवादी तो देश के मानचित्र पर चोट करके उसे बिगाड़ना चाहते हैं, किंतु तुम जैसे लोग देशवासियों के मानचित्र को खंडित करते हैं। आतंक से ज्यादा खतरनाक अराजकता होती है। भ्रष्टाचार से ज्यादा घातक तुम जैसों का मिथ्याचार है। मैं विशुद्ध देहाती भारतीय हूँ, विशिष्टता की चाह में अशिष्टता करनेवालों की नकेल कसना हमें खूब आता है। अपने छोटे से स्वार्थ के लिए इस बड़े देश की अस्मिता और आन के साथ मत खेलो। किसी देश की प्रगति को जितना खतरा युद्ध से नहीं होता, उससे ज्यादा गृहयुद्ध से होता है। अपने लोग हुज्जत करने के लिए और इज्जत करवाने के लिए होते हैं।" वे सकपका गए थे, मैंने बिना पलक झपकाए उनकी आँख-में-आँख गड़ाकर कहा, "रात के बारह बज गए हैं, मैं अब सोना चाहता हूँ, इसलिए फटाफट अपनी यह दुकान बंद करो। खबरदार, यदि सुबह सात बजे तक तुम्हारी अहा, ओहो, अच्छा, हम्म सुनाई पड़ी तो फिर आवाज निकालने लायक नहीं बचोगे।" उन्होंने बेहद फुरती से दो मिनट में अपना सारा सामान पैक किया और दुबककर सो गए, यहाँ तक कि उन्होंने मेरी शुभरात्रि का भी जवाब नहीं दिया। सुबह सात बजे जब मैं उठा तो पाया कि कूपे में मैं अकेला था। रेल अटेंडेंट ने बताया कि मोटे साहब तो रात दो बजे ही भुसावल में उतर गए।

पता नहीं क्यों, मुझे अचानक सुंदरकांड की ये पंक्तियाँ याद आ गईं—

"गहइ छाहँ सक सो न उड़ाई। एहि बिधि सदा गगनचर खाई॥
सोइ छल हनुमान कहँ कीन्हा। तासु कपटु कपि तुरतहिं चीन्हा॥"

और कल के वार्त्तालाप से पैदा हुआ मेरा सारा विषाद समाप्त हो गया। मैं यह सोचकर मुसकरा दिया कि हनुमानजी महाराज तो चिरंजीवी हैं, उनके रहते हुए हम भारतवासियों को किसी भी प्रकार के अनिष्ट की शंका करना बेमानी है, क्योंकि जहाँ रामभक्त हनुमान हैं, वहाँ प्रभु श्रीराम का होना निश्चित है। श्रीराम तो अयोध्यापति हैं, इसलिए हमारा पूरा देश ही नहीं, हमारी देह भी अयोध्या है। अयोध्या अर्थात्, जहाँ युद्ध नहीं होता। अब धड़धड़ाती हुई ट्रेन में अपने गंतव्य की ओर पीठ किए हुए मैं निश्चिंत होकर बढ़ रहा था।

□

राम रवा लपटा महाराज

वे लोगों से अभिवादन में केवल राम-राम कहते थे, खाने में उन्हें सिर्फ रवा का हलवा और बेसन का लपटा ही पसंद था। भगवान व भोजन के प्रति कट्टरता के कारण कस्बे के लोग उनको 'राम रवा लपटा महाराज' के नाम से जानते थे। वे भगवान राम के कट्टर भक्त थे। उनकी कट्टरता का आलम यह था कि गलती से भी उनके रास्ते में यदि शिवजी, कृष्णजी, गणेशजी या किसी भी अन्य देवता का मंदिर पड़ जाता तो वे मुँह फेर लेते थे। उन्हें श्रीराम के अलावा किसी और भगवान की तरफ देखना तो छोड़िए, उनके बारे में सुनना भी नापसंद था। वे भगवान् राम की शीलता, धीरता, कुलीनता, न्यायप्रियता, पराक्रम, धैर्य, मर्यादा को लेकर उन्माद की हद तक भावुक थे। उन्हें त्रेतायुग में श्रीराम के साथ हुआ अन्याय बेहद सालता था और रही-सही कसर कलयुग के राम जन्मभूमि विवाद ने पूरी कर दी थी। उन्हें इस बात का बेहद आक्रोश था कि त्रेतायुग में पिता दशरथ की कमजोरी के कारण श्रीराम को महल छोड़कर जंगल में रहना पड़ा, तो कलयुग में हम पुत्रों की कायरता के कारण उनको महल छोड़कर अयोध्या में ही टेंट के नीचे रहना पड़ रहा है। पिता का पुत्र को घर से निकालना तो फिर भी समझ में आता है, किंतु भक्तों के द्वारा भगवान को बेघर करना उन्हें मर्मांतक पीड़ा देता था।

हमारे कस्बे में अमूमन हर आदमी का अपना एक परमानेंट मंदिर सेट था, उसकी इच्छा पूरी हो या न हो, वह अपने सेट मंदिर में सर झुकाता था, किंतु एक वर्ग ऐसा भी था, जो अपनी मन्नतों के नारियल हाथ में उठाए हुए

छोटी-बड़ी मढ़ियों से लेकर सभी मंदिरों के चक्कर काटता था, इस आशा के साथ कि कोई-न-कोई भगवान तो उनका काम बनवा ही देगा। कुछ ऐसे भी थे, जो भगवानों को अपने मामलों से दूर रखने के लिए भी अगरबत्ती दिखाते। उनका मानना था कि भगवान् के बीच में पड़ने से काम बनते नहीं, बिगड़ जाते हैं। सो भगवान बीच में न ही पड़ें तो अच्छा है। सभी भगवानों के मंदिरों में जानेवालों के लिए महाराज के मन में भयंकर चिढ़ थी, वे गुस्से में उन लोगों को बिना खसम की लुगाई कहते थे। इस वर्ग का कोई यदि धोखे से भी राम-जानकी मंदिर में महाराज को दिख जाता तो महाराज उसकी मिट्टी पलीद कर देते, "देखो चले आ रय हैं सोलासिंगार करके रामजी को रिझाने। रामजी तुमाय झाँसे में नई आने वाले बेटा, उनको सब पता है, तुम कहाँ-कहाँ से मुँह काला करके आ रय हो, उठाओ साले अपना नारियल, खबरदार जो इस नारियल की एक चिटकी भी यहाँ चढ़ाई तो, नारियल फूटने से पहले हम तुम्हारा खोपड़ा फोड़ डालेंगे। मारीच कहीं के साऽरे, जब कहीं दाल नई गली तो धर दी हँड़िया रामजी की मूँड़ पर पकाने के लिए। सत्तरा जगह मों मारने बाली बुकरियों को रामजी अपने थान पे नई बाँधते...भगो साले झाँ से नई तो ऐसा बाण घलेगा कि सीधे लंका जा के गिरोगे।"

महाराज के इस व्यवहार के कारण अन्य मंदिरों की अपेक्षा राम-जानकी मंदिर में कम भीड़ होती थी। हम दस-बारह लड़कों की एकमात्र टोली थी, जो किसी भी मंदिर में नहीं देखी जाती थी। हमारे ऊपर अभी तक किसी भी भगवान् का ठप्पा नहीं लगा था। सो राम रवा लपटा के लिए हम आकर्षण का केंद्र थे। वे येन केन प्रकारेण हमें रामजी की सेवा में झोंक देना चाहते थे, किंतु उनके द्वारा किए जा रहे अथक प्रयासों के बाद भी हम लोगों पर रामरंग नहीं चढ़ पा रहा था। एक दिन बोले, "रामजी ने संसार के लिए कितना किया, लेकिन संसार ने हमेशा उनके सीधेपन का नाजायज़ फायदा उठाया। बेचारे मर्यादा का पालन करते हैं तो लोग उनको कमजोर समझते हैं, लेकिन जे लोगों की भूल है। इतिहास गवाह है, चाहे सुग्रीव हों या विभीषण, अपने राज्य से भगा दिए गए थे, राजपाठ, पत्नी, बच्चा सब छुड़ा लिया था, मारे

खदेड़े फिर रहे थे। जब रामजी का हाथ थामा, उनका सहारा लिया, तब जाके कहीं राजगद्दी मिली। रामजी का नियम है, जिसने जो माँगा उसको दिया, लेकिन अपने लिए कभी आवाज तक नहीं उठाई। मर्यादा के कारण वे भले ही सीधे लगें, लेकिन भैया हरों उनका अपना दुश्मन हो या अपनों का, समाज का दुश्मन हो या संसार का, उसको सबक सिखाके ही छोड़ते हैं। ताड़का, खरदूषण, बाली, कुंभकर्ण सबको नेस्तनाबूद कर दिया। अरे एक लाख पूत और सवा लाख नाती वाले महाप्रतापी रावण जैसे आदमी की ईंट-से-ईंट बजा दी।" मेरे एक मित्र ने कहा, "महाराज, जे सब तो ठीक है, लेकिन उनका असली शत्रु तो कैकेयी और मंथरा थीं, उनका तो कुछ नहीं बिगाड़ पाए? बल्कि देखा जाए तो रामजी की दुर्गत का असली कारण बेई दोनों थीं।"

महाराज बेचैन हो गए, क्योंकि उनके पास इसका कोई शास्त्रोक्त जवाब नहीं था। फिर भी हताश हुए बिना भावुक स्वर में बोले, "जब हमने कहा है कि रामजी नहीं छोड़ते, मतलब नहीं छोड़ते। तुम देख लेना उसका भी हिसाब हो के रहेगा..." और वे चले गए। इस घटना को हुए करीब बीस वर्ष हो गए। इन बीस वर्षों में कई बार मैं अपने शहर गया, लेकिन प्रयास करने के बाद भी महाराज से मुलाकात नहीं हुई। महाराज मेरी स्मृति से लगभग धूमिल हो चुके थे। आज सुबह करीब ग्यारह बजे गार्ड ने फोन किया कि- सर आपके गाँव से कोई राम पंडितजी आए हैं, वे आपसे मिलना चाहते हैं ।मैं आश्चर्य में पड़ गया, मैंने कहा कि उनको आने दो। मैं दरवाजे पर उनकी अगवानी के लिए खड़ा हो गया, महाराज आए, इस समय करीब 80 वर्ष के हो रहे होंगे, उनका शरीर बिल्कुल जर्जर हो गया था, त्वचा का रंग पहले की अपेक्षा अधिक गहरा हो गया था, पूरे शरीर में झुर्रियाँ-ही-झुर्रियाँ थीं, कंधे पर कपड़े का बना हुआ झोला टँगा था, किंतु चेहरा परम उल्लास और अनूठी आभा से दमक रहा था। मैंने उनका झोला कंधे से उतारकर अपने हाथ में लिया और घर के अंदर ले आया, उन्हें ससम्मान बैठाकर उनके पैर पड़े, उन्होंने बेहद आत्मीयता से राम-राम कहके आशीर्वाद दिया। उन्हें अकेला आया देख उनसे पूछा, "आप अकेले चले आए? खबर भी नहीं की?" जर्जर होने के बाद भी

उनके शरीर पर थकावट का नामोनिशान नहीं था, उलटा वे प्रसन्नता से भरे हुए लग रहे थे। बोले, "अकेले कहाँ भैया? हमाए रामजी हैं न हमारे साथ। तुम तो जानते हो कि जो चीजें छूटनेवाली हों, उनको हम कभी पकड़ते ही नहीं हैं और जिन रामजी को हमने पकड़ा है, उनकी आदत है कि वे जिसको एक बार पकड़ लें, तो फिर छोड़ते नहीं हैं। जब उन्हीं के घर जाना है तो उन्हीं के साथ रहो।" यह कहते हुए उन्होंने अपने झोले से दो डिब्बे निकाले और मुझे देते हुए बोले, "एक में रवा है और एक में बेसन, सो बहूजी से रवा का हलवा और बेसन का लपटा बनवा दो, हमने सोचा, का पता शहर में मिले-न-मिले? सो साथ ही ले आए।"

मैं मुग्ध हो उनको देख रहा था, मैंने पूछा, "कोई विशेष कारण है, जो आप अचानक मुंबई आए?" उन्होंने दंतरहित मुख से एक बड़ी मनोहारी मुस्कान मुझ पर फेंकी और बोले, "भैया, श्रीरामजी का वनवास महारानी कैकेयी का नहीं, असल में मंथरा का षड्यंत्र था। महारानी कैकेयी तो अपनी जान से जादा प्यार करती थीं, रामजी से, वह तो ससुरी मंथरा ने अपनी असुरी ताकत से सम्मोहित कर दिया था उनको, मंथरा की असुरी शक्ति के आगे कैकेयी तो छोड़ो, जो किसी के भी इष्ट को वश में रखने की क्षमता रखते थे, ऐसे गुरु वसिष्ठ भी मात खा गए थे। गुरु वसिष्ठ ने सब चौघडिएँ अच्छे से देखकर श्रीरामजी के राज्याभिषेक के लिए श्रेष्ठतम मुहूर्त निकाला था, किंतु विडंबना देखिए कि ठीक उसी मुहूर्त में जब श्रीरामजी का राज्याभिषेक होना था, उनको राज्य छोड़कर सपत्नी वन की ओर जाना पड़ा। मंथरा ने कैकेयी को मोहरा बनाकर रामजी के लिए चौदह वर्ष के वनवास का पक्का इंतजाम कर दिया। यह शठ बुद्धि की संत बुद्धि पर एक बड़ी जीत थी। मंथरा की कुचाल ने सितारों की चाल को भी पलटकर रख दिया था।" "रामजी ने सब शठों की शठियायी का हिसाब चुकता किया, लेकिन मंथरा का नहीं। बो कैसे छूट गई?" मैं जोर से हँस दिया और उनसे बोला कि आप भी अद्भुत हैं, "बीसेक साल पहले हँसी में कही बात आपको अभी तक याद है?" वे बोले, "नहीं हमको तो पूरा विश्वास था कि रामजी से चूक नहीं हो सकती, वे हिसाब

करेंगे मतलब करेंगे। लेकिन सबूत नहीं मिल रहा था, सो चुप बैठे थे, अब मिल गया तो तुमे बताने चले आए।"

और उन्होंने झोले से हिंदी का अखबार निकालकर मेरे सामने रख दिया और कहा कि पढ़ो, मैंने देखा कि अखबार विगत दिनों सुश्री शशिकला के साथ हुए रोमांचक घटनाक्रम से भरा पड़ा था कि जब उन्हें तमिलनाडु के मुख्यमंत्री पद की शपथ लेनी थी, तभी कोर्ट ने उन्हें चार साल के कारावास और दस साल तक चुनाव लड़ने पर प्रतिबंध लगाया था, किंतु उसमें रामजी के हिसाब चुकता करने की खबर, जिसके लिए राम महाराज ने मुझे अखबार दिया था, कहीं नहीं थी। मैंने उनकी तरफ देखकर कहा कि इसमें तो कुछ नहीं है। चेहरे पर रहस्यमयी मुस्कान और भक्ति से पूर्ण आँखों में आँसुओं की दो छोटी-छोटी बूँदें लिये हुए महाराज बोले, "रामजी को मंथरा ने कहाँ भेजा था? दक्षिण। है न। देखो दक्षिण में इस स्त्री के साथ ठीक वैसा ही हुआ, जो रामजी के साथ हुआ था। जिस मुहूर्त में यह राजा बनकर रानिवास जानेवाली थी, ठीक उसी मुहूर्त में इसे कारावास भेज दिया गया। त्रेतायुग के 14 साल के वनवास का हिसाब कलयुग के 4 साल के कारावास और 10 साल तक राजा नहीं बन पाने की सजा, सो हो गया न बराबर 10 और 4, 14। कलियुग में यह शठबुद्धि को संतबुद्धि के द्वारा दी गई करारी शिकस्त है। माता कैकेयी तो रामजी से अपार प्रेम करनेवाली महिला थीं, शठ तो यह महिला थी मंथरा, जो उनके साथ लगातार परछाईं की जैसी लगी रहती थी। तुम मान नहीं पा रहे न? जरा समानता देखो, त्रेता में माँ और कलयुग में अम्माँ। राजा दशरथ वहाँ भी नहीं बचे थे, सो यहाँ भी नहीं बचे।

उम्र का जो अंतर राजा दशरथ और महारानी कैकेयी के बीच त्रेतायुग में था, उतना ही अंतर कलयुग में था। कैकेयी विजया कहाउत थीं, सो जे जया कहाउत थीं। माँ के साथ हमेशा लगी रहनेवाली मंथरा थी, तो अम्माँ की परछाईं शशिकला हतीं। मंथरा में मन आता है, मन यानी चंद्रमा, तो शशि का अर्थ ही चंद्रमा होता है। इतनी विकट समानता संयोगवश नहीं, योगवश होती है। मैं तुमको सिर्फ अपने रामजी की कथनी और करनी की समानता बताने

आया था, वे बड़े प्रतापी हैं। मित्र हो या शत्रु, किसी का बकाया नहीं रखते। देखो, हमने उनकी खातिर उनको ही बेघर कर दिया। ठंड, गरमी, बरसात में हम अपने को बचाने के लिए अपने घरों में घुस जाते हैं, हर मौसम के हिसाब से हम अपने मकान की मरम्मत कराते हैं, लेकिन देखो रामजी को हमने एक

छोलदारी में रखकर छोड़ दिया। वे बेचारे चुपचाप हर मौसम की मार झेल रहे हैं। जो सबका न्याय करते हैं, देखो तो भैया! हमने उनपर ही मुकदमा चला दिया और वे बेचारे चुपचाप अपने साथ न्याय होने की प्रतीक्षा कर रहे हैं। जो सबके बंधन खोलते हैं, आज हमने उनको बंधक बनाकर रखा हुआ है। सिर्फ इसलिए रामजी कष्ट भोगें, क्योंकि बेचारे मर्यादा पुरुषोत्तम हैं? रामजी का जो मंदिर हमारी समस्याओं के समाधान का केंद्र है, दुर्भाग्य देखो...हमने समाधान के केंद्र को ही समस्या बना दिया। बोले, तब भी हम किन्नर थे, जो रामजी के लिए कुछ न कर पाए, सिर्फ उनके लौटने का इंतजार करते रहे और अब भी हम किन्नर हैं, जो रामजी के लिए कुछ नहीं कर पाए, केवल उनके स्थापित होने की प्रतीक्षा कर रहे हैं। हमारे भाग में सिर्फ प्रतीक्षा बदी है बस।"

वे विह्वल होकर रो रहे थे, "बोले कि तुम्हारे पास इस आशा से आए हैं कि रामजी के लिए जो निष्ठा हमारे मन में है, उसे तुमको सौंपकर निश्चिंत होकर रामधाम जाने की तैयारी करें। पता नहीं हमारी जीवन लीला कब समाप्त हो जाए? विश्वास करो भैया! रामजी हिंदू-मुसलमान में भेद ही नहीं करते, क्योंकि राम का अर्थ ही होता है, घट-घट में रमने वाला।" वे सोफे पर बैठे थे और मैं उनके पैरों के पास जमीन पर, मैंने उनके पैरों को अपने हाथ से बहुत धीरे सांत्वना देते हुए स्पर्श किया। उनसे कहा, "आप सत्य कह रहे हैं, रामजी का सुख ही हमारा सुख है, उन्हें दुखी रखकर एक राष्ट्र के रूप में हम कभी सुखी नहीं हो सकते, क्योंकि राम मात्र कोई व्यक्ति या पूज्य अवतार ही नहीं हैं, ये हमारी चेतना का आधार-स्तंभ हैं और कोई भी सभ्यता, संस्कृति, सौहार्द, शांति, शिक्षा, विकास को पुष्पित, सुरभित, पल्लवित व फलित होने के लिए आधार की आवश्यकता होती है, ये निराधार खड़े नहीं हो सकते। समस्या यह है कि हम राम को तो मानते हैं, लेकिन राम की नहीं मानते। हम गीता को तो मानते हैं, लेकिन गीता की नहीं मानते। यह बिल्कुल वैसा ही है कि हम पिता को तो मानते हैं, किंतु पिता की नहीं मानते। मैंने उनसे कहा, "आइए, हम रामजी से ही प्रार्थना करते हैं कि वे हमें अपनी धीरता, वीरता, शीलता और मर्यादा को अपने आचरण में उतारने की शक्ति दें, जिससे हमारा

राष्ट्र उनकी जन्मभूमि भारतवर्ष उनके नाम के अनुरूप विश्व के घट-घट में व्याप्त हो विश्व के आसमान को प्रेम और शांति के रंग से रँग दे।" मैं बोला, "मैं भी आपके साथ गाँव चलूँगा, जिससे आपकी उपस्थिति में ही श्री राम-जानकी के दर्शन कर सकूँ।" उनकी बूढ़ी आँखें प्रसन्नता में पसीजने लगीं, गद्‌गद होकर उन्होंने मुझे अपने कंठ से लगा लिया और बहुत धीमे से मेरे कान में बोले, "जिस काम के लिए वर्षों से प्रयास कर रहा था, वह तो हो गया, रामजी तुम्हारा कल्याण करें।" इस आशीर्वचन को सुन मुझे अपने अंदर एक नई ऊर्जा का प्रवाह अनुभूत हुआ और स्वत: ही मेरे मुँह से महावीर हनुमान की स्तुति निकलने लगी—

"अतुलितबलधामं हेमशैलाभदेहं दनुजवनकृशानुं ज्ञानिनामग्रगण्यम्।
सकलगुणनिधानं वानराणामधीशं रघुपतिप्रियभक्तं वातजातमनमामी॥"

□

लाठी गली

डॉक्टर लालचंद साठी, जिनके कर्मों के कारण कस्बे के लोग उनको 'डॉक्टर लाठी' कहने लगे। जिस गली में वे रहते थे, उस बेनाम गली को लोगों ने उनका नाम दे लाठी गली के नाम से प्रसिद्ध कर दिया था। उस गली में घुसते ही आप घेर लिये जाते थे और घेरे जानेवाले व्यक्ति को पता ही नहीं चलता था कि वह घेर लिया गया है। मैं अपने मित्र से मिलने पहली बार गढ़दमोह पहुँचा था।

घंटाघर से दाएँ होते ही उस गली में घुस गया, मैं थोड़ा आगे बढ़ा ही था तो देखा कि वह गली अचानक तीन गलियों फिर से फूट गई। मैं चक्कर में पड़ गया कि अब इधर से किस गली में घुसूँ? पता पूछने के लिए जेब से परची निकाली और पास में खड़े एक नौ-दस साल के बच्चे की तरफ देखा, इससे पहले कि मैं कुछ बोलता, वह बच्चा अचानक मुझे देखकर जोर से चिल्लाने लगा, "दादाजी मरीजऽऽऽ...दादाजी मरीज" यह आवाज़ सुनकर बालकनी में एक नवयुवती प्रकट हुई, उसने ऊपर से ही मेरा मुआयना किया और पीछे की तरफ मुँह उठाकर जोर से चिल्लाई बाबूजी मरीजऽऽ...मैं हकबका गया! इतने में बड़ी फुरती से नीचेवाली खिड़की खुली, जिसके सामने मैं संयोगवश खड़ा था, खिड़की में मुझे एक जवान लड़के का बेहद दुबला-पतला चेहरा दिखाई दिया, उसने अपनी आँखें मुझ पर गड़ा दीं, जैसे कोई जादूगर सम्मोहित करने के लिए अपनी आँखों को ऑब्जेक्ट की आँखों में गड़ा देता है और मुझ पर आँखें गड़ाए हुए ही जोर की हाँक लगाई, बाबूजी मरीजऽऽऽऽ ...मैं वहाँ से भागना चाहता था कि अचानक मुझे लगा कि मेरा पते की पर्चीवाला हाथ मुझसे विपरीत दिशा में

खिंचा जा रहा है, मैं कुछ समझूँ, इससे पहले ही मैंने अपने आपको एक कमरे में अंदर खड़ा पाया। सफेद साड़ी में लिपटी एक बेहद मोटी महिला के हाथ में मेरा हाथ था, उसने कमरे में रखी बेंच पर लगभग मुझे धकेलते हुए बैठाने की कोशिश की और मुझे पकड़े हुए ही जोर से आवाज लगाई, डॉक्टर साहब मरीजऽऽऽ। मैं बेंच पर अधबैठा ही हुआ था कि अचानक हरे परदे के पीछे से किसी ने मेरा दूसरा हाथ पकड़कर मुझे परदे के पीछे खींच लिया।

अब मैं जिसके सामने खड़ा था, वह बेहद लंबा करीब सवा छः फुट का, बेहद जर्जर शरीर था। गले में स्टेथोस्कोप लटकाए सरसों के तेल से चिपके हुए बाल, सफेद रंग की फुल शर्ट, काला पैंट, बेल्ट पेट से बहुत ऊपर और छाती से थोड़ा नीचे बँधा हुआ था व पैर में नीली बद्धि वाली हवाई चप्पल।

मैं सन्नाया हुआ सा खड़ा था, वे भन्नाए हुए से मुझे देख रहे थे, मुझे कुछ भी समझ में नहीं आ रहा था कि मामला क्या है? यह पूरा घटनाक्रम सड़क से घसीटकर कमरे में घुसेड़ने तक, करीब डेढ़ मिनट में घट गया था। पते की परची अभी भी मेरे हाथ में थी, मैंने परचीवाले हाथ को ऊपर उठाकर बोलने के लिए मुँह खोला ही था कि उन्होंने जोर से डाँटते हुए कहा, "शटअप, चुप बिल्कुल!" फिर आदेश देते हुए से मुझसे बोले, "जोर से अपने दोनों हाथों की मुट्ठी बाँधो।" मैंने कहा, "जी मैं कुछ समझा नहीं?" वे बोले, "चुप बिल्कुल, मुट्ठी बाँध।" मैंने घबराहट में अपनी मुट्ठियाँ बाँध लीं। "वे बोले कि अब पूरी ताकत से दीवार पर मारो!" कुछ न समझते हुए भी मैंने दोनों मुट्ठियाँ दीवार पर दे मारीं।

वे बोले, "केलेरियाग ठीक है तुम्हारा, हड्डिगों में कोई समस्या नहीं है।"

मैं अचंभित सा उनको देखने लगा। वे फिर बोले, "अब जितनी जोर से साँस रोक सकते हो रोको।" कुछ कहने के लिए मेरे होंठ खुले ही थे कि उन्होंने फिर मुझे जोर से फटकार दिया, "चोपप्प, साँस रोक।" मैंने साँस रोक ली, करीब चालीस सेकेंड में मेरा मुँह लाल पड़ गया। वे बोले, "हम्म, ब्लडप्रेसर भी एकदम नॉर्मल है।"

फिर बोले, "एक ही जगह पर खड़े-खड़े पचास बार कूदो।" मेरी आँखों में अपने लिए विरोध और मुझे कूदता न देख वे और मोटी नर्स दोनों जोर से

चिल्लाए, "कूऽऽद..." मैं घबराकर कूदने लगा, पचास बार कुदवाकर बोले, "शुगर भी ठीक है, हाँफी नई भरी, मतलब फेंफड़े एकदम सही काम कर रहे हैं; हार्ट, किड़नी सब चकाचक है। फिर तुम आए क्यों हमारे पास ? तुम्हारे बाप के पास बहुत पैसा है क्या ? अभी ठीक से जवान भी नहीं हुए और पड़ गए दवा-दारू के चक्कर में।"

मैंने बहुत शांति से कहा, "आप गलत समझ रहे हैं डॉक्टर साहब, मैं तो..." मेरा इतना कहना था कि डॉक्टर साहब बुरी तरह बिफर गए और बोले, "डॉक्टर तू है कि मैं ? अब तू मुझे डॉक्टरी सिखाएगा ? जबलपुर से लेकर भोपाल तक के डॉक्टर मेरी डायग्नोस को चैलेंज नहीं कर सकते। कागज पर लिखकर देता हूँ तेरे सारे पैरामीटर, किसी भी मशीन में घुसकर चेक करा ले, अगर डिटो, सेम-टू-सेम न निकलें तो मेरा नाम डॉक्टर लाठी नहीं। अभी तेरे घुसते ही तुझे पटककर तेरे पुट्ठे पर चार डिस्टिल वॉटर के इंजेक्शन ठोक देता तो पट्ट से सौ रुपए निकालकर मेरी टेबल पर रखता और थैंक यू कहता अलग से। गढ़दमोह में बैठा हूँ, इसका यह मतलब नहीं कि दिल्लीवालों से कमजोर हूँ।"

मैं बुरी तरह घबरा गया था, क्योंकि बिना किसी बात के बखेड़ा खड़ा हो गया था। मैंने दीन मुद्रा बना ली और डॉक्टर साहब से बोला, "सर, मेरा मतलब यह नहीं है, मैं तो सिर्फ पता" उन्होंने मुझे पता पर ही रोक दिया, पता कर त में अ की मात्रा भी नहीं लगाने दी और मुझे फटकारते हुए से बोले, "अरे, पादना कोई बीमारी नहीं है बच्चे। छोटा हो या बड़ा, इनसान हो या जानवर, सब पादते हैं। मैं खुद डॉक्टर होकर पादता हूँ।

"गैस पास होना बीमारी का लक्षण नहीं, बल्कि उत्तम स्वास्थ्य की निशानी है। इसका मतलब है कि तुम्हारा लीवर अच्छा काम कर रहा है, बल्कि पाद न होना बीमारी का लक्षण है। जितने बड़े-बड़े लोग हैं, ये खाते यहाँ हैं, लेकिन दिल्ली, मुंबई सिर्फ पादने के लिए जाते हैं। पता नहीं क्यों, उनको लोकल डॉक्टर से गैस निकलवाने में शर्म सी आती है, जबकि हम कुल बीस रुपए में गैस पास करवा दें, लेकिन नहीं, एक पाद पर जब तक बीस हजार खर्च न कर दें, तब तक उनको तसल्ली नहीं होती। डॉक्टरी के धंधे में

आजकल पाद पाद नहीं, खाद का काम करता है। बड़े आदगियों की कब्जियतवाली हवा पर लोग फल-फूल रहे हैं और क्यों न फूलें? शास्त्रों में स्पष्ट लिखा है, "पादे सो पुण्यवान, सूँघे धर्मात्मा। थूके सो नरक को जाए, अन्न की है वासना॥ पुण्य के कारण ही सेठ लोगों को धन-संपत्ति मिलती है, सो गैस होना उनका पुण्यफल है, कुछ लोग उसे सूँघकर पैसे कमा रहे हैं, यह उनका धर्मफल है। जयपुर में तो सिर्फ एक हवामहल है, लेकिन तुम देश के अन्य शहरों में जाकर देखो...सैकड़ों की तादाद में हवा से खड़े हुए हवामहल मिल जाएँगे। कई डॉक्टरों ने सिर्फ पाद की दम पर बड़े-बड़े बँगले

बना लिये, हालाँकि बड़े आदमी को पदवाना बहुत मुश्किल है, लेकिन कहीं तुम अपने हुनर से उसको पदवाने में सफल हो गए, तो इनकी बड़ी प्रतापी पाद होती है, इनके पादने भर से बँगले खड़े हो जाते हैं। तुम भाग्यशाली हो कि तुमको गैस पास हो रही है। अगर गैस पास न हो न बच्चे, तो यह संसार, सुरा, सुंदरी सब निस्सार लगने लगता है। गैस फँसी हो तो स्वयं को तकलीफ होती है और निकल जाए तो समाज को तकलीफ होती है। समाज पीड़ा देनेवाले के खिलाफ अनाप-शनाप बकने लगता है, उसे पदोड़ा, चिरका, न जाने क्या-क्या कहता है, हिकारत से देखता है...लेकिन तुम उनकी चिंता मत करो, वे सब नरक में जाएँगे, क्योंकि वे अन्न की वासना का अपमान कर रहे हैं। शास्त्रों में स्पष्ट कहा गया है कि अन्न ही साकार ब्रह्म है। अन्न रूपी ब्रह्म जब साकार से निराकार की बिरादरी में जाता है, गैस फॉर्म में, तब आप उसे देख नहीं सकते, सिर्फ अनुभूत कर सकते हैं, तब वह आँख का नहीं, नाक का विषय हो जाता है और यह संसार का नियम है कि हर आदमी को दूसरे का ब्रह्म बेहूदा, बदबूदार ही लगता है। इसलिए तुम गौर करना, इनसान को दूसरे का पाद और दूसरे की सफलता फूटी आँखों नहीं सुहाती, लेकिन अपना पाद और अपनी सफलता के गुणगान गाते हुए इनसान दिव्यानुभूति से भरा होता है। अपना ब्रह्म ब्रह्म और दूसरे का ब्रह्म बदबू...यह कोई बात हुई! तुम बिल्कुल बिंदास रहो, जब तक तुमको गैसपास हो रही है, बीमारी तुमको छू भी नहीं सकती। तुम बीमार नहीं, पूर्ण स्वस्थ हो। डॉक्टर लाठी का नियम है कि जो सलाह देने से ठीक हो जाए उसे खामखाँ सुई लगाके लूटना नहीं चाहिए। इसलिए तुमसे सिर्फ सलाहकार और कंप्लीट बॉडी चेकअप के मात्र पचास रुपए लिये जाएँगे।"

मैंने कहा, "यह कहाँ की जबरदस्ती है, मैं क्यों दूँ पचास रुपए? मैं तो आपके पास आया नहीं था, आप लोगों ने जबरदस्ती मुझे सड़क से घसीटकर दवाखाने में बंधक बना लिया और फिर मैंने तो आपसे कहा नहीं कि आप मेरा चेकअप कीजिए। आप जबरदस्ती मेरा चेकअप कर दें तो मैं क्या करूँ? आपका नाती, लड़का, बहू मुझे देखकर मरीज-मरीज चिल्लाने लगे तो क्या मैं मरीज हो गया?"

डॉक्टर बोले, "अच्छा, तो फिर तुम दवाखाने में घुसे क्यों?"

"अरे मैं अपने आप घुसा नहीं हूँ, मैं तो बाहर खड़ा था सड़क पर, वहाँ से घसीटकर लाया गया हूँ जबरदस्ती।"

वे बोले, "तो फिर तुम हमारे दवाखाने के सामने क्यों खड़े थे, हाथ में परचा लेकर?"

मैं बोला, "डॉक्टर साहब, मेरा एक दोस्त रहता है यहाँ। सामने तिगड्डा देख मैं चकरा गया, मैं तो पता पूछने के लिए रुका था, उस छोटे बच्चे के पास, वह मुझे देखकर मरीज-मरीज चिल्लाने लगा तो मैं क्या करता?"

वे बोले, "हो गया न सिद्ध कि तुम मरीज हो।"

मैंने कहा, "कैसे?" वे बोले, "कोई भी बुद्धिमान आदमी, पता अपने से बड़े आदमी से पूछता है, तुम छोटे से पूछ रहे थे, वह भी बच्चा! मतलब तुम बुद्धिहीन हो, बुद्धिहीनता एक रोग है। फिर तुमने कहा कि तुम चकरा गए, चक्कर आना एक किस्म की बीमारी।" मैं बोला, "अरे! चकरा से मतलब मैं कन्फ्यूज था।" वे बोले, "कन्फ्यूज मतलब भ्रम, भ्रम भी एक बीमारी है। तुम अपने भ्रम का निवारण चतुर आदमी से न करवाकर चंचल बच्चे से करवा रहे थे, यह पागलपन की प्राइमरी स्टेज है। सो एक-बुद्धिहीनता, दो-चक्कर आना, तीन-भ्रम होना, चार-पागलपन अभी तक कुल चार बीमारियाँ तो पकड़ में आ गईं, तुम शारीरिक रोगी नहीं, मानसिक रोगी हो।"

मैं गुस्से से फट पड़ा और जोर से चिल्लाया, "आप पागल हैं क्या? अच्छे-भले आदमी को मानसिक रोगी कह रहे हैं। उस मोटी नर्स ने लपककर जोर से मेरे दोनों हाथ पकड़ लिये, इतनी ताकत से कि मैं हिल भी नहीं पाया।" डॉक्टर साहब ने शांति से मेरी तरफ देखा और मुझे सुनाते हुए बोले, "पाँचवीं बीमारी उन्माद हिस्टीरिया, तुम्हें उन्माद भी है, ये उसी के लक्षण हैं। अच्छा हुआ कि तुम सही समय पर आ गए, इन सबकी अभी प्राइमरी स्टेज है, मैं कुछ दवाइयाँ अपने पास से तुमको देता हूँ। दवाई, चेकअप सब मिलाकर साढ़े तीन सौ में काम हो जाएगा।"

मैंने कहा, "मैं फूटी कौड़ी भी नहीं दूँगा, मैं अभी पुलिस थाने जाता हूँ।"

वे बोले, "उससे पहले मैं तुमको पागलखाने भिजवाता हूँ, साढ़े तीन सौ देते हो या पागलखाने फोन करूँ?"

मैं घबराहट में रोने लगा, मुझे रोता देख उन्होंने कागज पर छठवीं बीमारी लिखी और बोले, "तुम्हें अवसाद भी है, इसका पचास और लगेगा...कुल चार सौ रुपए हुए। रुपए दो और जाओ, नहीं तो मुझे मजबूरन पागलखाने फोन करना पड़ेगा, हम तुम जैसे बीमार पागल को सड़क पर छुट्टा नहीं छोड़ सकते।" मैंने कहा, "लेकिन अभी तो आप कह रहे थे कि मैं पूर्ण स्वस्थ हूँ?" डॉक्टर लाठी बोले, "तब मैं सिर्फ मरीज को देख रहा था, मर्ज को नहीं, अब मैं मर्ज को देख रहा हूँ और किसी भी अच्छे डॉक्टर का धर्म होता है कि वह मर्ज को समाप्त करे। तुम्हारी बीमारी बाहरी नहीं, भीतरी है। इसलिए चुपचाप मेरा सहयोग करो। मैं उन डॉक्टरों में से नहीं हूँ, जो मरीज को बचाने के लिए मर्ज को जिंदा छोड़ देते हैं, मैं मर्ज को मिटाने में विश्वास रखता हूँ और उसके लिए मुझे अगर मरीज को भी मिटाना पड़े तो मैं पीछे नहीं हटूँगा। ये चार आदमी पागल नहीं हैं, जो तुमको देखते ही मरीज–मरीज चिल्लाने लगें, जिसमें एक बच्चा है, बच्चे भोले होते हैं, वे झूठ नहीं बोलते। एक विशुद्ध गृहिणी है,

गृहिणियाँ झूठ नहीं बोलतीं। एक युवा है, जिसके कंधे पर राष्ट्र टिका है, युवा शक्ति मुँहफट होती है, वह जो बोल दे, वही सच होता है। चलो मान लिया कि सब झूठ बोल रहे हैं, लेकिन यह जिसने तुम्हें पकड़कर रखा है तुम्हारी माँ जैसी है, माताएँ कभी झूठ नहीं बोलतीं। तुम पागल हो। पागल आदमी का सबसे बड़ा लक्षण होता है कि उसको अपना पागलपन नजर नहीं आता, वह दूसरों को पागल कहता है, जो कि अभी तुमने मुझे कहा।

"मैं तुझे स्वस्थ करना चाहता हूँ और तू मुझे लुटेरा कह रहा है? तुझे अपने धन की चिंता है, लेकिन मुझे तेरे मन की चिंता है, क्योंकि तेरी इसी लोभलिप्सा ने तेरे मन को रुग्ण कर दिया है। तू पागल ही नहीं, एक नंबर का लोभी, लालची, झूठा, मक्कार, भ्रष्टाचारी है। मन के उपचार के लिए धन की परवाह करनेवाला सबसे बड़ा पागल होता है।

"अब मैं पहले तुझे पागलखाने भेजूँगा, फिर पुलिस थाने, और एक बार तू पुलिस थाने पहुँचा तो परमानेंट पागल हो जाएगा।" मैं घबरा गया और सचमुच अपने आपको बीमार, पागल समझने लगा था। मरता क्या न करता, मैंने जान छुड़ाने के लिए अपना बटुआ निकालकर चार सौ रुपए उनकी टेबल पर रख दिए। उन्होंने अब पहली बार अपने होंठों पर भद्दी सी मुसकराहट लाते हुए मुझसे पूछा कि वैसे किसके यहाँ जाना है? मैंने ऐड्रेस की परची उनके हाथ में रख दी, उन्होंने परची पढ़कर मुझे सख्त निगाह से देखा और बोले कि पचास रुपए और दो।

मैंने चौंककर कहा, "अब किसलिए?" वे बोले कि तुम्हारी आँख में नंबर है दूर का, 2.25 सिलेंडरिकल चश्मा लगेगा और वे मेरा हाथ पकड़कर लगभग घसीटते हुए सड़क पर उसी जगह ले आए, जहाँ से मुझे घसीटकर अंदर ले जाया गया था और अपने दवाखाने की दीवार से बिल्कुल सटे हुए दरवाजे पर लगी, एक धुँधली सी नेम प्लेट की तरफ इशारा किया, जिसपर मेरे दोस्त का नाम लिखा था।

मैं भौंचक्का सा कभी नेम प्लेट को देखता तो कभी डॉक्टर को। डॉक्टर लाठी ने मुझे बेहद दया के भाव से देखा और कहा कि तुमको दो और

बीमारियाँ हैं, मैं सौ रुपए और लूँगा..एक एंजाइटी (Anxiety) की और दूसरा भूलने की। तुम अपना बटुआ मेरे दवाखाने में भूल आए हो। यह सुनकर मुझे सच में चक्कर आ गया और मैं बेहोश होकर गिर पड़ा।

होश आने के बाद जब घर पहुँचा तो पत्नी मुझे देख चिंतित हो गई, बोली, "क्या हो गया है तुम्हें? तुम एकदम बीमार टूटे हुए क्यों लग रहे हो?"

मैंने कहा कि जब कोई बलात् हमारी ईमानदारी पर हमला करता है, जब न चाहते हुए भी हम लूट लिये जाते हैं, जब जबरदस्ती हमारे सच को झूठ करार दिया जाता है, जब चार लोग मिलकर हमें देखते ही मरीज या पागल कहने लगते हैं, तब अच्छा-भला आदमी टूट ही जाता है। अनपढ़ आदमी की मार शरीर पर होती है, लेकिन पढ़े-लिखे लोग मन-मस्तिष्क पर चोट करते हैं, क्योंकि वे जानते हैं कि तन को खंडित करने से कहीं अधिक लाभ मन को खंडित करने में होता है। किसी को नष्ट करना है तो उसको नहीं, उसके विश्वास को नष्ट कर दो, उसका विवेक स्वयमेव समाप्त हो जाएगा। फिर वह परिवार में रहते हुए भी परिवार का व्यक्ति नहीं, भीड़ का हिस्सा हो जाएगा।

मैंने पत्नी की तरफ प्रेम भरी मायूसी से देखा और विवशता भरे स्वर में उससे कहा, "हे मेरी सबसे अच्छी मित्र, मुझे क्षमा करना। मैं अब व्यक्ति नहीं रहा, भीड़ हो गया हूँ और भीड़ के लिए सारा संसार सिर्फ एक ही बात कहता है कि भीड़ पागल होती है।"

मुझे अचानक अपनी पत्नी धुँधली दिखाई देने लगी, इस धुँधलेपन का कारण तब समझ में आया, जब मेरे गालों को गरम पानी की धारा ने स्पर्श किया। ओह! ये तो मेरे आँसू थे, जो न चाहते हुए भी मेरी आँखों से बह रहे थे और कमाल यह था कि मैं रो रहा हूँ, इस बात का मुझे भान ही नहीं था! मैं समझ चुका था कि डॉक्टर लाठी ने मेरा सही डायग्नोसिस किया था कि यह पागलपन की प्राइमरी स्टेज है।

□

यह कलियुग है

नाम तो उनका भुवनेश्वर था, लेकिन कस्बे के लोग उनको 'भुन्नू महाराज' के नाम से जानते थे। बेहद चपल, वाचाल होने के कारण वे छुटपन से ही सभी छोटे-बड़ों के प्रिय थे।

भुन्नू कस्बे में होनेवाली वार्षिक रामलीला में छह-सात साल की उम्र से ही सक्रिय हो गए थे, इसलिए गाना-बजाना, नाचना भी सीख लिया था। उनकी स्मरण शक्ति अति तीव्र थी। उन्हें रामलीला के लगभग सभी पात्रों के डायलॉग कंठस्थ थे, किंतु इसके बाद भी उन्हें रामलीला में कोई महत्त्वपूर्ण पात्र नहीं मिलता था। इसका कारण उनका उम्र में और कद में छोटा होना था।

चौदहवाँ साल भुन्नू के जीवन का क्रांतिकारी साल साबित हुआ, क्योंकि इसी वर्ष अकस्मात् चार फीट का भुन्नू, पाँच फीट का हो गया था। रामलीला मंडली भुन्नू को प्रेम करती ही थी, सो उनकी अप्रत्याशित रूप से बढ़ी हुई लंबाई से प्रसन्न होकर उनको लक्ष्मणजी का रोल दे दिया गया।

हाइट के बढ़ते ही भुन्नू का आत्मविश्वास भी भयंकर रूप से बढ़ गया था, सो भुन्नू ने लक्ष्मणजी के रोल में जान लड़ा दी, जिससे वे कस्बे भर में ही नहीं, पूरी तहसील में प्रसिद्ध हो गए। रास्ते चलते लोग उनके अभिनय के मुरीद हो गए थे। उनको राम-राम, दुआ-सलाम करने लगे।

एक साल में एक फुट लंबाई बढ़ना भुन्नू के आनंद में ही नहीं, अपेक्षा में भी बहुगुणित वृद्धि कर गया। उनका पूरा परिवार लंबा-चौड़ा था, मात्र उनके 'टिंगू मामा' को छोड़कर। टिंगू मामा गाँव भर में पंडिताई करते थे, वे सभी के प्रिय पुरोहित थे।

भुन्नू को पता था कि लड़कों की हाइट अमूमन अट्ठारह साल तक बढ़ती है, सो वे अपने परिवार की औसत हाइट पौने छह फुट को आसानी से पार करके, साढ़े छह फीट की हाइट तो पा ही लेंगे, उसके आगे हाइट बढ़ना ?... हरि इच्छा।

किंतु जो झटका उनकी हाइट ने साल भर में अप्रत्याशित रूप से एक फीट बढ़कर दिया था, उससे बड़ा झटका उनकी हाइट ने अगले दो साल तक बिना बढ़े दिया। सोलह, साढ़े सोलह की उम्र होते-होते उनकी बेचैनी बढ़ने लगी और हाइट बढ़ने की अंतिम निर्धारित मियाद अट्ठारह साल तक वे मात्र एक इंच ही बढ़े और साढ़े छह फीट का सपना देखनेवाले भुन्नू पाँच फुट एक इंच में ही सिमटकर रह गए।

भुन्नू की कद-कटाई से मात्र टिंगू मामा पुलकित थे, क्योंकि टिंगू दूरदराज के सभी रिश्तेदारों में अपनी हाइट पाँच फुट दो इंच होने के कारण ज्ञानी होने के बाद भी खानदान भर की दया, हँसी, चुहुल के केंद्र थे। अब भुन्नू के पाँच फुट एक इंच पर रुक जाने से उन्हें एक किस्म का आध्यात्मिक संतोष सा हो गया था, उनकी हाइट भुन्नू से एक इंच ज्यादा है, यह देखकर वे एक अजीब सी पुलकन से भरे रहते। टिंगू के पुलकने से भुन्नू के कलपने में वृद्धि होती और यही मामा-भानजा के बीच वैमनस्य का कारण बना। भुन्नू ने फैसला लिया कि मैं मामा की पंडिताई नष्ट कर दूँगा, मैं अब पंडिताई को ही अपनी जीविका का साधन बनाऊँगा। मैं रामकथा, कृष्णकथा में अपने अभिनय और संगीतकला का उपयोग करूँगा। मैं टिंगू मामा के तंत्र, मंत्र, ज्योतिष, पूजा-पाठ, कर्मकांड की सिद्धी-प्रसिद्धी को ध्वस्त कर, एक प्रसिद्ध कथाकार, प्रवचनकर्ता की प्रतिष्ठा को प्राप्त करूँगा। अपने जुनून और ज़िद के चलते, भुन्नू वेद-पुराण, भाष्य, टीका, गीता की कभी न सुनी जानेवाली अनोखी-अजीब विवेचना करते, जिससे वे विवादास्पद हो गए और इसी विवाद से मिली प्रसिद्धि ने उन्हें भुन्नू से 'भुन्नू महाराज' की प्रतिष्ठा दिला दी।

एक और विचित्रता, जो उनमें देखने मिलती थी कि महाराज 'नाटे कद' के व्यक्ति को देखकर बुरी तरह चिढ़ जाते थे। जबकि मनोविज्ञान के हिसाब

से उनका लंबे कद के व्यक्ति को देखकर चिढ़ना वाज़िब था। नाटों के प्रति नफरत और चिढ़ का कारण मात्र इतना था कि उन्हें हर नाटे व्यक्ति में अपने 'टिंगू मामा' दिखाई देते थे। उन्हें लगता था कि टिंगू मामा ही उनकी हाइट का हत्यारा है, जिसने अपनी तंत्र-साधना से उनके बढ़ते कद को रोक दिया। परिणामस्वरूप उनकी बड़ी भारी-भरकम प्रतिभा को छोटे कद में ही गुजर-बसर करनी पड़ रही है।

हाल ही में भुन्नू महाराज के परम शिष्य 'चंपक चिनपुरिया' से मुलाकात हो गई, जिन्हें लोग प्यार से 'चँची' कहते हैं, इनका सराफे का अच्छा काम है, लेकिन इन दिनों थोड़े परेशान चल रहे हैं, बोले, "समय हो तो घुमा लाएँ?"

मैंने पूछा, "कहाँ?" बोले, "भुन्नू महाराज के पास।"

इस प्रपोजल से मेरी अंतरात्मा, जो अभी तक किसी और काम पर लगी हुई थी, उस काम को छोड़कर मुझे गुदगुदाते हुए बोली, "अवश्य चलो, कुछ क्रांतिकारी घटेगा, जो तुम्हारे आनंद में वृद्धि करेगा।"

मुझे विचारमग्न देख चँची बोले, "का सोचने लगे गुरु? भुन्नू महाराज बहुत ज्ञानी आदमी हैं, उनके पास हर समस्या का समाधान है।"

मैंने कहा, "यार चँची, समय तो बहुत है हमारे पास, मगर समस्या एक भी नहीं है। महाराज के पास बिना समस्या के जाओ तो वे एक नई समस्या खड़ी कर देत हैं, इसीलिए सुकपुका रहे हैं।"

चँची थोड़े खिन्न होते हुए बोले, "तुम भी यार, टिंगू महाराज टाइप बातें कर रहे हो? चलो मिला लाएँ।" और अपनी मोटर साइकिल किनारे पर खड़ी करके लपककर मेरी गाड़ी में बैठ गए। अब यथा गुरु भुन्नू तथा चेला चँची के निर्देशानुसार मेरा ड्राइवर गाड़ी चलाने लगा।

महाराज के घर पहुँचकर मैंने उन्हें प्रणाम किया। मुझे देखकर वे प्रसन्नता से किलकिला गए और चँची को शाबाशी की नजरों से देखते हुए बोले, "राणाजी आ गए तो अब मुंबई सिद्ध समझो चँची, भईं पर डेरा जमेगा अब। द्वापर में भगवान श्रीकृष्ण ने जिन लोगों खों कलयुग में सत्ता, संपत्ति देने का बचन दिया था, बे सबरे लोग मुंबई-दिल्ली-कलकत्ता में जमे हेंगे।

"गीता में उन्ने साफ कहा था कि कलजुग में सिर्फ पाखंडियों की ही लिसेगी। तुमई लोग राज करना, पैसा कमाना, हम कुछ नई कहेंगे। मनो अभी इस जुग में, हमाए सामने नहीं। अभी तो भाई तुम्होरों खों मरना पड़ेगा और ये कहकर उन्ने सब अधर्मी, पाखंडी मार डाले। गीता की बात झूँटी नई हो सकती।"

मैंने महाराज की बात काटते हुए विनम्रतापूर्वक कहा, "महाराज, आप विद्वान आदमी हैं, आपको हँसी में भी भगवान के नाम पर ऐसी बात नहीं करनी चाहिए।"

महाराज बोले, "भाई राणाजी, जब हम आपके ज्ञानक्षेत्र में प्रश्नचिह्न नई लगा रहे, तब आप हमाए ज्ञान पर शंका क्यों कर रहे हैं? जब हम तुमाए आर्थिक सुधार के सूत्रों पर अनर्गल बात नई कर रहे, तब आप भी हमारे आत्मिक सुधार के सूत्रों के अंटशंट अर्थ मत निकालो। धर्मग्रंथों के साथ जीवन बीत गया हमारा, लेकिन गलती आप लोगों की नहीं है, हमाए टिंगू मामा जैसे आचार्यों की है, जिनने शास्त्रों में लिखे श्लोकों, मंत्रों के उलटे-पुलटे अर्थ बता के समाज में भ्रम पैदा कर दिया और दुनिया को 'धर्म' के मार्ग पे लगा के भगवान् की 'इच्छा के विरुद्ध' खड़ा कर दिया।"

मैंने आश्चर्यचकित हो उनसे कहा, "अरे! आप कैसी अजीब बात कर रहे हैं? धर्म के मार्ग पर चलना, भगवान की इच्छा का विरोध कैसे हो गया?"

भुन्नू महाराज ने धर्म की अल्टिमेट अथॉरिटी के स्वर में मुझसे कहा, "अच्छा राणाजी, इस श्लोक का क्या अर्थ है बताओ?"

"यदा यदा हि धर्मस्य ग्लानिर्भवती भार्तह।
आभियुत्थानाम मधर्मस्या तदात्मानाम सृजामयाहम॥"

मैं श्लोक का अर्थ बताना चाहता था, किंतु मेरी अंतरात्मा ने मुसकराते हुए मुझे चुप रहकर सुनने का इशारा किया।

मुझे चुप देखकर भुन्नू महाराज बोले, "चलो, कोई बात नहीं हम बताए देत हैं—

यदा में 'आ' की मात्रा जो 'दा' में टिंगू मामा जैसे लोगों की गलती के

कारण लगी है, उसको वापस 'य' में लगा लो तो का हो जाएगा ? याद।

सो यदा यदा ही का मतलब का हुआ ? याद रखो। याद ही रखो...

धर्मस्य, अर्थात् धर्म पर चलने वाला नहीं। धर्म-अस ! माने धर्म के जैसा दिखनेबाला, सरल भाषा में अपन इसखों पाखंडी कह लो।

'ग्लानिर्भवती भार्तह' इसखों अच्छे से समझो भाई, इसमें, गैलन, नीर, भवति और भारत, ये चार शब्द हेंगे। टिंगू मामा टाइप के लोगों ने इन चारई शब्दों को इकट्ठा करके 'गट्टर्रा' बना दिया, इस कारण ये अपन खों कठिन

लगता है। मनो इसखों अपन तोड़ देंगे। देखो ऐसे! माने, हिंदी में जिसखों अपन 'रास्ता' कहते हैं, उसे बुंदेलीभाषा में उसखों एकवचन में 'गैल' और बहुवचन में 'गैलन' कहते हैं, माने बहुत सारे रास्ते।

सो, गैलन यानी रास्ते में।

नीर यानी पानी।

भवति माने होगा।

भार्तह इसके दो अर्थ हैं, एक भरना या भोगना और दूसरा 'भारत'।

सो इसका अर्थ हुआ—

'याद रखो, याद ही रखो हे पाखंडी! भारत की सड़कों पर चलते हुए जो पानी भरता है या कष्ट भोग रहा होगा, उसका नहीं..अपितु,

"अब भगबान की अंगली बात समझो, बे कहते हैं—

'अभियुत्थानाम मधर्मस्या तदात्मानाम सृजामयाहम।'

इस पूरी लेन पर ध्यान दो, इसमें अभी-उत्थान-नाम-मधर्म-तादाद में-सृजन और हम...सात शब्द हेंगे। सो इस पूरी लैन का अर्थ का हुआ?

"अभी मात्र उसका उत्थान और नाम होगा, जो अधर्मी हैं, पाखंडी हैं और थोड़ा-मोड़ा नहीं! भौत ज्यादा नाम होगा, 'तदात्मानाम' मतलब तादात में नाम और वे ही हमारे संसार का सृजन करेंगे।

"अब बताओ हम का गलत कह रहे थे? कलजुग में यही हो रहा है कि नहीं? अगर भगवान न चाहते, तो का ऐसा होता?

"अरे भैया! जब भगवान ने खुदई ग्रीन सिंगल (सिग्नल) दिया है, पाखंडियों खों उन्ने गीता में साफ कह दिया था कि कलयुग में पाखंडी ही संसार का सृजन करेंगे। तो फिर हम लोगन खों उनकी कही बात को पलटने का कोई अधिकार नई है। अब टिंगू मामा जैसे लोग जबरन चिल्लात रहें, अधर्म का नाश हो, पाखंड का विनाश हो तो उससे का हो जाएगा? भगवान् हमाई-तुमाई इच्छा पूरी करेंगे कि खुद का वचन?

"याद है न? त्रेता जुग में जब राम बने थे तो क्या कहा था?

"रघुकुल रीत सदा चली आई, प्राण जाएँ पर वचन न जाई।"

"अब भलाँईं चाहे अपन लोगों के प्राण निकल जाएँ, मगर भगवान् का बचन खाली नई जाएगा, बे बीच में नहीं पड़ेंगे। क्योंकि वे वचनबद्ध हैं। अरे, जब कलजुग में अधर्म और पाखंड की ही धकना है, तो जबरन धर्म के पक्ष में खड़े होकर अपन धक्का क्यों खाएँ? जे कोई बुद्धिमानी की बात नहीं है।

"अच्छा हमें बताओ? सतयुग, त्रेतायुग, द्वापरयुग और कलयुग में सबसे बड़ा कलयुग काय है? हम ही बतारय सुनो...काय से सतयुग, त्रेता, द्वापर में भगवान् ने अधर्म और पाखंड की एक न चलने दी। बे जैसे ही पनपे, भगवान् अवतार ले के उन्हें मिटा दें और फट्ट से 'धर्म' की स्थापना कर दें। सो अधर्म और पाखंड रोने लगे, भगवान् से बोले कि तुम पक्षपाती हो। तुम सिर्फ धर्म को चाहते हो। हम लोगों की कोई कदर नई है, मन में, जब देखो तब हमारा नाश कर देते हो। तुम्हारी दम पे धर्म हमको पीटता है, हमारी दुर्गति करता है और जब हम धर्म को पटक के उसकी छाती पर चढ़ जाते हैं, तो तुम सट्ट से कभी धनुष-बाण, कभी सुदर्शन चक्र, कभी फरसा से हमारा सफाया कर देते हो और ऊपर से अपने आपको 'समदर्शी रघुनाथ कहते हो।' अरे! जब तुम्हें हमसे कोई मतलब नहीं है, हमारा नाश ही करना है तुमको, तो फिर हमें पैदा ही क्यों होने देते हो? हम जाएँ तो कहाँ जाएँ, बताओ?

"पाखंड को रोता देख भगवान को दया आ गई। काय से पाखंड बात तो सही कह रहा था। सो उन्ने घोषणा कर दई कि चिंता की कोई बात नहीं, कलयुग में तुम्हीं ऐश करना, तुम्हारी ही चलेगी, हम बिल्कुल भी तुम्हारा नाश नहीं करेंगे। पूरा पावर तुम लोगों के हाथ में रहेगा। तुम्हें धर्म की जो गत करना हो, कर लेना, हम उसको बचाने नहीं आएँगे। जे सुनके पाखंड और अधर्म बमक गए और बोले वाऽऽह! चार युग में से तीन युग में धर्म ने हमें पीटा, तुमने मिटाया, हमको जीने नहीं दिया और अब बड़े शौक से कह रहे हो कि कलयुग में रह लो। अरे, जब तुम्हारे पास चार युग की व्यवस्था थी, तो दो-दो युग बाँट देते आपस में। यह कहाँ की समदर्शिता है जी? कैसा इनसाफ है तुम्हारा कि तीन युग में धर्म ऐश करे और हम कुल्ल एक में? नई चइये तुम्हारी खैरात, रख लो अपने पास! जैसे हम पिछले तीन युग से पिट रहे हैं, वैसे एक में और पिट लेंगे,

लेकिन तुम्हारी पोल खुल गई, हम समझ गए कि तुम समदर्शी नहीं विषमदर्शी हो। एक नंबर के पक्षपाती। अब भगवान् को अपनी इमिज की चिंता हो गई! सो अपनी इमिज की रक्षा के लिए उन्ने कह दिया कि ठीक है, अब हम चार के छह युग तो कर नहीं सकते, लेकिन सतयुग, त्रेता, द्वापर इन तीन युग के बराबर एक कलयुग होगा। जितना समय धर्म ने तुमको पीटा, उतना ही समय तुमको भी मिलेगा धर्म को पीटने के लिए। सो अब रोना छोड़ो और प्रसन्न होओ।

"पाखंड और अधर्म प्रसन्न हो गए और बोले कि धर्म ने हम लोगों को तुम्हारा नाम ले-ले के पीटा था, अब हम लोग धर्म को तुम्हारा नाम लेकर, तुम्हारे नाम पर पीटेंगे। इससे तुम्हारा नाम भी कलयुग में बचा रहेगा और हमारा हिसाब भी बराबर हो जाएगा। भगवान् ने तथास्तु कहा और क्षीरसागर में सो गए। अब तुम धर्म-कर्मवाले कितनऊ घंटा बजाओ, आरती टनटनाओ, शंख फूँको, बे नई उठ रए। देव तो सो गए मतलब सो गए। जे कलजुग है महाराज, इसमें राम से भी बड़ो राम को नाम है। इसलिए राम-राम जपना, पराया माल अपना।"

मैंने भुन्नू महाराज को प्रणाम करते हुए कहा, "महाराज, अभी इजाजत दीजिए, अबकि आ हें तो मिल हैं आपसे।" महाराज ने अपने अंदाज में आशीर्वाद देते हुए कहा—

"त्रेता युग में दूध मिला था, और द्वापर में घी।
ये कलयुग है प्यारे भैया, मूर्ख बनाकर पी॥"

और एवमस्तु कहते हुए मेरी पीठ पर धौल जमा दी।

मैं चँची को भुन्नू महाराज के पास बैठा छोड़ निकल गया।

मैं खिन्नता से भर गया था, रास्ते में मैंने अपनी अंतरात्मा से कहा, "देखा, मैंने कहा था न, किसी व्यवधानी, समाधानी व्यक्ति के पास बिना समस्या के जाने से वह एक नई समस्या खड़ी कर देता है।"

यह सुनकर मेरी अंतरात्मा ठहाका मारकर हँसते हुए बोली—

"सतयुग का धन सत्य था, और त्रेता का धीर।
द्वापरयुग में वीरता, कलयुग का धन पीर॥"

□

बिस्पाद गुधौलिया

उन्होंने अपने खेत में अंगद का मंदिर बनवाया हुआ था। यह पूरे संसार में एकमात्र मंदिर था, जिसमें अंगद की पूजा होती थी। इसका कारण था, बचपन में देखी गई रामलीला में अंगद ने प्रभु श्रीराम का नाम लेकर रावण की सभा में जो पैर जमाया था और चुनौती दी कि कोई भी मेरा पैर अगर तिल भर भी हिला देगा तो प्रभु श्रीराम हार मानकर वापस लौट जाएँगे। गाँव के सबसे बड़े पहलवान कुंदन काका, जो रावण का रोल करते थे, वे भी अंगद बने हुए किस्सू कबाड़ी का पैर नहीं हिला पाए थे। इस बात ने विश्वपाद के बालमन को बेहद प्रभावित किया और वे अंगद की शक्ति के लपेटे में आ गए थे। उन्होंने छुटपन में ही गाँव के अखाड़े में जाकर अपने को तैयार करना शुरू कर दिया था। उनके दादाजी का नाम विश्वमोहन, पिता का नाम विश्वस्वरूप, चाचा का विश्वगोपाल, छोटे चाचा का विश्वविजय था। इस नाते संपूर्ण विश्व पर उनके गुधौलिया परिवार का एकछत्र राज था। विश्व में कुछ और बचा नहीं था तो पूरे परिवार ने आम सहमति से अपनी अगली पीढ़ी के इस प्रथम चिराग का नाम विश्वपाद रख दिया था, जिसका अर्थ होता है 'विश्व के चरण, या ऐसे चरण, जिनकी विश्व भर में प्रतिष्ठा है।' इनके नाम 'विश्वपाद' ने भी अंगद के प्रति इनकी भक्ति को बढ़ाने में फर्टिलाइजर का काम किया, इनको लगता कि दुनिया के इतने लंबे इतिहास में अभी तक मात्र तीन चरण हैं, जिनकी चर्चा होती है—

एक, रावण का विभीषण पर पद प्रहार।

दूसरा, अंगद का रावण की सभा में पद स्तंभन (चरण जमा देना)।

तीसरा, नील आर्मस्ट्रांग, जिसने चाँद पर सबसे पहले अपने चरण रखे थे।

वैसे ही इनको भी अपने पदों (चरणों) को विश्व के चौथे चरण के रूप में प्रतिष्ठित करना आवश्यक है, तभी वे अपने नाम विश्वपाद की गरिमा को सुरक्षित रख पाएँगे।

सो वे अपने आराध्य देव अंगद से प्रेरित हो प्रतिदिन अखाड़े में अपने पैरों को यथानाम तथागुण देने में जुट गए, किंतु जैसी कि परंपरा है, ग्रामीण अंचल में शास्त्रीयता को लोग सरल करके स्वीकारने में विश्वास करते हैं तो वही इनके शास्त्रीय गरिमा से पूर्ण नाम विश्वपाद के साथ हुआ। लोग इन्हें विश्वपाद की जगह सुविधानुसार विश्पाद या बिस्पाद कहकर बुलाने लगे। माना जाता है कि नाम का प्रभाव मनुष्य की प्रकृति पर पड़ता है, यह सत्य है या नहीं, यह विवादास्पद है, किंतु बिस्पाद के ऊपर यह फॉर्मूला एकदम सही साबित हुआ। पहलवानी के चक्कर में ताकत बढ़ाने के लिए अपनी पाचनशक्ति की औकात से ज्यादा किस्म-किस्म के पिस्ता, बादाम, अखरोट, दूध, दही, केला, छाछ, लस्सी के निरंतर सेवन से उनके पेट का सिस्टम गड़बड़ा गया, जिसके परिणामस्वरूप हर दस-पंद्रह मिनट में बिस्पाद के पेट से ऑटोमैटिक गैस रिसती रहती, इनके पेट से बिना आवाज किए छूटनेवाली इस 'अपानवायु' में विलक्षण मारक क्षमता थी। यह मरे हुए चूहे, सड़े हुए अंडे या किसी बड़े शहर के कभी न साफ होने वाले गँधाते नाले की दुर्गंध से भी अधिक भीषण और अत्याचारी थी। जब बिस्पाद ताल ठोककर अखाड़े में उतरते, तब उनका यह वायवास्त्र अखाड़े में इनसे गुँथे हुए पहलवान के लिए प्राणघातक होता था, जिससे विचलित होकर विरोधी पहलवान दम घुटकर मरने से बेहतर चित्त होकर हारना पसंद करता। अपनी प्रतिष्ठा से अधिक उसे अपने प्राणों की परवाह हो जाती। उस समय यदि बिस्पाद उसकी पकड़ में भी होते, वह उनको चित्त करके जीतने के कगार पर होता और तब बिस्पाद हार से बचने के लिए उसकी पकड़ से छूटने के प्रयास में अपने शरीर को आड़ा-तिरछा करते, ठीक उसी समय उनका यह वायुअस्त्र, जो खुद मुख्तार

की श्रेणी में आता था, जिसपर इनका कोई कंट्रोल नहीं था, बिना इनकी मर्जी के चुपचाप छूटकर बिस्पाद के लिए संकटमोचक का काम करता, विष से भी अधिक घातक वायु के चैंबर के बिल्कुल समीप होने के कारण वह विरोधी पहलवान, जो अभी तक इन पर हावी था, इनको छोड़ने के लिए फड़फड़ाने लगता; लेकिन बिस्पाद जोंक के जैसे उससे चिपक जाते, जिससे अपनी जान बचाने के लिए वह विरोधी पहलवान स्वयं ही चित्त हो जाता, अपनी पीठ पर मिट्टी लगा लेता और खुद ही बिस्पाद की जीत की घोषणा कर अखाड़े के बाहर भाग खड़ा होता।

लोग आश्चर्य से बिस्पाद के इस कौशल की दाद देते, कुश्ती के बड़े-बड़े महारथियों को भी बिस्पाद का यह अनोखा दाँव समझ में न आता, वे चमत्कृत हो जाते कि पता नहीं यह कौन सी विद्या है बिस्पाद के पास, जो अभी तक बिस्पाद की छाती पर चढ़ा हुआ पहलवान खुद ही उनको अपने ऊपर लेकर चित्त हो जाता है और अखाड़े से भाग खड़ा होता है ? इस हवाबाण दाँव के कारण पहलवानी की दुनिया में उनका नाम हो गया, वे अजेय पहलवान हो गए थे। लोग उनसे जोड़ लिखाने से डरते, परिणामस्वरूप कभी-कभी वे बिना लड़े ही विजेता घोषित कर दिए जाते। कुश्ती फेडरेशन में इस बात की शिकायत भी नहीं की जा सकती थी, क्योंकि उनका यह पाद-प्रहार, जिसका प्रमाण पेश कर पाना असंभव था, कुश्ती के नियमों के मुताबिक अवैध, अनैतिक, धोखा या छल की श्रेणी में नहीं आता था, क्योंकि हवा कोई पुख्ता सबूत नहीं होती और सबसे बड़ी बात इस पादप्रहार का उस हारे हुए पहलवान के अलावा कोई और गवाह भी नहीं होता था, क्योंकि मामला पूरा साउंड्लेस था। शिकायत करने पर इसे पहलवान के द्वेष, उसकी चिढ़ की श्रेणी में रखा जाता, जो अपनी हार से बौखलाकर बिस्पाद के विरुद्ध अनर्गल प्रलाप कर रहा है। रेफरी भी बदबू सूँघता था, किंतु इसका लाभ बिस्पाद को ही मिलता, वह कहता कि बिस्पाद ने अपने 'उठा-पटक दऊँ-तरै गुलक दऊँ' दाँव से अपने विरोधी पहलवान को पदाकर रख दिया।

उन दिनों पहलवानी में सुहागपुर, इटारसी, बनारस, जबलपुर, बुरहानपुर

एक बड़ा नाम हुआ करता था। यहाँ के पहलवानों से जोड़ लिखाते हुए अन्य मल्लों के पैर काँपते थे। बिस्पाद के कारण हमारे गाँव के अखाड़े की कुश्ती की दुनिया में धाक सी जम गई थी, इसलिए दूर-दूर के प्रसिद्ध मल्ल भी हमारे गाँव में ताल ठोकने के लिए बेताब रहते थे। इन पहलवानों को, जिनके लँगोट को आजतक कोई अन्य पहलवान हाथ भी नहीं लगा पाया था, बिस्पाद के इस दमघोंटू हुनर का इल्म ही नहीं था, सो वे अति उत्साह से नागपंचमी, दीवाली, दशहरा पर हमारे यहाँ होनेवाले 'बड़े दंगल' में बढ़-चढ़कर हिस्सा लेते और बिस्पाद को चित्त करने की हसरत लिये उनके खिलाफ जोड़ लिखवा लेते, किंतु इनमें से हर एक का वही हश्र होता, बिस्पाद से लिपटते ही ये बाहुबली जल बिन मछली के जैसे फड़फड़ाने लगते। मनुष्य बिना भोजन के तीस दिन जिंदा रह सकता है, किंतु बिना साँस लिये तीन मिनट में उसके प्राण निकल सकते हैं। साँस को रोकना व साँस का अवरुद्ध हो जाना दो अलग बातें होती हैं। बिस्पाद से लड़ी जाने वाली कुश्ती साँस रोकने की यौगिक क्रिया के अंतर्गत नहीं बल्कि साँस के बलात् अवरुद्ध किए जाने की श्रेणी में आती थी।

बिस्पाद के दमघोंटू आलिंगन में फँसे हुए ये वीर-बलिष्ठ-बाहुबली-भीम पुरुष उस समय संसार के सबसे निरीह और असहाय प्राणी प्रतीत होते। अभी तक अजेय रहने वाले ये मल्ल हमारे गाँव की हवा से परास्त हो जाते और उन्हें मजबूरन संन्यास लेना पड़ता। कुश्ती साँस रोककर लड़ी जाने वाली विधा नहीं है, फिर भी कुछ पहलवानों ने बिस्पाद के इस दाँव का तोड़ निकालने के लिए, उनको चित्त करने की हसरत से कबड्डी का प्रशिक्षण लिया, जिससे वे दो मिनट तक साँस रोककर लड़ सकें। किंतु गैस रिलीज का कोई निश्चित टाइम तो होता नहीं था, जिससे बिस्पाद का विरोधी टाइम सेट करके साँस रोक सके? अपानवायु के अप्रत्याशित रिसाव से पहलवान हदबदा जाते, जिससे कभी-कभी उन्हें ठसका भी लग जाता और उनका दम टूट जाता, क्योंकि बिस्पाद का यह हवाबाण एच टू एस ओ फोर से भी अधिक घातक होता था। बिस्पाद पहलवानी में तो बढ़ रहे थे किंतु पढ़ाई में पिछड़ रहे थे। ऐसा नहीं था कि वे ठस्स बुद्धि थे, वे निम्न औसत बुद्धि के विद्यार्थी

थे, किंतु गैस के अभिशाप के कारण क्लासरूम उनको ऋष्यमूक पर्वत के जैसा लगता था, जहाँ पर अंगद के पिता वानरराज बाली क्षमता होने के बाद भी जान के भय से नहीं जाते थे। क्योंकि उन्होंने दुदुंभी को मारकर एक योजन दूर फेंक दिया था, जिससे दुदुंभी के रक्त की बूँदें ऋषियों के हवनकुंड में गिर गई थीं, ऋषियों ने बाली को शाप दिया कि 'खबरदार! अगर ऋष्यमूक पर्वत पर आया तो जान से हाथ धो बैठगा।' बिस्पाद को क्लासरूम में जान का नहीं, अपने मान का खतरा था, क्योंकि जिस 'ठुसकी की ठसक' ने उन्हें अजेय पहलवान बना दिया था, वही उनकी कुख्याति का कारण बन जाती और तमाम बाहुबल होने के बाद भी उन्हें अपने 'ऋषि रूपी क्लास्मेट्स' की हिकारत और धिक्कार से उपजे 'रौरव नरक' की यातना से गुजरना पड़ता। इसलिए वे स्कूल को ऋष्यमूक पर्वत मानकर उससे दूर दूर ही रहते। जिससे गुधौलिया परिवार चिंता में पड़ा रहता। जैसे-तैसे बिस्पाद स्कूल से पास होकर कॉलेज में बी.ए. के मार्ग से होते हुए एल.एल.बी. हो गए।

पहलवानी और पढ़ाई की इस प्रक्रिया के बीच गुपचुप उन्होंने डॉक्टर्स से इस 'निराकार बेआवाज मानभंजनी' का उपचार कराना चाहा था, किंतु परीक्षण के दौरान ही उसके रिसाव से डॉक्टर बेहाल हो कमरा छोड़कर भाग जाते और आइंन्दा यहाँ न आने की चेतावनी देकर उन्हें भगा देते। एक-एक कर इलाके भर के सभी डॉक्टरों ने इनके लिए अपने दवाखाने के दरवाजे बंद कर दिए।

डॉक्टरों के रवैए से नाखुश होकर उन्होंने एलोपैथी छोड़ 'जड़ी-बूटीवालों' को पकड़ लिया, जिससे उनकी समस्या खत्म होने की जगह और बिफर गई। अभी तक वे दस-बाई-दस के एरिया को ही कवर करते थे, किंतु जड़ी-बूटियों के सेवन से उसका घनत्व और अधिक बढ़ गया। अब वे बीस-बाई-बीस के ओपन-क्लोज एरिया को प्रभावित करने लगे। अपनी ही हवा को अपने ही विरुद्ध वातावरण बनाता देख बिस्पाद ने इसका तोड़ निकाला और भीड़-भाड़ में घुसना शुरू कर दिया, क्योंकि भीड़ में पकड़े जाने की संभावना न के बराबर होती है, क्योंकि भीड़ पर किसी भी कृत्य-दुष्कृत्य की सामूहिक जिम्मेदारी होती है, सब एक-दूसरे को शक की निगाह

से देखते हैं, लेकिन कोई किसी पर स्पष्ट आरोप नहीं लगा पाता। इसमें कोई एक व्यक्ति अपराधी नहीं ठहराया जाता, शक की बिना पर मूल अपराधी दोषी होते हुए भी दोष मुक्त होकर निर्दोष जीवन जीता रहता है। साथ ही उन्होंने आजीवन विवाह न करने की प्रतिज्ञा भी कर ली, क्योंकि जिस वायु के साथ वे इतने सालों से रह रहे थे, उसके कोप से वे भलीभाँति परिचित थे कि जब इस 'दुष्टा' ने इतने बड़े-बड़े पहलवानों को उनके साथ नहीं टिकने दिया तो फिर उस बेचारी मासूम लड़की की क्या बिसात ? शादी की पहली रात ही यह

'प्रतिष्ठाखोर फुस्की' बिना कोई शोर-शराबे के अपने प्रकोप से उस मासूम लड़की को थू-थू करते हुए घर से भागने पर मजबूर कर देगी। उस नवयौवना को थूकता देख पूरा समाज उन पर थू-थू करेगा, भद्द पिटेगी सो अलग, इसलिए बदनामी से बेहतर है ब्रह्मचर्य। सो वे ब्रह्मचारी हो गए।

उनके ब्रह्मचर्य की घोषणा से घर में हड़कंप मच गया, क्योंकि गुधौलिया वंश को आगे बढ़ाने की जिम्मेदारी उनके मजबूत कंधों पर थी। वे मात्र अपराजित पहलवान ही नहीं, एक सफल वकील की ख्याति को भी प्राप्त कर चुके थे। प्रदेश ही नहीं, देश भर की अन्य अदालतों में भी लोग उनको जमानतवीर के नाम से जानते थे। कितना ही संगीन अपराध क्यों न हो, अपराधी को कहीं भी जमानत न मिल रही हो, वह चारों तरफ से निराश हो चुका हो, तब वह बिस्पाद के पास आता और बिस्पाद उसको जमानत दिलवाकर ही दम लेते। वे सेशन कोर्ट से लेकर हाईकोर्ट और सुप्रीम कोर्ट तक उन जजों की बेंच पर अपना केस पुट करते, जिनकी अदालत खचाखच भरी होती थी। उनके घुसते ही अदालतों का विषाद पूर्ण वातावरण विषाक्त हो जाता। अकसर जजों के सामने वकील बेचैन होते हैं, लेकिन बिस्पाद की उपस्थिति में जज बेचैनी से फड़फड़ाने लगते। उन्हें वॉमिटिंग सेंसेशन जैसा होने लगता, स्टैनो से लेकर चोबदार तक न चाहते हुए भी अदालत की अवमानना कर बैठते, वे अपना काम बीच में छोड़ अपनी जगह से उठ खड़े होते, अदालत की गंभीरता को ताक पर रख नाक पर रूमाल रख लेते या नाक के सामने दोनों हाथ जोर-जोर से लहराते हुए पंखा झलने लगते, जिससे उनपर कभी-कभी कंटेंप्ट भी लग जाता। कुछ कच्चे दिलवाले, जिन्हें अमोनिया टाइप की गंध, मरे चूहे की बदबू से एलर्जी होती, वे अचानक अदालत में उलटी कर देते।

एक और आश्चर्य, जो देखने को मिलता, वह यह कि अदालत के कमरे में जज के आने पर पूरी अदालत के खड़े हो जाने की परंपरा है, किंतु बिस्पाद के कमरे में घुसते ही जज साहब यकायक अपनी कुरसी से खड़े हो जाते, उनकी शक्ल देखकर लगता कि जैसे उन्हें खुद भी नहीं पता कि वे किस अदृश्य शक्ति के कारण न चाहते हुए भी यंत्रचलित से उठ खड़े हुए,

ऐसा वे कोई एक बार नहीं, जब तक बिस्पाद उनसे जमानत के लिए जिरह करते रहते, तब तक बार-बार वे कुरसी से खड़े हो जाते, फिर बैठ जाते, फिर खड़े हो जाते, फिर बैठ जाते, ऐसा लगता कि वे कोर्ट से भाग जाना चाहते हैं, लेकिन कहीं खुद पर कंटेंप्ट न लगाना पड़ जाए, इसलिए बैठ जाते।

बिस्पाद द्वारा उत्सर्जित वह 'निःशब्द बदबू बम' भगवान् की लाठी के जैसा था, जो दिखाई नहीं देती, लेकिन व्यक्ति उसकी चोट से कराहता रहता है। व्यक्ति की भले ही कोई मर्यादा न हो, लेकिन पद की एक मर्यादा होती है, जिसकी रक्षा करना व्यक्ति का प्रमुख धर्म है, सो साहब वीरोचित भाव से उन हवाई हमलों को अपनी क्षमता भर बरदाश्त करते।

शरीर और आत्मा एक-दूसरे से बेइंतहा मोहब्बत करते हैं, लेकिन बिस्पाद की यह 'कुलटा कुलक्षणी कुवास' शरीर को आत्मा से और आत्मा को शरीर से मुक्त हो जाने के लिए तीव्रता से प्रेरित करती और बिस्पाद इस पूरी स्थिति से अनभिज्ञ स्थितप्रज्ञ भाव से अपने मुवक्किल को जमानत दिए जाने के लिए जिरह करते रहते। साहब के पास इस भीषण गैस त्रासदी से बचने का एकमात्र उपाय था कि बिस्पाद की जमानत याचिका को तत्काल प्रभाव से मंजूर कर बिस्पाद को फौरन अदालत से रुखसत करना।

अदालत में हथियार ले जाना, ऊँची आवाज में बात करना, शोर-शराबा करना, यह सब अदालत की गरिमा को खंडित कर कंटेंप्ट के दंड के अंतर्गत आता था। लेकिन बिस्पाद इनमें से किसी भी कैटेगरी के अंतर्गत नहीं आते थे, क्योंकि उनसे छूटनेवाली असहनीय बदबू-बेआवाज हुआ करती थी।

कानून की आँख पर पट्टी बँधी होती है, वह देखकर नहीं, सुनकर न्याय करता है और बिस्पाद का यह 'गैरइरादतन कृत्य' सुनने की नहीं, सूँघने की श्रेणी में आता था। वे प्रत्यक्षतः ऐसा कोई काम ही नहीं करते थे, जो अदालत की अवमानना के अंतर्गत आता हो, यह अपराध नहीं रोग की श्रेणी में आ सकता था और रोगी होना कोई अपराध नहीं होता। फिर अदालत के पास इनके इस 'विवेकहंता रोग' का कोई प्रत्यक्ष प्रमाण भी नहीं था, जिसका हवाला देकर उनका लाइसेंस रद्द किया जा सके ?

बिस्पाद की उपस्थिति में वहाँ बैठे हुए हर व्यक्ति के दिल में यह तमन्ना पैदा होती कि जैसे कानून की आँख पर पट्टी बँधी है, काश वैसी ही पट्टी नाक पर भी बँधी होती तो अधिक सटीक न्याय हो पाता, क्योंकि गंध में विवेक को विचलित करने की अपार क्षमता होती है। गंध से ही व्यक्ति प्रभावित और अप्रभावित होता है। गंध व्यक्ति के विवेक का हरण कर लेती है, इसी सिद्धांत पर दुनिया भर में इत्र का, परफ्यूम का, डीओडरंट का और उससे जुड़ी विज्ञापन फिल्मों का अरबों-खरबों का व्यापार चल रहा है। भोजन की गंध ही भूख को बढ़ाने और पचानेवाले एंजाइम्ज शरीर में छोड़ती है। सो कानून की सिर्फ आँख बंद करने से काम नहीं चलेगा, उसकी नाक भी बंद करना आवश्यक है, जिससे विवेक भ्रमित न हो, क्योंकि विवेक सुनकर भले ही प्रभावित न हो, किंतु सूँघकर निश्चित ही प्रभावित होता है। इसका प्रत्यक्ष प्रमाण बिस्पाद जैसे साधारण से वकील का असाधारण जमानतवीर वकील के रूप में प्रतिष्ठित होना है। संसार में लोगों के व्यक्तित्व की खुशबू फैलती है, किंतु एडवोकेट बिस्पाद गुधौलिया के व्यक्तित्व की 'बदबू' ने चहुँओर हड़कंप मचा दिया था।

वे दस बार शरीर के ऊर्ध्व भाग से प्राणवायु इन्हेल करते और एक बार शरीर के अधोभाग से प्राणघातक वायु का निष्क्रमण करते। पता नहीं परमात्मा की कौन सी कारीगरी के तहत उनके द्वारा इन्हेल की गई ऑक्सीजन, सल्फ्युरिक ऐसिड (गंधकाम्ल) की गंध में कन्वर्ट होकर अपानवायु के रूप में निकलकर विध्वंस मचा देती!

सभी कानूनविदों ने सलाह की कि एक वकील के रूप में बिस्पाद देश की प्रत्येक अदालत का वातावरण दूषित कर रहा है, जिसे कानूनन हम रोक नहीं सकते। तो क्यों न इसे एलेवेट करके जज बना दिया जाए? जिससे इसका कार्यक्षेत्र सीमित हो जाएगा व अन्य अदालतें व न्यायाधीश बिस्पाद की उपस्थिति से होने वाले दुष्प्रभाव से बच जाएँगे। बिस्पाद को एलेवेट करके हम न्याय को प्रोटेक्ट कर लेंगे। सो बिस्पाद को उठाने के नाम पर उन्हें जज बनाकर एक जगह बिठा दिया गया।

इस महानतम उपलब्धि से पूरे गुधौलिया परिवार में हर्ष की लहर दौड़ गई, उनके दादाजी, पिताजी से लेकर दोनों चाचा उनके ऊपर विवाह कर लेने का दबाव बनाने लगे। उनके ब्रह्मचर्य की प्रतिष्ठा पर चोट न आए, इसलिए उनके दादाजी ने उन्हें फुसलाते हुए तर्क दिया, वे बोले कि प्रिय पाद, तुम्हारा यह विवाह वासना पूर्ति का नहीं, वंशवृद्धि का हेतु है। पुत्र, वंश की रक्षा, वंश की वृद्धि करना तुम्हारा कर्तव्य है, क्योंकि 'पु' नाम के नरक से पितरों को तारने का काम पुत्र ही करता है, यह पितृ ऋण है पुत्र, इससे उऋण होना परम आवश्यक है। बिस्पाद ने जवाब दिया कि यदि वंशवृद्धि ही आपका हेतु है दादाजी तो जिस ब्रह्मचर्य व्रत का मैं पूरी निष्ठा के साथ पालन कर रहा हूँ, उसमें बहुत शक्ति होती है। मैं ब्रह्मचर्य को खंडित किए बिना भी वंश की वृद्धि कर सकता हूँ। इसके लिए विवाह करने की आवश्यकता ही नहीं है। ब्रह्मचारी के पसीने और उसके आँसुओं में संतान पैदा करने की शक्ति होती है। पुराणों में इसके प्रमाण हैं, हम सभी जानते हैं कि हनुमानजी के पसीने की बूँद को एक मछली ने पी लिया था, जिससे मकरध्वज का जन्म हुआ। मोरपंख को पवित्र माना जाता है, क्योंकि मोर ब्रह्मचारी होता है, मोरनी उसके आँसुओं को पी लेती है, जिसके परिणामस्वरूप मोर का जन्म होता है। मोर की पूरी प्रजाति ही ब्रह्मचारी मोर के आँसुओं से उत्पन्न होती है। इसलिए धैर्य धारण कीजिए, आपका यह बिस्पाद ब्रह्मचारी है, इसे गुधौलियों को पैदा करने के लिए विवाह करने की नहीं, व्यायाम करने की जरूरत है, ताकि 'पसीना' निकल सके। वंश बढ़ाने के लिए मुझे विवाह नहीं, समाज की वेदना को स्वीकार करना होगा, ताकि मेरे 'आँसू' निकल सकें।

दादाजी उनकी बात सुनकर चौंक गए और बोले, "बेटा बिस्पाद, तुम आस्था के बहाव में आकर पूर्णतः अवैज्ञानिक बात कर रहे हो। तुम जैसे कानूनविद् को यह अतार्किक बात शोभा नहीं देती।" बिस्पाद न्यायाधीश के जैसे स्वर में बोले, "दादाजी, यह अंग्रेजीपना छोड़िए, जो तर्क, विज्ञान की बात करता है। अपनी संस्कृति आस्था, अनासक्ति को प्रधानता देती है और आस्था में तर्क का कोई स्थान नहीं होता। मैं आपके परिवार का जरूर हूँ, लेकिन आपके जैसा नहीं हूँ, सच बात तो यह है कि आप जैसे पहलेवाले

लोगों ने ही हमारी संस्कृति का सत्यानाश किया है, आपकी यही 'वन मोर, हैव मोर, वन्स मोर' के चक्कर में पड़कर हम लोग आसक्ति प्रधान हो गए और अपने हिंदीवाले मोर को, जो अनासक्ति का प्रतीक है, भूल गए। आप जैसे लोभी आसक्तिपूर्ण पुरखों के कारण ही हमारी पीढ़ी यह दिल माँगे मोर के मंत्र का जाप करने लगी। आसक्ति, अशांति का कारण होती है। हमारी वर्तमान अशांति का कारण आप लोगों की यही आसक्ति है। इसलिए नो मोर डिस्कशन। दिस इज माई फाइनल डिसिजन, आई विल नॉट मैरी। रही बात वंश वृद्धि की, जिससे गुधौलिया वंश चल सके? सो फॉर देट, आई विल डोनेट माई टीअर्स..." और ऑर्डर-ऑर्डर कहकर वे वहाँ से चले गए।

दादाजी बेहद अनुभवी आदमी थे, वे समझ गए थे कि बिस्पाद डिफेक्टफुल होते हुए भी अपने आपको एफ्फेक्टफुल सिद्ध करना चाहता है। अपनी पाद के लिए पुरखों को दोषी ठहरा रहा है। अपनी विकृति को जस्टिफाई करने के लिए संस्कृति का हवाला दे रहा है। स्वयं हवा खराब करने के बाद यह उस हवा को दूषित करने का दोष समाज पर डालना चाहता है। दादाजी को क्रोध आ गया और उन्होंने ललकारकर कहा, "अपनी औकात से ज्यादा खानेवाले बदहजमी के शिकार! अन्न को पचाने में असमर्थ अपची! पवित्र पद पर पदासीन पदोड़े! पाद की दम पर पहलवानी के शिखर पर पहुँचनेवाले बिस्पाद! कान खोलकर सुन ले, मैं गुधौलिया वंश का पितामह तुम्हें शाप देता हूँ कि आज से तुझे न पसीना निकलेगा और न ही आँसू।" और दादाजी का श्राप सत्य हुआ। बिस्पाद के साहब बन जाने के कारण वे एसी कार से निकलकर एसी दफ्तर में पहुँचते हैं, जिससे उन्हें पसीना नहीं निकलता। अब उन्हें आँसू भी नहीं निकलते, क्योंकि आँसू तो वेदना की उत्पत्ति होते हैं, विवेक की नहीं, चूँकि उनपर समाज को न्याय देने की जिम्मेदारी है, न्याय वेदना पर नहीं, विवेक पर आधारित होता है। कुछ लोगों का मानना है कि व्यक्ति का विवेक जागता ही तब है, जब उसकी वेदना मर जाती है।

इति वायवास्त्र कथा समाप्तम।

□

चित्त और वित्त

भाईसाहब बुद्धिजीवी थे, छुटपुट कविताएँ, थोड़े-मोड़े विचार। सोशल मीडिया पर राजनैतिक तड़केबाजी में माहिर थे। उन्हें बहुत सी छपी-अनछपी किताबों के नाम कंठस्थ थे, वे उनके लेखकों के नाम कुछ इस भाव से लेते, जैसे वे उनके सहपाठी रहे हों। ज्ञान-विज्ञान से लेकर साधना-समाधि तक वे अपने आपको अल्टिमेट अथॉरिटी मानते थे। चर्चा की शुरुआत ही वे 'अबे तुम चूकीया हो' वाले विस्फोटक वाक्य से करते, जिसे सुनते ही सामनेवाले की चूलें हिल जातीं। भाईसाहब के अनुसार, जो ऐन मौके पर चूक जाए, वह चूकीया। भाईसाहब का मानना था कि यह वाक्य बाली के जैसा होता है, जो सामनेवाले की आधी शक्ति का तुरंत क्षरण कर देता है। वे परम स्वावलंबी थे, उनका मानना था कि स्वावलंबन का पहला पाठ माँ पढ़ाती है। जिस दिन माँ बच्चे को शौच कराना बंद कर दे और बच्चा स्वयं शुरू कर दे, तो समझ लो वह स्वावलंबी हो गया। शौच की निर्भरता के साथ ही आपकी सोच भी शुरू हो जाती है। अमूमन बच्चे 5 साल की उम्र तक कोई धुला दोऽऽऽऽ की आवाज लगाते हैं। किंतु भाईसाहब को इस बात का गर्व था कि उन्होंने करीब 2 साल की उम्र में स्वयं धोना शुरू कर दिया था, उनका कहना था कि जैसे दूसरे के धोने से हमें संतुष्टि नहीं मिलती, अपने अशुद्ध रहने का अहसास बना रहता है, वैसे ही दूसरों की सोच को अपनी सोच बनाकर पेश करना भी हमें अशुद्ध करता है। इसलिए कितना ही बड़ा विचारक उनके सामने आ जाए, वे उससे भिड़ जाते थे और उसको फर्जी, नकलचोर,

अपरिपक्व, चूकीया साबित करके ही दम लेते। वे अपनी स्वरचित रचनाओं के प्रबल प्रशंसक थे। एक दिन मेरा एक लेख अखबार में छपा। मैं पान खाने के लिए पनवाड़ी की दुकान पर खड़ा अपनी बारी का इंतजार कर रहा था कि भाईसाहब आ गए और उन्होंने मेरी धुलाई शुरू कर दी। बोले, "इधर-उधर से चुरा-चुरु के एक लेख क्या लिख दिया, अपने आपको निराला समझने लगे। पान तो ऐसे चबा रहे हो, जैसे तुम प्रेमचंद हो।" मेरे मन में आया कि भाईसाहब को डाँट दूँ कि मैं आपके जैसा रचनाचोर नहीं हूँ, जो स्वचुरित रचना को स्वरचित के नाम से सोशल मीडिया पर सरका देता है। फिर उम्र का लिहाज कर सपाट स्वर में कहा, "ऐसा तो कुछ नहीं है, आप बेकार ही उत्तेजित हो रहे हैं।" बोले कि अबे तुम चूकीया हो एक नंबर के। गद्य तो कोई भी लिख सकता है। पद्य लिखो तो जानें...। पद्य लिखने में पाद निकल जाता है अच्छे अच्छों का, काफिया, रदीफ, सुर, ताल, लय मिलानी पड़ जाए न तो हग दोगे खड़े-खड़े। अरे पद्य लिखना तो छोड़ो, अगर तुमसे पढ़ने को ही कह दिया जाए तो पूँ निकल जाएगी, बड़े आए गद्य लिखने वाले...

गद्य लिखे सो गधा होय, पद्य लिखे पद्माकर।
चार लाइनें सीधी लिख दीं, तब मानें लिखो घुमाकर।

"हम जानते हैं तुमको, तुम एक नंबर के विचारचोर हो, इधर-उधर से कॉपी पेस्ट कर लिया होगा और छपवा दिया अपने नाम से। सोशल मीडिया ने सत्यानाश कर दिया साहित्य का! तुम जैसे व्हाट्सएपिए (whatsaapiye) साले, साहित्य की स्मग्लिंग करते हो। इस ग्रुप से उठाकर उस ग्रुप में पटक दिया, यहाँ से चिपकाया, वहाँ चिपका दिया और बन गए सुमित्रानंदन पंत। विचारखोर कहीं के! भाईसाहब मुझे म्यूनिसिपल्टी के उस अफसर के जैसे लग रहे थे, जो वैध पट्टा होने के बाद भी अतिक्रमण के नाम पर जे.सी.बी. लेकर टपरे को तोड़ने पर उतारू होता है। मैंने उनको माकूल जवाब देने के लिए मुँह खोला ही था कि भाईसाहब ने दुगनी ताकत से मुझ पर हमला कर दिया कि चुप रहो बे, हम चूकीयों के मुँह नहीं लगते। आठ प्रकार के चूकीए होते हैं...अक्ल चूकीया, शक्ल चूकीया, फसल चूकीया, असल चूकीया, विकट चूकीया,

निकट चूकीया, चमक चूकीया, चटक चूकीया। तुममें साले आठों प्रकार हैं।

इस बार भाईसाहब ने चूकीया कुछ इस अंदाज़ से बोला था कि मुझे 'क' की जगह 'त' जैसा कुछ सुनाई दिया। वे खीजे हुए से पानवाले से बोले, "पान लगाओ यार", फिर उसे भी चर्चा में शामिल करते हुए बोलने लगे कि देश का सत्यानाश करके रख दिया इन जैसे चटनी छाप रचनाकारों ने। पानवाला मुझे पसंद करता था। उसके कई कारण थे, किंतु सबसे बड़ा कारण था, मेरा उसकी दुकान पर लगे पॉलिसी मैटर 'आज नगद कल उधार' का ईमानदारी से पालन करना। इसलिए वह रोज, जब मैं पान खाकर पैसे देने लगता तो गद्गद होकर बोलता, "अरे भैया! मिल जाएँगे न, बाद में दे दीजिएगा। अरे कहाँ जाएँगे, हमें जिंदगी भर पान लगाना है और आपको जिंदगी भर खाना है।" वह मुझे उधार देना चाहता था और भाईसाहब से उधार वसूलना चाहता था, क्योंकि भाईसाहब पान खाकर पनवाड़ी से बोलते, "हिसाब में लिख लेना, पैसे कहाँ जाएँगे, मिल जाएँगे। तुम्हें जिंदगी भर पान लगाना है और हमें मरते दम तक पान खाना है।" भाईसाहब महीने भर उधारी में पान खाते और हर महीने की एक तारीख को पंद्रह दिन का हिसाब चुकता करते। बाकी के बचे पंद्रह दिन अगले महीने के लिए कैरी फॉर्वर्ड हो जाते। पानवाला पंद्रह दिन के बकाया के चक्कर में अगले पंद्रह दिन तक चुपचाप मीठापत्ता चटनी

चमनबहार एक सौ बीस और नवरत्न किमाम डालकर भाईसाहब की सेवा करता, किंतु उसने जिस तरफ भाईसाहब के खड़े होने का ठिया था, एक स्लोगन और लिख दिया था, 'उधार प्रेम की कैंची है।' तब से भाईसाहब घर से तो प्रसन्नचित्त निकलते, लेकिन पान की दुकान पर आकर अपसेट हो जाते, क्योंकि भाईसाहब अच्छे से जानते थे कि चौरसिया ने यह स्लोगन सिर्फ उनके चित्त पर चोट करने के लिए लगाया है।

चौरसिया अगर चूना लगाने में माहिर था, तो भाईसाहब भी चेतना की अफीम चटाने में उस्ताद थे। वे किसी-न-किसी बहाने चौरसिया को चित्त करने के लिए किसी-न-किसी को ज्ञान दे देते कि 'चित्त के संबंध चलें-न-चलें, लेकिन वित्त के संबंध लंबे चलते हैं।' किसी के चित्त में जगह बनानी है तो उसका वित्त फँसा लो। जरूरी नहीं कि किसी के चित्त में वित्त का स्थान हो, लेकिन यह अकाट्य सत्य है कि वित्त में चित्त का वास होता है। पानवाले ने पान के पत्ते पर चपिया चलाते हुए कहा, "मैं आपसे सहमत नहीं हूँ भाईसाहब, भैया की जोड़ का एक भी रचनाकार नहीं है शहर में, हर अखबार का संपादक चाहता है कि भैया उनके अखबार के लिए लिखें।" भाईसाहब पर यह दोहरी मार थी। एक तो मेरी प्रशंसा, जो उन्हें फूटी आँखों नहीं सुहाती थी। दूसरी सामान्य सा पनवाड़ी उनकी बौद्धिकता को चुनौती दे रहा था। भाईसाहब चिरक गए। बोले, "चुप रह बे। तू क्या जानता है साहित्य के बारे में, चूकीया साले! चुपचाप चूना लगा। तुम जैसे चूकीयों के कारण ही इस जैसे चुरफंदे चमक रहे हैं। यह रचनाकार नहीं, चटनाकार है। तलुए चाटनेवाले बुद्धिजीवी। जिसके पास चाबुक होता है, उसी को चाटने लगते हैं और जिनको तू संपादक कह रहा है न बे, वे संपादक नहीं चंपादक हैं। जिनको चंपि करवाना अच्छा लगता है। ऐसे चंपादक और चटनाकरों ने मिलकर साहित्य का चूरन बना दिया है। साले कैशलेस के जमाने में कैश देखकर इन कुबुद्धियों का कीर्तन मत कर। कोई भी धंधा कैश से नहीं, आशा से चलता है। तू हम जैसे उधारबाजों की 'अब मिलेगा, अब मिलेगा' की दम पर जिंदा है। आदमी को खुशी वर्तमान की हकीकत में नहीं, भविष्य की सुखद कल्पना से मिलती है। तुम तुम्हारे हाथ में

कितना है से नहीं, तुम्हारे खयाल में कितना है, से सुखी रहते हो। तुम दिनभर मेहनत करते हो, किसलिए? अपने बच्चों के अच्छे भविष्य के लिए न। भविष्य कहाँ होता है? कल्पना में न। उसको न तुमने देखा है, न तुम्हारे बाप ने देखा है। और वर्तमान की उम्र ही कितनी होती है यार! च्युँटी बराबर और भविष्य? यह अमर है, मरता नहीं है। इन कैशियों के चक्कर में पड़कर तुम काल के गाल में मत समाओ, बल्कि हम जैसे लोग, जो तुमको आशा में रखते हैं, उनकी सुनो और कालजयी हो जाओ। जब आशा से आसमान टिका है तो क्या पिद्दा सा आदमी नहीं टिक सकता?

"खबरदार! आज के बाद जिस चीज के बारे में तू जानता नहीं है, उसके बारे में बोला, तो तेरा टपरा बंद हो जाएगा" और मेरी तरफ घूमकर बोले, "और तुम भी जी...रोज इसके हाथ में कैश रखकर इसका भविष्य मत बरबाद करो। पान खाना है खाओ, लेकिन उधारी में।" भाईसाहब फिर पनवाड़ी की तरफ पलटे और बोले, "पान लगा और पैसे हिसाब में लिख। पैसे तुझे मिलेंगे, लेकिन भविष्य में।" पानवाले ने भाईसाहब की तरफ कुछ यों देखा, जैसे कह रहा हो कि पानवाला मैं जरूर हूँ भाईसाहब, लेकिन चूना लगाना कोई आपसे सीखे। भाईसाहब ने पान की पहली पीक पीकदान में थूकी और मुझे देख मुसकराकर बोले, "बी कैशलेस।" मैंने उन्हें डन (Done) का सिग्नल दिया, लेकिन मैं कन्फ्यूज था कि भाईसाहब का अंतिम उपदेश बी कैशलेस था, तो लेस का मतलब क्या है? वे मुझे कैश रहित होने का कह गए हैं या कैश सहित होने की हिदायत दे गए हैं? मेरी तरह पानवाले की अंग्रेजी भी खराब थी, इसलिए लेस का यह कन्फ्यूजन बना रहा, लेकिन भाईसाहब ने एक पल में मुझे मेरे युग का अर्थ समझा दिया, कि सुख पल में नहीं कल में है। और कल शब्द बड़ा चमत्कारी है, इसको भविष्य के लिए भी इस्तेमाल किया जाता है और अतीत के लिए भी। जिस युग में आज के लिए नहीं कल के लिए जिया जाए, वही तो कलयुग है।

□

गुंचई का गीता ज्ञान

मैं घर से निकला ही था कि भाईसाहब के दर्शन हो गए। मैंने उनको आदर से नमस्ते किया और आगे बढ़ गया। मुश्किल से दस कदम बढ़ा होगा कि पीछे से भाईसाहब ने सवाल ठोक दिया, "कहाँ जा रहे हो ? बैंक!"

भाईसाहब को पीछे से टोकने की बड़ी बुरी आदत थी, उसमें उनको स्वर्गीय आनंद मिलता था। वैसे भाईसाहब का असली नाम गुलाब चंद इंदोरी था, लेकिन लोग उनको 'गुचंई' के नाम से जानते थे। मैंने शांति से कहा, "नहीं, मंदिर जा रहा हूँ।" मुझे बैंक की जगह मंदिर जाता देख भाईसाहब चिढ़ गए, मुझे रिमांड पर ले लिया और एक कुशल सी.बी.आई. अफसर के अंदाज में मुझसे पूछा, "बंदी का मतलब जानते हो ?" मैंने कहा, "जी बंदी का मतलब कैदी होता है।" बोले, "गधे हो तुम, जब बंदा मतलब लड़का होता है तो बंदी मतलब लड़की हुआ न। नोट जब तक बंदा था, तब तक तुमको कोई प्रॉब्लम नहीं थी, आज नोट 'बंदी' हो गई तो बमक गए...और चल दिए मंदिर भगवान से कानाफूसी करने। पूरा देश बैंकों के सामने कतार में लगा है, बैंक आज मंदिरों से ज्यादा महत्त्वपूर्ण हो गए। तुम कहीं के धन्नासेठ हो, जो बैंक न जाकर मंदिर जा रहे हो ? तुम्हारे विष्णुजी से सौ गुना अधिक फॉलोअर हैं लक्ष्मीजी के संसार में। तुम्हारे विष्णुजी खुद तो काले, नीले हैं, लक्ष्मीपति के कारण ही सफेद झक्क लक्ष्मी भी शक के दायरे में आ गईं। इसलिए अपनी यह विष्णुवादी पुरुष प्रधान सोच से मुक्ति पाओ और अपनी औकात में रहो। जब तक नोट चलता था, तब तक 'बागों में बहार है'

गाते थे, जब से नोट की चलती बंद हुई है तो 'बैंकों में कतार है' की पिंपरी बजाने लगे।" मैंने कहा, "भाईसाहब, मैंने तो कुछ कहा ही नहीं, बल्कि मैं तो बहुत खुश हूँ, कम-से-कम अब हमें भ्रष्टाचार, आतंकवाद, कालाबाजारी से मुक्ति मिल जाएगी।" वे बोले, "खाक खुश हो, अगर खुश हो तो सबूत क्यों नहीं देते, अपनी खुशी का, खुशी में आदमी पागल हो जाता है, चीखता है, चिल्लाता है, लेकिन तुम में तो ऐसे कोई लक्षण दिखाई नहीं देते? तुम तो ऐसे सुट्ट हो गए, जैसे तुम्हारा सबकुछ छुड़ा लिया गया हो।"

मैंने कहा, "भाईसाहब, हर आदमी का अपना तरीका होता है खुशी व्यक्त करने का।" वे बोले, "तुम गुचंई को गधा मत समझो। जब क्रिकेट वर्ल्ड कप जीतते हो तो ऐसे ही रीएक्ट करते हो क्या? जब कोई लड़की तुमको आइ लव यू बोलती है तो अपने यार-दोस्तों से लेकर मोहल्ला, पड़ोस तक सबके कान खा जाते हो, जैसे तुमने किसी का दिल नहीं, दुनिया जीत ली हो और नोट बंदी पर चुप्पी साधकर बुद्ध बने बैठे हो , मक्कार कहीं के। पहले रोते रहते थे न, कि पैसे नहीं हैं, पैसे नहीं हैं, बड़ी तंगी है, भगवान को कोसते थे कि मेरे ही साथ यह भेदभाव क्यों? अब जब किसी 'बंदे' ने 'बंदी' करके यह भेदभाव मिटा दिया, सबको एक धरातल पर लाकर खड़ा कर दिया, तब भी तुमको प्रॉब्लम है!" मैंने कहा, "भाईसाहब, मुझे कोई प्रॉब्लम नहीं है, तभी तो मैं मंदिर जा रहा हूँ, अगर प्रॉब्लम में होता तो बैंक की कतार में न लगता?" भाईसाहब भड़क गए, बोले, "ज्यादा ज्ञान न बाँटो, अब लक्ष्मीनारायण और दरिद्रनारायण सब एक पटिया पर बैठे हैं, समझे! अब कोई गुप्ताजी, शर्माजी या सिंह साहब किसी पर रुआब नहीं झाड़ सकते, हमारे बाजुवाले वर्माजी हैं, उनकी हालत देख लो, बड़े साँड़ बने घूमते थे... उनको किसी 'बंदे' ने नहीं, इस 'बंदी' ने धूल चटा दी।" कसम से वर्मा को तकलीफ में देख मैं अपनी तकलीफ भूल गया।

मैंने कहा, "आप तो कह रहे थे कि आप खुश हैं?" वे बोले, "साहबजादे, तकलीफ भूल जाना भी एक किस्म की खुशी होती है। वर्मा का चैन मुझे तकलीफ देता था, अब वह बेचैन है, इसलिए मैं खुश हूँ। इतने

सारे वर्गों में हम बँटे थे, देश का सत्यानाश हो रहा था, अब देखो...इस बंदी ने सारे वर्ग, भेद मिटा दिए, अब कोई वर्ग-मर्ग नहीं...हमारी सनातन फिलॉसफी में भी यही है आइदर (either) स्वर्ग ऑर (or) नर्क बट नो (but no) वर्ग।" मैंने कहा, "लेकिन स्वर्ग में तो कम लोगों को जगह मिलती है, ऐसा सुना है मैंने..." भाईसाहब बोले, "तुम भी एक नंबर के गधा हो यार...अरे, नर्क की दम पर ही तो स्वर्ग के ऐशोआराम टिके हैं। स्वर्ग में भीड़ बढ़ गई तो वह नरक नहीं हो जाएगा। नर्क में लोग काम पर लगे रहते हैं, ताकि स्वर्गवालों को काम न करना पड़े। ये स्वर्गवाले जितने हैं,

सब आलसी होते हैं...यह बात भगवानजी को पता है, इसलिए भगवानजी का ज्यादा कॉन्सेंट्रेशन नर्क पर ही रहता है। नर्क की व्यवस्था सुचारू चलती रहे तो स्वर्ग अपने आप ठीक हो जाता है, नर्क के परिश्रम पर ही स्वर्ग की प्रतिष्ठा टिकी है बाबू! नर्क में रहकर अगर आप स्वर्ग की कल्पना करने लगो और सोचो कि परिश्रम से बच जाओगे तो मुमकिन नहीं है प्यारे, क्योंकि वहाँ प्रतारणा की भी व्यवस्था है, इतनी कीलें ठोकी जाएँगी कि अपना नाम भूलकर छेदीलाल कहलाने लगोगे, बोलना, सुनाना सब बंद हो जाएगा।"

मैंने कहा, "भाईसाहब, मैं खुद ब्लैक मनी में विश्वास नहीं करता, सब व्हाइट होना चाहिए।" उन्होंने बीच में ही मुझे झिड़क दिया और बोले, "तुम ज्यादा काले-सफेद के चक्कर में मत पड़ो जी। काले-सफेद का यह संघर्ष कोई आज का नहीं है यह तो सनातन संघर्ष है। काले गोरों को मिटाना चाहते हैं तो गोरे कालों निपटाना चाहते हैं। याद है, समुद्र मंथन हुआ था अमृत और लक्ष्मी के लिए? कालों और गोरों ने मिलकर किया था, लेकिन अमृत और सारी लक्ष्मी को गोरों ने हड़प लिया, सो कालों ने बवाल मचा दिया कि इनकी प्राप्ति में हमारा भी इक्यूल श्रम है, हमें भी दो। लेकिन हुआ क्या था...याद है? पंचायत बैठी और फैसला हुआ कि परिश्रम करने का अधिकार सबको बराबर है, किंतु उसके प्रतिफल और प्राप्ति पर मात्र गोरों का अधिकार है। काले को सफेद से हार माननी पड़ी।" मैंने कहा, "भाईसाहब अपने सभी भगवान तो काले हैं।"

भाईसाहब बोले, "एग्जेक्टली, याद करो, क्या हुआ था, शिवजी बड़े कालों के मसीहा बने घूम रहे थे कि नहीं न्याय होना चाहिए, दोनों के समान परिश्रम से ही लक्ष्मी और अमृत मिला है। हुआ क्या? उनको जबरदस्ती विष पीना पड़ा और सफेद होने की कह कौन रहा है यार तुमसे, तुमको अपना रंग बदलने की जरूरत नहीं है, तुम तो सफेदवालों की तरफ की पूँछ पकड़ लो बस, ऑटोमैटिक लाभ मिलेगा और नहीं तो फिर गाँजा, भाँग, चिलम ही तुम्हारा सहारा है बच्चू, बने रहना नीलकंठ, करते रहना जंगल में मंगल, भभूत लगाकर बैठे रहना, लोग चढ़ाते रहेंगे दूध और पानी या पानी मिला दूध,

साँप, बिच्छू और डूँडा नंदी ही तुम्हारे हिस्से में आएगा। साहबजादे इस श्वेत क्रांति से खुश हो तो खुशी का इजहार करो, चीखो-चिल्लाओ...अगर नहीं तो तुम्हारा मौन स्वीकृति का नहीं अस्वीकृति का लक्षण माना जाएगा, जिसके परिणामस्वरूप किसी पीपल के नीचे बिठाकर हम तुम्हें पिंपलेश्वर महादेव कहकर तुम्हारे सर पर नारियल फोड़ेंगे, फिर नहीं कहना कि भाईसाहब आपने हमसे पहले क्यों नहीं कहा। यह दुनिया 'मन' से नहीं 'धन' से चलती है। तुम्हारा मन भले ही काला हो, लेकिन धन सफेद होना चाहिए, समझे।'' और गुचंई चले गए । मुझे लगा कि भाईसाहब को मेरी सहमति, असहमति से दिक्कत नहीं है, मेरे कुछ भी बोलने से उन्हें कोई फर्क नहीं पड़ता, लेकिन कुछ 'न' बोलने से जरूर हुदके हुए हैं। वे सिर्फ इस बात से चिढ़े हुए हैं कि मैं शांत क्यों हूँ? उनको मेरी शांति में मेरे सुख की नहीं, किसी षड्यंत्र की बू आ रही थी।

मैं मंदिर पहुँचा तो देखा कि न भिखारियों का पता है, न पुजारियों का पता है। मंदिर के पट समय से पहले ही बंद हो चुके थे, घुप्प अँधेरा था, सिर्फ गर्भगृह में एक जीरो वॉट बल्ब जल रहा था। उत्सुकतावश कारण जानने के लिए अंदर पहुँचा तो पाया कि भाईसाहब मंदिर के गर्भगृह में बैठकर सभी पुजारियों और भिखारियों की मीटिंग ले रहे हैं, मीटिंग का विषय था कि हम तुम्हें एक हज़ार ,पाँच सौ का नोट बँधा देंगे, तुम हमें सौ-पचास का छुट्टा दो। सेटलमेंट के बाद भाईसाहब जैसे ही बाहर निकले तो मुझे देखकर सकपका गए, लेकिन वे गुचंई थे, यदि उन्हें पीछे से टोकने में मजा आता था तो आगे से ठोकने में भी महारथ हासिल थी। तुरंत ही दीन मुद्रा बनाकर मुझसे बोले, "लक्ष्मी विष्णुप्रिया हैं, किसी की प्रिया को अपने पास बंधक बनाकर रखो तो वह विरह में काली हो जाती है। तुम जानते हो कि मुझसे किसी का दर्द नहीं देखा जाता, दो प्रेमियों को आपस में मिला देना सबसे बड़ा पुण्य है, सो लक्ष्मी को विष्णुजी से मिलाने का काम कर रहा था। भगवान् बड़े हैं, सो उनके पास बड़ा होना चाहिए, हम इनसान छोटे लोग हैं, सो अपना छोटे या छुट्टे से काम चल जाता है। पाप भले ही उजाले में करो, लेकिन पुण्य

का काम हमेशा अँधेरे में करना चाहिए। पुण्य की खबर किसी को कानोकान नहीं होनी चाहिए, पुण्य छोटा हो जाता है, इसलिए अँधेरा कर लिया था।"

गुचंई को अपना ज्ञान बिल्कुल गीता के ज्ञान जैसा लग रहा था, वे विष्णु के मंदिर में खड़े होकर श्रीकृष्ण की भाँति मुझसे बोल रहे थे, लेकिन उनके स्वर में अर्जुन से रखे हुए धनुष को उठाने का आदेश नहीं, बल्कि उठे हुए धनुष को नीचे रखने की प्रार्थना थी। भाईसाहब बोले, "महत्त्व इस बात का नहीं कि तुम्हारे पास काला है या सफेद, महत्त्व इस बात का है कि ऑल व्हाइट होते हुए भी यदि तुमने काले का जरा भी पक्ष लिया तो तुम भी काले कहे जाओगे और अभिशाप के भागी होगे, इसलिए भले ही तुम काला रखे रहो, किंतु अपना कंठ फाड़कर सफेद के पक्ष में सिंघनाद करो, उसकी पैरवी करो तो संसार तुम्हें सफेद मानकर सफेदी की चमकार ज्यादा देर तक जोरदार कहकर तुम्हारी जय-जय करेगा..." यह कहकर भाईसाहब वहाँ से निकल लिये। अब मैं शांत नहीं सन्न था, तभी मेरे कान में एक सरसराहट हुई, लगा कि कोई कह रहा है, जो नीति से प्राप्त हो, वह लक्ष्मी है, जो अनीति से मिले, वह अलक्ष्मी है, व जिसे नीति और प्रीति से अर्जित किया जाए, वह महालक्ष्मी है। तुम महालक्ष्मी की उपासना करो, शुभम् भवतु। मैंने अचकचाकर देखा तो गर्भगृह में प्रतिष्ठित मायापति विष्णु एकटक मुझे देखकर मुसकरा रहे थे।

□

मैं का मोह

भक्त की खबर भगवान तक और भगवान की खबर भक्त तक पहुँचाने के कारण पूरे रिपब्लिक में नारदजी का जबरदस्त रुतबा था। वे खबरी की मानसिकतावाले बड़े खबरनवीस थे। भक्त उनको डायरेक्ट भगवान से जुड़ा होने के कारण आदर-श्रद्धा और भय से पूजते थे। नारदजी के पास चूँकि भगवान का ऑफिशियल कोडवर्ड नारायण-नारायण भी था, इसलिए भगवान के न मिलने की सूरत में दुनियावाले उन्हीं को भगवान का सब्स्टिटूट मान लेते थे। नारद 'रिपब्लिक ऑफ दुनिया' के एक पढ़े-लिखे आदमी थे। उनको विश्व में सबसे ज्यादा बोली जानेवाली अंग्रेजी भाषा का अच्छा ज्ञान था। मूलतः सूर्य की पूर्व दिशा से वे ताल्लुक रखते थे। मातृभाषा न होते हुए भी अंग्रेजी का प्रचंड ज्ञान, पूर्व दिशा जो ज्ञान की दिशा मानी जाती है, वहाँ से उनके जन्म का नाता, उनका विकट बुद्धिमान होना और लगातार नारायण-नारायण जपने के कारण भगवान भी उनसे प्रभावित थे। दरअसल भगवान का उनसे प्रभावित होना, भगवान की उनके प्रति सतर्कता थी, क्योंकि भगवान इस सत्य से भलीभाँति परिचित थे कि दुनिया का जितना नुकसान अनपढ़ आदमी नहीं करता, उससे कहीं अधिक नुकसान एक पढ़ा-लिखा आदमी कर सकता है और पढ़े-लिखे विद्वान को कंट्रोल में रखने का एकमात्र उपाय है, उसके अहम की तुष्टी। एंड-टू सेटिसफाय हिज ईगो।

उन्होंने नारदजी को स्वामी की श्रेणी से उठाकर देवर्षि बना दिया। साथ ही उनको यह अधिकार भी दे दिया कि यू केन रिपोर्ट टू मी डायरेक्टली। मैं तुम्हारे

वचन को ही प्रमाण मानूँगा, इसलिए भगवान उनकी रिपोर्टिंग में इंटरफेयर नहीं करते थे। भगवान का अन्कंडिशनल सपोर्ट पाकर नारदजी को मोह हो गया। वे भक्तों को अपनी मर्जी से डराने-धमकाने लगे। लोगों को जबरदस्ती पकड़कर ज्ञान पिलाते, वे किसी की भी इमिज बना या बिगाड़ देते। रिपब्लिक के दायरे में आनेवाले आमजन को तो छोड़िए, वे छोटे-मोटे देवताओं की भी मट्टी पलीद कर देते। उनका एक सूत्री एजेंडा था, ओन्ली नारायण। वे अपनी वीणा ही नहीं, वाणी से भी पूरे रिपब्लिक में 'आई एम कमिंग होशियार, आई एम कमिंग खबरदार' की घोषणा करते। भोले-भाले लोग चुपचाप उनकी ज्यादती को इस डर से बरदाश्त कर लेते कि कहीं नारदजी नाराज होकर भगवान् से पनिश्मेंट न दिलवा दें। नारदजी ने अपने ज्ञान से कुछ ऐसा जादू रच दिया कि दुनिया को नारद और नारायण एक ही सिक्के के दो पहलू नजर आने लगे। एक हिसाब से नारायण पर उन्होंने अपना एकाधिकार सा जमा रखा था। अगर कोई दूसरा भक्त नारायण के प्रति सच्ची श्रद्धा और भक्तिभाव से भरा हुआ मिल जाता, तो नारदजी उसको देखकर प्रसन्न नहीं होते थे, बल्कि वे सौतिया डाह से भर जाते। उनके तन-बदन में आग लग जाती, वे बेचैन हो जाते। उनको लगता कि जैसे कोई उनकी संपत्ति पर डाका डाल रहा है।

तो सबसे पहले वे उस व्यक्ति की नारायण के प्रति सच्ची निष्ठा को स्वार्थ, मौकापरस्ती, पदलोलुपता की श्रेणी में रखकर खारिज कर देते। फिर भयंकर रूप से उसको जलील करते, उसके द्वारा नारायण के पक्ष में दिए गए सकारात्मक वक्तव्य का नकारात्मक विश्लेषण करते। 'शेम ऑन यू, शेम ऑन यू' कहकर उसे धिक्कारते। नारायण का वह सच्चा भक्त यदि कोई स्पष्टीकरण देना चाहता तो उसे जोर से डाँटकर चुप करा देते। वे ऐसा माहौल बना देते कि वह बेचारा नारायण का भक्त होते हुए भी खामखाँ नारायण का विरोधी दिखाई देने लगता, जिससे घबराकर वह नारदजी से माफी माँगता। नारदजी उसको माफ करके, अपने दयालु टोलरेंट होने का प्रमाण देकर फिर से उसे नारायण के ग्रुप में शामिल कर लेते। इसका लाभ यह होता कि संसार भर में यह बात प्रचारित हो जाती कि नारदजी ने नारायण के घोर विरोधी को चारों खाने चित्त कर, उसके श्रद्धाभाव को नारायण के पक्ष में मोड़ दिया। इससे नारायण के

ऊपर उनका कॉपी राइट और पक्का हो जाता कि एकमात्र वे ही हैं, जो नारायण की प्रतिष्ठा के लिए मरने-मारने के लिए तैयार हैं।

नारद ने बहुत होशियारी से इस सिद्धांत को प्रचारित कर दिया था कि नारद का विरोध करनेवाला नारायण का विरोधी माना जाएगा। अपने बौद्धिक प्रदूषण से पब्लिक को कलपता देख उन्होंने अपने कार्यक्षेत्र को मात्र देवलोक तक ही सीमित नहीं रखा, वे धरती, आकाश, पाताल सब जगह सक्रिय हो गए। इससे उनकी भी नारायण से अलग एक फैन फॉलोइंग तैयार हो गई। इससे उन्हें यह लगने लगा कि सिर्फ उनके अलावा इस दुनिया का कोई भी सच्चा हितैषी नहीं है। यहाँ तक कि नारायण को भी दुनिया की परवाह नहीं है। नारद इस मुगालते में आ गए थे कि दुनिया दरअसल भगवान् नहीं, नारद ही चला रहे हैं, तो क्यों न सीधे-सीधे नारायण से बात कर ली जाए और सारा चार्ज डायरेक्ट अपने हाथ में ले लिया जाए और आई एम कमिंऽऽऽऽग कहते हुए वन डे नारदजी वेंट टू मायापति ऐंड बोले, "दिस इस नॉट फेयर। आई मूव ट्वेंटी फोर इन टू सेवन इन होल ब्रह्मांड, चैंट योर नेम ऑल द टाइम, एव्री वेयर। यू आर ओन्ली लविंग ऑन द शेषनाग ऐंड टेकिंग सेवा फ्रॉम लक्ष्मीजी। यू डू नथिंग, आई डू एव्रीथिंग। बिकॉज ऑफ माई हार्ड वर्क ऐंड प्रचार यू हैव गॉट द स्टैटस ऑफ मायापति...आई होपप्प, नाउ आई वॉण्ट टू बिकम मायापति।" भगवान दुविधा में पड़ गए।

नारद श्रीहरि से बोले, "आप अपना रूप मुझे दीजिए, ताकि मैं आपके माया संसार को ठीक से चला सकूँ, आप इंटरेस्ट लेते नहीं हैं, इसलिए चारों तरफ अराजकता है। यह सुनकर मायापति चौंके! उन्होंने नारद को समझाया कि ऐसा कुछ नहीं है, मैं बोलने में नहीं, करने में विश्वास रखता हूँ। मैं दिखाकर नहीं, छुपाकर व्यवस्था करता हूँ, जिससे पब्लिक आतंकित न हो, क्योंकि आतंक से व्यक्ति अनुशासित नहीं, अराजक हो जाता है। बल हमेशा दिखाई देता है और शक्ति दिखाई नहीं देती। मायापति की हैसियत से मैं बल में नहीं, शक्ति में विश्वास करता हूँ, इसलिए तुमको दिखाई नहीं देता। इसका यह मतलब नहीं है कि आई एम नॉट ऐक्टिव।

नारद नहीं माने, अड़ गए, अपनी भक्ति की दुहाई देने लगे, एक किस्म से भगवान् को इमोशनल ब्लैकमेल करने लगे। बोले कि डियर सर, यू आर नॉट ऑन द फील्ड, सो यू डोंट नो द ग्राउंड रियलिटी। आई हैव टू फेस ऑल द प्रॉब्लम, पीपल फ्रॉम रिपब्लिक दे क्वेश्चन मी बिकॉज आई एम योर स्पोक्सपर्सन। मायापति ने फिर उनको समझाया कि तुम ज्ञानी आदमी हो, इस किस्म की चीटिंग तुमको शोभा नहीं देती कि तुम अपने चेहरे पर मेरा चेहरा

लगा लो। वन इज रियलिटी ऐंड अदर इज प्रोजेक्टेड रियलिटी, तुम जीवन भर उसको मेंटेन नहीं कर पाओगे, श्रीहरि न होते हुए तुम हरि का मुखौटा लगाकर श्रीहरि होने का ढोंग करो, यह पाखंड है नारद। नारद बोले कि एव्रीथिंग इज फेयर इन लव ऐंड वॉर सर। वे भक्त थे, तो भक्ति की आड़ में भगवान् पर भड़क गए, बोले कि आई होल्ड नंबर वन पोजिशन एज ए भक्त, दिस पोजिशन इज नॉट ए गिफ्ट फ्रॉम यू सर, आई हैव अचीव्ड दिस। जब हम अन्कंडिशनल भक्ति करते हैं, तब तो आप यह ढोंग, पाखंड, अच्छा-बुरा शोभा-अशोभा वाली बात नहीं करते? लेकिन जब भक्त अपनी भक्ति का फल माँगने लगता है तो कंडिशन अप्लाइज? मैं सब जानता हूँ, सच बात यह है कि यू लव माया। यू वॉण्ट योर भक्त शुड सेक्रिफॉइज फोर यू। बट यू विल नॉट सेक्रिफॉइज एनीथिंग फोर योर भक्त?

मायापति मुसकराने लगे, अब उन्होंने प्रांजल भाषा को छोड़ आंचलिक भाषा में बोलना शुरू किया, नै पड़ो चक्कर में नारद, तुमसे नै हो पै है। नारदजी रिसया गए, और आंचलिक भाषा में ही बोले कि तुम तो तरकीब बताओ बस, हम सब समार (सँभाल) लें हैं। मायापति नै कई हओ, अब नई मान रए, तुमाई आत्मा फड़फड़ा रई है, तो हम सिखाय देत हैं, चलो अकेले में...वेरी क्वाइयट्ली बोथ रीच्ड इन डेंस फॉरेस्ट...मायापति बोले, "प्यास लगी है नारद, गो ऐंड गेट सम वॉटर, आफ्टर ड्रिंकिंग वॉटर आई विल टीच यू हाउ टू बिकम मायापति।" नारदजी को उलात (जल्दी) पड़ी थी, सो उन्ने गदबद ठोक दई कि जल्दी से पानी ले आएँ, जे पी लें और हमें सिखा दें कि मायापति कैसे बनो जात है। नारदजी सर्च्ड ऐंड सर्च्ड ऐंड सर्च्ड बट डिडंट फाइंड वॉटर। सडनली ही सॉ वन हट...ऐंड नॉक्ड ऑन द डोर...ओऽऽऽहोऽऽऽऽ वन वेरी ब्यूटिफुल लेडी ओपेंड द डोर। नारदजी गड़बड़ा गए, सबकछु भूल-भाल गए...उस बाईचारे ने उनके चरण धोय, भोजन परसादी कराई, नारदजी वाज मेस्मराइजड बाई हर ब्यूटी। बे उतइ रहन लगे उसके संगे। उनके चार-पाँच बाल-बच्चे हो गए।

एक दिन भयंकर बरसात भई, बाढ़ आ गई...नारदजी घबड़ा गए कि अपनी गिरहस्ती बाल-बच्चों खों कैसे बचाएँ? सो उन्ने दो कंधों पे अपने

दो बच्चा, एक बच्चा गोदी में और मूड पे घर के सामान की पुटरिया उठाई, उस बाईचारे ने भी बाकी बचे दो बच्चा अपनी गोदी में उठा लय और मूड पे धर लई घर के सामान की पुटरिया और भगे नारदजी पूरे परिवार को ले खें बचवे के लाजें...बे भगत चले जा रए थे कि अचानक...ही हर्ड वन वॉइस नाऽऽरऽऽद मैं प्यासा हूँ रेऽऽ कब से तेरी प्रतीक्षा कर रहा हूँ, तू अभी तक पानी लेकर नहीं आया? अचानक नारदजी को होश आया कि वे माया में फँस चुके थे, उन्हें बहुत ग्लानि हुई कि हाउ कम आई गॉट स्टक इन दिस माया? भगवान विष्णु उनके सामने खड़े मुसकरा रहे थे, भगवान बोले कि नारद जो माया के आगे चले, वह 'मायापति' होता है और जो माया के पीछे चले, वह 'मायावी' कहलाता है। तुम तमाम ज्ञान, ध्यान के बाद भी अभी सिर्फ मायावी ही हो। लीडर शुड नो, हाउ टू फॉलो, व्हाट टू फॉलो ऐंड वाई टू फॉलो? ऐंड फालोअर शुड नो—हाउ टू लीड, व्हाट टू लीड ऐंड वाई टू लीड?

नारदजी बिशनु भगवान के गोड़ों (पैरों में) पर गिर पड़े, बोले कि इक्स्ट्रीम्ली सॉरी प्रभु, प्लीज ऐक्सेप्ट माई अपॉलॉजी। विष्णु भगवान नै उनसे कई स्टैंडप नारद...आगे चलबे के लाने तुमे पैले पीछे चलबो सीखने पड़े है। जब तक तुम अपने पीछे चलबेवालों की कदर नै कर हो, पीछे चलबेवाले तुमाई कदर नै कर हैं। तुम पूरी दुनिया में हमाओ नाम काय ठोकत फिरत हो? काय से तुमे पता है कि हम तुमाई कदर करत हैं। हमाए नाम पे तुमने कोई घोषणा कर दई तो बा हमाइ जुम्मेबारी हो जात है कि ओ खों पूरी करें। अगर बो काम हमने नै करो तो तुमाई तो ठीक है, हम अपनी मट्टी कुटवा लें हैं। जा दुनिया हमने गोल काय बनाई? कंचा खेलबे के लाने नई, नै मारपिट्टू खेलबे को हमें सौक है। गोल दुनिया में फायदा जो है कि किसी भी आदमी खों न आगे चलने से गर्राहट होयगी और न पीछे चलने से ग्लानि, क्योंकि गोल घूमबे में कोई-कोई के आगे नई रहता और कोई-कोई के पीछे नई रहता। जो आगे चल रओ है, बोई पीछे चल रओ है और जो पीछे चल रओ है बोई आगे चल रओ है।

काय से दुनिया में हर चीज का उपचार है, मनो गर्राहट और ग्लानि का कोई उपचार नई है। तुम हमाय पीछे और हम तुमाए पीछे चलबो सीख लें,

तो मायावी से अबढारे (अपने आप) मायापति कहलाने लगेंगे। गोल दुनिया बनाकर हमने आगे-पीछे का लफड़ा ही मिटा दिया, इसलिए सुख से क्षीरसागर में लेटे हैं। नई तो माफ करना साब, हमाय प्राणों की पड़ जाती। हजारों साल की हो गई, जा धरती और कुल्ल दस बार अवतार लेना पड़ा हमें बस! नई तो जे आदमी की जात इतनी खतरनाक है कि इसका लफड़ा सुल्टाने के लिए हमें एक साल में एक-दो बार नहीं, कम-से-कम दस बार ओतार लेना पड़ता! तुम तो पूरी दुनिया में घूमते हो नारद, तुमने देख ही लिया कि हम आदमी को अपने जैसा नहीं बना पाए...आई एम फेल्ड इन माई मिशन। बट आदमी ने भगवान् को अपने जैसा जरूर बना दिया। जा तो हो गई मायापति की सच्ची बात। अब मायावी बात यह है नारद कि यदि तुम बिना कुछ करे-धरे दुनिया के आगे खड़े दिखना चाहते हो? तो बाबू, जे सेल्फी का जमाना है। सेल्फी खींचो और मस्त रहो, काय से सेल्फी ही एक मात्र चीज है, जहाँ हर आदमी अपनी सेल्फी में सबसे आगे खड़ा दिखता है, ऐंड सडन्ली विष्णु भगवान् डिसअपीर्ड। नारदजी को मायापति की बिना कछु करे धरे सेल्फी वाली बात जम गई। वे खुशी से किलकिला रहे थे, क्योंकि उनके हाथ में हाउ टू बिकम मायापति इन फोर स्टेप्स का सूत्र गया था। वे मन में उस फॉर्मूला को दोहराने लगे—

स्टेप वन, टेक आउट योर फोन

स्टेप टू, पुट इट ऑन द सेल्फी मोड़

स्टेप थ्री, शो योर बैक टूवड्र्ज द वर्ल्ड

स्टेप फोर, जस्ट क्लिक

वाउ! इट्स अमेजिंग!

नारदजी बुदबुदाने लगे, "दुनिया की तरफ पीठ करके खड़े होना ही मायापति होना है।" व्हाट ऐन आइडिया सरजी।

नारद वाज सो थ्रिल्ड तो रिसीव द मोस्ट इफेक्टिव ऐंड वेरी ईजी फॉर्मूला डायरेक्ट फ्रोम मास्टर्स माउथ। खुशी से उछलते हुए उन्होंने अपनी वीणा और वाणी के सातों सुर खोल दिए और चीखते हुए बोले, "रिपब्लिक ऑफ दुनियाऽऽऽ आई होऽऽप!! आई एम कमिंगऽऽऽ" उनको चिल्लाता देख

मायापति एक बार फिर उनके सामने प्रकट हुए और बोले, "हैंग ऑन नारद, ध्यान रहे, मायापति सिर्फ चेहरा नहीं चरित्र है, माया मेरे चेहरे से नहीं, चरित्र से प्रेम करती है। माया को नियंत्रित करना बहुत कठिन है।" नारदजी पढ़े-लिखे थे, अंग्रेजी का दम तोड़ देनेवाला ज्ञान था उनको। अपने धाराप्रवाह तर्कों से वे पहले ही मायापति को निरुत्तर ही नहीं, सिद्ध भी कर चुके थे, सो उनका अहंकार सिर चढ़कर बोलने लगा। वे बोले, "प्लीज डोंट टीच मी सर हाउ टु कंट्रोल माया। जब मैं मायापति को कंट्रोल कर सकता हूँ, फिर तो वह सिर्फ माया है।" मायापति बोले, "भगवान् से पार पाया जा सकता है नारद, लेकिन माया अपार होती है। इससे पार पाना बेहद मुश्किल है। माया को छोड़कर तुम मायापति को तो पा सकते हो, लेकिन मायापति को छोड़कर माया को प्राप्त करना असंभव है। तुम मुझे त्यागकर माया तक पहुँच तो जाओगे नारद, लेकिन उसे साध नहीं पाओगे। तुम्हारे चेहरे और चरित्र में मेल न देख वह तुम्हें नर नहीं वानर समझेगी। इसलिए अपने चित्त और चरित्र पर ध्यान देना।" नारद ने थैंक यू के स्वर में 'नारायण-नारायण' कहा और मायापति की तरफ पीठ करके एक सेल्फी उनके साथ खिंच ली, जिसमें वे लीडर और मायापति उनके फॉलोअर दिखाई दे रहे थे। और तुरंत उसको सोशल मीडिया पर अपलोड कर दिया, जिसे रिपब्लिक ऑफ दुनिया के पूरे मीडिया ने एक बड़ी खबर के रूप में उठा लिया कि नाउ ही इज बैक विद द बैंग!

□

हैप्पी बर्थ डे बापू

कल रात अचानक बापू से मुलाकात हो गई, बोले, "पहचाना?" हमने कहा कि आप भी कमाल करते हैं! बापू हो भाई, क्यों नहीं पहचानेंगे! आजकल हम तुमको दिल में नहीं, जेब में रखकर घूमते हैं, रोज तुमको बेचते हैं और तुम्हें ही खरीदते हैं, हम अपने दिल में भले ही न झाँकें, लेकिन जेब में जरूर झाँक लेते हैं, इसलिए तुम्हारी याद बनी रहती है। बापू बोले, "अच्छा, यह बताओ कि मेरे करघे का इस्तेमाल करते हो?" मैं थोड़ी मराठी जानता हूँ, उनकी बात सट्ट से समझ में आ गई 'घे' मतलब 'ले'... मैंने कहा कि बिल्कुल, सरकार कर घे घे कर मस्त है और हम 'कर' दे दे कर पस्त हैं। बापू बोले, "अरे कर नहीं रे, करघा मतलब 'चरखा' चरखा चलता है?" मैंने कहा, "सॉरी बापू, पूरे देश में तो नहीं, लेकिन भारत के एक प्रांत में, जहाँ से तुमने अपना आंदोलन शुरू किया था न, वहाँ पर जरूर चारा खाया जाता है। वे ठुनक गए, बोले कि मैं चारा खा नहीं, चरखा बोल रहा हूँ, चरखाऽऽऽ...बात समझ में नहीं आती तुम्हारी?" मैं बोला, कि कैसी बात करते हैं बापू, चरखा तो हमारा मूल मंत्र है, पूरा देश ही मन लगाकर चर 'खा' रहा है।

वे थोड़े बुझ से गए, फिर बोले, "और खादी? खादी का क्या हुआ?" बापू आजादी के बाद हमने खादी के नहीं, आबादी के प्रोडक्शन पर ज्यादा ध्यान दिया है, खादी पहनने से बादी बढ़ती है, इसलिए आम जन उसका प्रयोग नहीं करते।"

उन्होंने नाराजगी भरे स्वर में मुझसे कहा, “रिश्वत लेना अन्याय है, मैंने कहा था...तुम लोग उसको भी भूल गए होगे ?” मैंने जोर से कहा, “बिल्कुल नहीं, रिश्वत लेना ‘अन्य-आय’ है, इस कल्याणकारी मंत्र का हम अक्षरशः पालन करते हैं, आपको मुझ जैसे सामान्य जन पर विश्वास नहीं है, लेकिन जनतंत्र पर तो पूरा विश्वास है, जिसे लाने के लिए आपने अपनी जान लड़ा दी, तो जनतंत्र में बैठे हुए अपने किसी भी बच्चे से पूछ लीजिए। वह मेरी बात

की सत्यता प्रमाणित करेगा और कहेगा कि रिश्वत लेना अन्य 'आय' है।"

बापू भावुक हो गए, बोले, "मेरी टोपी?" मैंने कहा, "उसे कुली और डिब्बे वाले पहनते हैं, क्योंकि तुमको किसी ने कुली कहकर पुकारा था न, इसलिए उसपर उनका कॉपीराइट है...तुम्हारी घड़ी हमारे समय के हिसाब से नहीं चलती, तुम्हारे चश्मे से अब हमें दिखाई नहीं देता, ये दोनों ही आउटडेटेड हो चुके हैं, इसलिए हम इनका इस्तेमाल नहीं करते। लेकिन चिंता मत करो, हमने तुम्हारे चश्मे के फ्रेम को बचा लिया है, जिसमें हम अपनी इच्छानुसार काँच बदलते रहते हैं...हम जो भी देखना चाहते हैं, उसमें दिखाई देता है, देखे गए दृश्य को या अपने विचारों को हम 'तुम्हारे नाम से' प्रचारित करते हैं, क्योंकि फ्रेम तुम्हारा है न! और सबसे बड़ी बात कि हम तुमसे बहुत प्यार करते हैं, आखिर तुम हमारे राष्ट्रपिता हो भई!

मैंने पूछा, "लेकिन तुम यहाँ कैसे?" बोले, "आज दो अक्तूबर है।" मैंने कहा, "ओ हाँ, दो अक्टूबर ड्राई डे, छुट्टी का दिन..."

बापू बोले, "आज मेरा जन्मदिन है, बेटे।"

"धत्त तेरे की, मैं तो भूल ही गया, हैप्पी बर्थ डे बापू, अभी बोलो, मैं तुम्हारी क्या सेवा करूँ? आज तो कहीं मिलेगी भी नहीं, नहीं तो खूब धमाल करते, वैसे जुगाड़ है, तुम्हारा फोटो मेरी जेब में है, उसको खाकी भंडार में दे दूँ तो नदियाँ बह जाएँगी कसम से...लोग तुमको बहुत प्यार करते हैं, तुम्हारे लिए ड्राई डे की भी ऐसी की तैसी। बापू मैं तुमको थैंक यू बोलना चाहता हूँ, जब से तुमको जेब में रखकर घूमता हूँ, तब से खादी हो, खाकी हो, काला कोट, कोई भी हो, मेरा कोई काम नहीं रुकता, किसी के बाप का डर नहीं है मुझे...अपना बापू अपने पास, डरने की क्या बात, यह सारी दुनिया खासमखास। माँ कसम, बहुत वजन है तुम्हारा। लेकिन गरीब की अभी भी लगी पड़ी है, क्योंकि उसके पास जेब ही नहीं है, वह तुमको रखेगा कहाँ?"

बापू को गुस्सा आ गया, बोले, "अगर मैंने अहिंसा का व्रत न लिया होता तो आज तेरे कान के नीचे बजाता। बकवास बंद कर और बता यह देश चलता कैसे है?"

मैं बोला, "राम भरोसे, क्योंकि मरते हुए तुम 'हे राम' बोले थे। हम समझ गए कि अब से राम ही हैं, जिनपर हमें भरोसा करना है और हमारा भरोसा सत्य साबित हुआ, सब एकदम चकाचक है।"

"तुलसी बिरछा बाग के सिंचत से कुम्हलाएँ।
राम भरोसे जो रहें वे पर्वत पे हरियाएँ॥"

हैप्पी बर्थ डे बापू, वी लव यू।

□

तीनबत्ती की सिंहासन बत्तीसी

सागर शहर में एक इलाका है 'तीनबत्ती'। तीनबत्ती को आप सागर की राजधानी भी मान सकते हैं। यदि आप तीनबत्ती पर खड़े हों तो आपको लगेगा कि आप किसी गड्ढे में खड़े हैं। तीनबत्ती की एक तरफ परकोटा की टोरिया है (छोटा पहाड़) तो दूसरी तरफ कोतवाली की घाटियाँ हैं (छोटा पहाड़)। यानी कोतवाली से लुढ़के तो तीनबत्ती के खड्डे में गिरेंगे और परकोटा से उतरे, तब भी तीनबत्ती के खड्डे में ही गिरेंगे। यानी तीनबत्ती से शुरू हुई आपकी यात्रा या तो कोतवाली में जाकर खत्म होगी या परकोटा पर।

आज से करीब बत्तीस साल पहले इसी तीनबत्ती पर मेरी मुलाकात हुई एक ऐसे शख्स से, जिसका कद पाँच फुट के करीब होगा, शरीर सौष्ठव (क्षमा सहित इसे कंकाल ही कहना उचित होगा), बिल्कुल प्रत्यंचा चढ़े धनुष के जैसा, यानी प्रत्यंचा को यदि आप उनके चेहरे पर रखें तो वह गणितीय नियम के अनुसार, सरल रेखा में लंब बनाती हुई उनके श्रीचरणों से टकराएगी। जिससे वे आपको सान पर चढ़े धनुष के जैसे दिखाई देते थे। उनके दोनों गाल एक-दूसरे से मिलने को बेताब प्रेमियों की भाँति अंदर-ही-अंदर एक-दूसरे से चिपकना चाहते थे, किंतु वे इसे ब्यूटी स्पॉट अर्थात् डिंपल्स कहते थे। जो जवानी के दिनों में उनके कथानुसार, सागर संभाग की सभी महिलाओं के लिए प्राणघातक मिसाइल का काम करते थे। महिलाएँ उनके गाल के गड्ढों में डूब जाना चाहती थीं, किंतु बजरंगबली ने यह होने नहीं दिया। वे पहलवान थे, कोई लंपट प्रेमी नहीं कि कोई भी आए और

उनके गालों के गड्ढों को सागर का तालाब समझकर उसमें डुबकी लगाकर चला जाए। लोग इन्हें 'ज्ञानीगुरु' के नाम से जानते थे।

मैं जब अपनी महाविद्यालीन शिक्षा के लिए सागर पहुँचा तो 'तीनबत्ती' के उसी खड्ड में जाकर गिरा, क्योंकि उस पूरे क्षेत्र में यह मान्यता थी कि भले ही आप सागर विश्वविद्यालय से एम.टेक., एम.एस-सी, एम.फिल. कुछ भी कर लें, लेकिन यदि आपने 'तीनबत्ती' पर ट्रेनिंग नहीं ली तो सब बेकार है। यह बिल्कुल वैसा ही है जैसे वैष्णो देवी के दर्शन को जाते हुए आपको अर्धकुमारी में से घिसटकर निकलना पड़ता है। यदि आप नहीं निकले तो आपको तीर्थयात्रा का सुफल प्राप्त नहीं होगा। साहित्य में जो

महत्त्व 'सिंहासन बत्तीसी' का है, सागर में वही महत्त्व 'तीनबत्ती' का है। सो यहीं पर एक दिन पान की दुकान पर ज्ञानीगुरु से मेरी मुलाकात हो गई। उस समय गुरु पचपन-छप्पन साल के होंगे और मैं करीब सोलह-सत्रह का। पान की दुकान पर नई शक्ल देख गुरु चार्ज हो गए। गुरु की अंदर धँसी हुई दो आँखें और मेरी बाहर निकली हुई दो आँखें टकराकर चार हो गईं। गुरु का स्केनर ऑन हुआ, बोले, "कबे आए?"

मुझे जवाब न देता देख बोले, "नए हो?" मैंने बिना बोले 'न' में सिर हिलाकर उनको जवाब दिया। बोले, "पैली बार दिखाने ए से पूँछी, पान खाबे आए हो?" मैंने 'हाँ' में सर हिलाकर उनको जवाब दिया। वे बोले, "गूँगा हो का बे, मुँह से नहीं बोल सकते, नंदी घाईं मूँड़ हिला रए खड़े-खड़े। हमें जानत हो?" और उसी सुर में पान वाले से बोले कि बताओ ए खों की हम ज्ञानीगुरु आएँ। सुंदर, रुस्तम, लखन, खलील, मुन्ना जे सब हमाए पट्ठे हैं। वे जिनके नाम ले रहे थे, वे उस समय मध्य प्रदेश के नामचीन पहलवान थे, जो पहलवानी छोड़ने की कगार पर थे। मेरी आँखों में उनके इस कथन पर स्वयं के लिए शंका देखकर बोले, "हमाए शरीर पर न जाओ बेटा, चकराघाँट...लुगाइयों का घाट। अपनी जवानी में हम वहाँ रोज सुबह नहाने जाते थे, हमारा बदन बिल्कुल ईंगुर जैसा चिलकता था, सो लुगाइयों की हाय लग-लगकर जा हालत हो गई।"

मैं इस पूरे घटनाक्रम में पहली बार मुसकराया। मुझे मुसकराता देख गुरु खुल गए, बोले, "इनबरसिटी तो ठीक है, लेकिन तीनबत्ती की तोड़ नहीं है। बेटा 'पेलना' (गप्प मारना) होय चाहे 'ठेलना' सब झंइ सीखोगे। तुम्हारे जीवन में पहाड़ पे बनी इनबरसिटी की पढ़ाई नई, तीनबत्ती का जेइ खड्डा काम में आएगा। जे बो स्थान है, जहाँ राजनीति की पेलमपाल हो या तुमाये कवियों की बंकेंती। सब झई पंडाल तानते हैं। इधर लातों के भूत हों या बातों के भूत, सब मँडराते हुए मिल जाएँगे। अगर तुम लातों के भूत हो तो कुतवाली पहुँचोगे और बातों के भूत हो तो परकोटा। तुमको यहाँ पे गुंडा भी मिल जाएँगे और राजनीति के पंडा भी। देख रहे हो ना, यहाँ से दो रास्ते

ऊपर की तरफ जाते हैं और एक नीचे की तरफ सीधे कटरा बाजार...बाजार मतलब? व्यापारी, जिसकी कोई हैसियत नहीं है, सिवाए खँजरी बजाने के। तुम हमें आदमी ठीक लगे, इसलिए बता रहे हैं। हमाई तुमको जेइ सलाह है कि तीनबत्ती की घटिया चढीयो, मगर उतरियो नहीं।

तीनबत्ती को तुम इलाहाबाद का त्रिवेणी संगम मानो। झाँपे तुम चाहो तो चुरकटाइ सीख लो या चतुराई, तुमाए ऊपर है और अगर कहीं तुम सरस्वती के चक्कर में पड़े बेटा तो जैसी वे इलाहाबाद में लुप्त हैं, वैसइ तुम झाँ पे लुप्त हो जाओगे।" गुरु बोले, "तीनबत्ती का मतलब पता है? बत्ती मतलब 'बात' धमकी। यानी लात से नहीं, तुमाई बात सुनकेइ सामनेवाले की पैंट गीली हो जाए, उसखों बत्ती कहते हैं। जहाँ पे तीन आदमी एकइ बात करें, वो तीनबत्ती या जहाँ पे तीन बातों का एकइ मतलब निकले वो तीनबत्ती। या एकइ बात को तीन किसम से घुमाकर कहा जाए वो तीनबत्ती। तीनबत्ती सध गई तो सिंहासन बत्तीसी अपने आप सध जाएगी। सिंहासन बत्तीसी मतलब? ऐसा सिंहासन, जो बत्तीसी के बीच में फँसा हो, तुम्हारी जीभ के जैसा। सिंहासन बत्तीसी का पहला नियम है...बत्तीसी भले ही टूट जाए, लेकिन सिंहासन सुरक्षित रहे। अपनी जीभ जीवन भर दाँतों के बीच बनी रहती है, बिना कटे-पिटे। दाँत टूट जाते हैं, मगर जीभ सलामत रहती है। गड़बड़ी भले ही जीभ की हो, लेकिन टूटते अपने दाँत ही हैं। सो अपनी जीभ को साध लो। फास्ट बालिंग के चक्कर में मत पड़ना। ठीक है, फास्ट बालर पिटत कम हैं, लेकिन उनका कॅरियर लंबा नहीं होता। गुगली सीखो गुगली। पिटोगे, लेकिन लंबे चलोगे और सबसे ज्यादा विकेट भी मिलेंगे बो अलग। हर टुच्चा बड़ा आदमी नहीं होता, लेकिन बड़ा आदमी होने के लिए तुमको टुच्च्याई आनी जरूरी है। ज्यादा चौंको मत, टुच्चा मतलब? ऐसे चचा, जो सामनेवाले को टोंचने में महारथी हों। सो टुच्चा होना कोई बुरी बात नहीं है।"

अब ज्ञानीगुरु हमारे बीच नहीं हैं, लेकिन उनकी कमी खलती नहीं है, ऐसा लगता है, जैसे वे तीनबत्ती के गड्ढे से निकलकर गगनमंडल में स्थापित हो जन-जन में समा गए हैं। अब वे एक मुँह से नहीं, हजारों हजार मुँह से

बोल रहे हैं। अंतर सिर्फ इतना है कि पहले वे एक मुँह से बोलते थे और हजारों कान उनको सुनते थे। अब वे हजारों मुँह से बोल रहे हैं, लेकिन सुनने वाला एक भी कान मौजूद नहीं है। मेरे मित्र ज्ञानीगुरु की यह बात मुझे हमेशा स्मरण रहती है, वे बोलते थे—

"बोलो चालो, बको मत। देखो भालो, तको मत।
खाओ पीओ, छको मत। खेलो कूदो, थको मत।"

□

अर्थी का अर्थी

सुबह उठा तो पता चला कि पड़ोसी गुजर गए! मैं बड़ी चिंता में पड़ गया कि आज दफ्तर में बहुत काम है, अति महत्त्वपूर्ण मसलों पर मीटिंग है, जिसमें मेरा रहना बहुत जरूरी है। पत्नी से कहा, "कैसे करूँ?" वे बोलीं कि पड़ोस का मामला है, सोचकर देखो। वैसे जानेवाला तो चला गया, तुम्हारे रुकने से वे वापस तो आ नहीं जाएँगे? मैंने कहा, "बात तो तुम्हारी ठीक है, लेकिन यदि मैं अंतिम यात्रा में शामिल नहीं हुआ तो वे क्या सोचेंगे?" कमाल करते हो तुम भी, कौन सा वे तुमको देखनेवाले हैं, जो वे सोचेंगे। और वैसे भी जब-जब उनको कोई जरूरत पड़ी, तुम हमेशा उनके साथ खड़े रहे हो। कल शाम तक तो वे अच्छे-भले थे। मैंने कहा, "हाँ, मेरी चर्चा भी हुई थी उनसे, आज की मीटिंग के बारे में भी बताया था। लेकिन अचानक ऐसा हो जाएगा, सोचा भी नहीं था।"

पत्नी बोलीं कि तुम भले ही उनके बिगड़े कामों को बनाओ, लेकिन वे हमेशा तुम्हारा काम बिगाड़ते रहे हैं, तुम भले ही उनके दुःख को दूर करो, लेकिन वे हमेशा तुम को दुःख ही देते रहे, अब देख लो न, जब उनको तुम्हारी आज की मीटिंग के बारे में पता था, जिसका संबंध तुम्हारे प्रमोशन से है, वे निकल लिये। अरे, एकाध दिन और न जाते तो कौन सा पहाड़ टूट जाता! कोई बीमारी होती, अस्पताल में पड़े होते तो समझ आता, एकदम अच्छे-भले थे, लेकिन नहीं, भाईसाहब का प्रमोशन न हो जाए, तुम्हारे बॉस को तो रोक नहीं सकते और तुम जैसा आदमी, जो ठंड, गरमी, बरसात में, 104 डिग्री बुखार

में भी दफ्तर जाता है, उसे कैसे रोकें? सो यह पैंतरा अपनाया। मेरी मानो तो तुम निकल लो, वे तो अब पास्ट हो गए, लेकिन तुम्हारे तो फ्यूचर का सवाल है। और कौन सा तुमको कर्मकांड करने हैं जी? या तुम्हारे पास स्वर्ग का एंट्री पास है? या भगवान् तुमको देख लेंगे तो उनकी सजा कम हो जाएगी?

मुझे बात सही लगी, बात सिर्फ मेरे फ्यूचर की ही नहीं, कंपनी के फ्यूचर की भी है। मैं दबे पाँव घर से निकला, दिल धकधका रहा था कि कोई मुझे देख न ले और वही हुआ, जिसका मुझे खतरा था, बिल्डिंग से बाहर निकला ही था कि मुझे आकाशवाणी सुनाई पड़ी, कहाँ चले? मैंने अपना सर उठाकर देखा तो चौथी मंजिल की अपनी बालकनी में भाईसाहब खड़े थे, वे ब्रश-मंजन से अपने दाँतों की सफाई कर रहे थे, यह उनका नित्य का नियम था। पूरी बिल्डिंग उनको भाईसाहब कहती थी, क्योंकि आज से 30 साल पहले जब यह बिल्डिंग बनकर तैयार हुई थी तो सबसे पहला फ्लैट भाईसाहब ने ही लिया था। पूरी बिल्डिंग में उनका खौफ था, किसी भी घर में मेहमान आने से लेकर नए कप-प्लेट आने तक की खबर उनके पास रहती थी। मैंने कहा, "कहीं नहीं, बस थोड़ा..." वे बोले, "क्या कहीं नहीं? कहीं तो...और क्या थोड़ा पूरे-के-पूरे जा रहे हो और कहते हो थोड़ा। तुमको पता है, तुम्हारा पड़ोसी चल बसा?"

मैंने कहा कि अरे कब, कैसे? इतना सुनना था कि उन्होंने अपने मुँह में भरी हुई मंजन की पीक को पूरी ताकत से पिचकारी बनाकर छोड़ दिया। पीक सन्नाते हुए मेरे कान के पास से निकल गई। बोले, "मैं चाहता तो तुम्हारे मुँह पर पीक मारता, दीन-दुनिया, चीन, जापान की खबर रखते हो, लेकिन पड़ोस में क्या हो गया, इसकी जानकारी नहीं है, अपने आपको गूगल कहते हो, पानीपत की लड़ाई कब हुई, बाबर कैसे मरा, अकबर के कितने बेटे थे, आर.टी.आई. क्या है, फलाँ घोटाले में कौन था, देश की अर्थव्यवस्था सुधारने के लिए क्या करना चाहिए, नेताजी जिंदा हैं, कहाँ छिपे रहे, क्यों छिपे रहे, इन सब के बारे में ऐसे बात करते हो, जैसे सबकुछ तुमसे पूछकर हुआ हो। लेकिन पड़ोसी मर गया, उसकी जानकारी नहीं है। मैं सब जानता हूँ, आज तुम्हारा प्रजेंटेशन है, जिसपर तुम्हारा प्रमोशन टिका हुआ है तो खुशी-खुशी दफ्तर जा

रहे हो, अपने सुख के लिए तुमको अपने पड़ोसियों का दुःख दिखाई नहीं दे रहा। तुम्हें चाहिए कि तुम उसकी ठठरी कसो, उसको श्मशान तक छोड़कर आओ। तुम उसके साथ पिक्चर देखने जाते थे, पान खाने जाते थे तो अब उसकी अंतिम यात्रा में भी उसका साथ दो। उसकी आत्मा को शांति मिलेगी और तुम नहीं मरोगे क्या? तब किस मुँह से लोगों से कंधा माँगोगे? तुम्हारे जैसे लोगों के कारण देश की यह हालत है।"

मैंने देखा कि बिल्डिंग के चौकीदारों से लेकर कुछ अन्य लोग भी भाईसाहब के भाषण से प्रभावित हो, मुझे कुछ-कुछ हिकारत की नजर से देखने लगे। मैं बिल्डिंग में वापस घुसने ही वाला था कि छठवीं मंजिल, जहाँ मैं रहता हूँ, अपने घर की बालकनी में मुझे अपनी पत्नी दिखाई दी, छूटते ही बोली, "तुम अभी तक यहीं खड़े हो, दफ्तर नहीं गए? तुम्हारे इसी ढुलमुल रवैए के कारण तुम्हारा प्रमोशन अटका पड़ा है, इन चौथी मंजिलवालों को तो कोई काम है नहीं, रिटायर हो चुके हैं। न खुद काम करेंगे, न दूसरों को करने देंगे। क्या वह सिर्फ तुम्हारा पड़ोसी था? अरे इनका भी तो है, ये खुद क्यों नहीं

जाते मंजन छोड़कर? बड़े आए दूसरों को समाज शास्त्र पढ़ानेवाले, नशेड़ी मंजनखोर कहीं के।" अभी तक भाईसाहब ऊपर से हमला कर रहे थे, अब भाईसाहब के ऊपर हमला हो रहा था, वह भी ठीक उपर से। दुश्मन उनके सर पर खड़ा था, छठी मंजिल पर। भाईसाहब ऊपर से हुए प्रहार से तिलमिला गए और अपनी बालकनी में लगभग झूलते हुए शुतुरमुर्ग के जैसे अपनी गरदन का रुख ऊपर की ओर किया। वे अपनी मुँह की पीक से ऊपर की तरफ हमला करना चाहते थे, लेकिन उनको अपने पीकास्त्र की अक्षमता का एहसास हुआ। पीक से ऊपर से नीचे या समांतर तो मारक चोट की जा सकती है, किंतु नीचे से ऊपर नहीं। वैसी स्थिति में गुरुत्वाकर्षण के नियम के हिसाब से जितनी स्पीड से पीक ऊपर फेंका जाएगा, उससे दुगनी स्पीड से वह नीचे आएगा और उनका ही काम तमाम कर देगा। यह बिल्कुल वैसा ही है, जैसे अपना पालतू कुत्ता दूसरे पर गुर्राने की जगह अपने को ही काट दे।

वे चिल्लाए, "पड़ोसी वह तुम्हारा था, मेरा अड़ोसी था। पड़ोसी का कर्तव्य है, दुःख में साथ देना और अड़ोसी का कर्तव्य है सलाह देना, मैं अपने कर्तव्य का पालन कर रहा हूँ।"

"आप चुप ही रहिए, भाईसाहब! मेरा मुँह मत खुलवाइए, दूसरों को ऑफिस जाते देख आपको मिर्ची लगती है, रिटायर जो हो गए हैं, आपका खुद का प्रमोशन तो हुआ नहीं, चार बार सस्पेंड हुए सो अलग।" और ऊपर से ही वह मुझसे बोली, "खबरदार! जो तुमने वी.आर.एस. लेकर घर बैठनेवाले इस निठल्ले की बात सुनी, तुरंत दफ्तर के लिए निकलो, किसी की अंतिम यात्रा के चक्कर में अपनी आरंभिक यात्रा नष्ट मत करो। तुम्हारा कॅरियर अभी शुरू ही हुआ है, मरे पड़ोसी के लिए जिंदा घरवालों को मत भूलो, यहीं खड़े रहे तो, तुमको मुझे आई लव यू की जगह, आई मिस यू बोलना पड़ेगा।" यह कहकर वह बालकनी से अंदर चली गई, मैं बिल्डिंग से निकलकर आगे नुक्कड़ पर खड़ा हो गया। मन में यह था कि मेरा दफ्तर श्मशान के सामने ही है, मैं यहाँ से अंतिम-यात्रा में शामिल हो जाऊँगा और फिर वहीं से दफ्तर पहुँच जाऊँगा। मुझे ग्लानि नहीं रहेगी...तभी मेरे कानों में 'राम नाम सत्य है, सत्य बोलो मुक्ति

है' की आवाज सुनाई पड़ी। मैंने लपककर अपने पड़ोसी की अर्थी में अपना कंधा लगा दिया। पीछे पलटकर देखा तो भाईसाहब मुझे ही देख रहे थे। ब्रश मंजन से अपने दाँतों को घिसते हुए ही उन्होंने मुझे बालकनी से खुश होते हुए वेलडन का सिग्नल किया। मुझे बहुत संतोष मिला, क्योंकि मैं इस सत्य को जानता था कि पत्नी की प्रेम भरी नाराजगी से कहीं अधिक घातक भाईसाहब का नफरत भरा प्रेम है। मेरे लिए पत्नी की अपेक्षा भाईसाहब को खुश करना ज्यादा जरूरी था।

तभी अचानक मुझे लगा कि जैसे कोई मुझसे कह रहा है कि भाईसाहब को छोड़कर मेरी बात सुनो। अधिकतर जिनकी आत्मा मरी हुई होती है, वे ही दूसरों की सोई हुई आत्मा को जगाने का काम करते हैं, जिससे वे ग्लानि-मुक्त हो सकें। ये भाईसाहब उन्हीं में से एक हैं, उनकी आत्मा सुप्त नहीं लुप्त हो चुकी है। मैंने देखा कि मेरे पड़ोसी की एकदम ताजा मरी हुई आत्मा मेरी बीमार पड़ी अंतरात्मा के सामने खड़ी है। पड़ोसी की आत्मा ने मुझसे कहा कि तुम आश्चर्य में पड़ गए न, मरे हुए शरीर की जिंदा आत्मा को देखकर? मैंने कहा कि हाँ, लेकिन उससे ज्यादा आश्चर्य मुझे अपने जिंदा शरीर की मरी हुई आत्मा को देखकर हो रहा है। तुम्हारे सामने मेरी आत्मा कितनी बीमार और कमजोर नजर आ रही है। उसने जोर का ठहाका मारा और कहा, "उसका कारण है, मैंने अपने कल्याण के लिए इस मरे हुए शरीर को धारण किया था, लेकिन इस शरीर ने मुझे अपने सुख की पूर्ति करने के लिए काम पर लगा दिया।" मैंने बहुत प्रयास किया कि भाई तू मेरे कल्याण में भी सहयोग कर, मैं तेरे सुख की पूर्ति करूँगा। पहले बारह-चौदह साल तक तो शरीर ने मेरी बात मानी, लेकिन जैसे-जैसे शरीर बड़ा होने लगा, इसने मुझे छोटा करना शुरू कर दिया और मेरे कल्याण को एक तरफ रखकर, यह सिर्फ मुझसे स्वयं के सुख की पूर्ति कराने लगा।

अपने को इग्नोर होता देख, मैंने जब-जब विद्रोह किया, इसने तब-तब मुझे मारा। शरीरों की एक अच्छी आदत होती है कि वे संगठित होना जानते हैं, क्योंकि शरीर को यह पता है कि वह अगर अकेला आत्मा से लड़ा तो परास्त

हो जाएगा, इसलिए जैसे ही कोई आत्मा जगी या उसने विद्रोह किया तो बहुत से शरीर मिलकर उस आत्मा का गला घोंट देते हैं, उसको मारने का काम करते हैं, सो हम हार जाते हैं। इस मामले में हम आत्माएँ बहुत कमजोर हैं, ये निजता को महत्त्व देती हैं, इसलिए कभी कोई आत्मा किसी दूसरी आत्मा का साथ नहीं देती। हम सुप्त पड़े हुए शरीर के कमजोर होने का इंतजार करते हैं, क्योंकि हमें शरीर के इस दुर्गुण की भी जानकारी है कि कमजोर शरीर की कोई भी दूसरा शरीर सहायता नहीं करता। सो पहली फुरसत में ही हम शरीर को चित्त कर निकल लेते हैं। शरीर एक नंबर का गधा और अहंकारी होता है, वह यह भूल जाता है कि उसकी एक सीमा होती है, इसलिए वह हारता है और अंत में मरता भी है। हम जो आत्मा हैं, असीम होते हैं, हमको आप सुप्त कर सकते हैं, सुला सकते हैं, कमजोर और बीमार कर सकते हैं, लेकिन मार नहीं सकते। हमारा अंत नहीं कर सकते, हमें मिला अमरता का यही वरदान हमारे लिए अभिशाप हो जाता है। हम आत्माएँ नरक की यातना शरीर के मरने के बाद नहीं, शरीर के जीते जी ही भोगते हैं। मरने के बाद तो हम मुक्त हो जाती हैं। हम भटकें या अटकें, यह हमारे ऊपर है।

अब तुम्हारी आत्मा को ही देख लो, असीम है, लेकिन शरीर की सीमा में फँसी हुई है बेचारी, इसलिए सुप्त अवस्था में पड़ी है। इस समय वह नर्क में है, इसलिए बीमार, कमजोर और दुखी है। तुम्हारी आत्मा तो शरीर के सुख के लिए काम करती है, लेकिन क्या तुम्हारा शरीर कभी आत्मा के कल्याण के लिए प्रयास करता है? नहीं न! जैसे राजनीति में दो विरोधी विचारधारा वाले या अलग उद्देश्यों के दल आपस में मिलकर सरकार बना लें तो मजबूरीवश सरकार तो बनी रहेगी, लेकिन उसके परिणाम संतोषजनक और कल्याणकारी नहीं होंगे। सिर्फ तंत्र का बने रहना ही स्वातंत्र्य नहीं होता। राजा को प्रजा के सुख के लिए और प्रजा को राजा के कल्याण के लिए तत्पर रहना पड़ता है। ऐसे ही शरीर और आत्मा हैं। यदि ये एक-दूसरे के सहायक नहीं होंगे, तो सुखी होते हुए भी शरीर का कल्याण नहीं होगा और कल्याण होते हुए भी आत्मा को सुख नहीं मिलेगा। तमाम भौतिक सफलताएँ, उपलब्धियाँ, पद, प्रतिष्ठा,

धन-संपत्ति हासिल करके तुम संसार को अपने जिंदा होने का सबूत तो दे दोगे, लेकिन तुम्हारा जिंदा होना, तुम्हारे जागे हुए होने का प्रमाण नहीं है। जिंदा होना और जागे हुए होने में फर्क होता है। जो सफलता के पीछे भागकर उन्हें हासिल कर ले, वह जिंदा है और जिसके पीछे सफलताएँ भागें और उसे छू भी न पाएँ, वह जागा हुआ है। जो सफलता के सर पर खड़ा हो, वह जिंदा है व उपलब्धियाँ, जिसकी गोद में पड़ी हों, वह जागा हुआ।

सफलताएँ तुम्हें तृष्णा देती हैं और उपलब्धियाँ तुम्हें तृप्ति से भरती हैं। जिंदा शरीर और मरी हुई आत्मा या जिंदा आत्मा और मरा हुआ शरीर दोनों ही अतृप्त रहते हैं। सिर्फ किसी एक को ही महत्त्व देना हमारे असंतोष का कारण होता है। शरीर की रुचि सफलता में होती है और आत्मा की उपलब्धि में। अब देखो न, मेरा शरीर भी असंतुष्ट ही समाप्त हो गया और मैं भी स्वतंत्र होने के बाद भी अतृप्त ही हूँ। जैसे तुमको अपने प्रमोशन के लिए आज प्रजेंटेशन देना है, वैसे ही मुझे भी अपने प्रमोशन के लिए आज से ही भाग-दौड़ करनी पड़ेगी। जैसे तुम्हारा शरीर प्रमोट होकर कंपनी का सी.ई.ओ. बनना चाहता है, वैसे ही मेरी आत्मा भी प्रमोशन पाकर परमात्मा बनना चाहती है। तुम अपनी आत्मा के प्रमोशन में सहयोग नहीं कर रहे हो तो वह तुम्हारे प्रमोशन में अड़ंगा डालेगी और ऐसे ही एक दिन मेरे शरीर के जैसा तुम्हारा शरीर भी नष्ट हो जाएगा, लोग उसको अर्थी पर लाद देंगे। जीवन भर तुम चिंता में जलते रहे, अंत में चिता में जला दिए जाओगे।

अर्थी का मतलब पता है? मैंने उत्सुक मायूसी के साथ उस आत्मा की तरफ देखा और कहा कि नहीं, नहीं पता। आत्मा ने मुसकराते हुए मेरी तरफ देखा और कहा कि जब जीवन से अर्थ की 'इति' हो जाती है, तब वह 'अर्थी' कहलाता है। अचानक मेरी आँखों में धुआँ घुसने लगा, मैंने देखा कि पड़ोसी का शरीर आग में जल रहा है और उसकी निश्चिंत आत्मा चिता से उठनेवाले धुएँ के साथ अपने भविष्य की चिंता लिये किसी दूसरे शरीर की तलाश में हवा में विलीन हो गई।

□

धप्पू

धनुर्जय चतुर्वेदी कस्बे के एकमात्र निर्विवाद व्यक्ति थे। वे बच्चे, बूढ़े, जवान सभी के चहेते थे, सबके साथ सेट हो जाते। उन्हें देखकर उनकी उम्र का अंदाज लगना लगभग असंभव सा था। बच्चों जैसी हरकतें, बुजुर्गों जैसी सोच और जवानों जैसी अभिव्यक्ति, ऐसा लगता जैसे तीनों कालों को उन्होंने अपनी काया में समेट लिया हो।

धनुर्जय कभी किसी से या किसी के बारे में बुरा नहीं बोलते थे। उनकी एक अजीब सी आदत थी, जब भी उन्हें किसी की प्रशंसा करनी होती या भर्त्सना करनी होती, तब वे मुँह से कुछ न बोलते, मात्र उस व्यक्ति की पीठ ठोक देते। यह प्रशंसा है या भर्त्सना इसका पता उनके द्वारा पीठ पर जमाई गई धौल से नहीं, उनके एक्स्प्रेशन, चेहरे के भाव देखकर ही चलता था। पीठ पर धप्प मारने के कारण ही कस्बे के लोग उन्हें अब धनुर्जय की जगह 'धप्पू महाराज' कहने लगे थे।

हमारे कस्बे में दो-तीन प्रमुख गुट थे, हर गुट व गुटाध्यक्ष को धप्पू अपने ही पाले में खड़े दिखाई देते। धप्पू का ऐसा निर्विवाद, सबके साथ होना ही उन्हें शंका के दायरे में खड़ा कर देता था। कस्बे की प्रधानी को लेकर पिछले दिनों हमारे कस्बे में खासी चहलपहल थी, हर तरफ खफा और वफा के नारों की गूँज थी। धप्पू महाराज ने अपनी उपस्थिति से सबका मनोबल बढ़ाया था। प्रत्येक गुट धप्पू को प्रभावित करने की जुगत में था। सब कान फोड़ देनेवाले स्वर में धप्पू के कल्याण की शपथ खा रहे थे। एक-दूसरे पर धप्पू के साथ

अन्याय करने का आरोप लगा रहे थे। जितना पाँच साल में बोला और करा जाना चाहिए, उतना सिर्फ इन नब्बे दिनों में सभी गुटों के द्वारा बोला गया। धप्पू भी मन लगाकर सबको सुनते रहे।

सभी गुटों के लोग धनुर्जय महाराज की भाव-भंगिमा का बारीक अध्ययन कर, उनका अपने गुट के साथ होने का दावा पेश कर रहे थे, किंतु धप्पू महाराज को समझ पाना बेहद मुश्किल था, धप्पू महाराज जन्म से चतुर्वेदी नहीं थे। उनकी वेदना ने उन्हें चतुर बना दिया था, सो वे चतुर्वेदी कहलाने लगे थे। वे जानते थे कि बोलना नहीं, सुनना ही उनके लिए कल्याणकारी है, सो सभी गुटों को समान भाव से देखते हुए मंद स्मित के साथ सुनते और सभी की पीठ पर धप्प जमाते हुए बिल्कुल चुप होकर कस्बे में घूमते रहते।

आज जब शोर थमा तो परिणामों से सभी गुट आश्चर्यचकित थे। कस्बे की पाँचों दिशाओं में हुए इस महासंग्राम में किसी एक को प्रधानी मिलनी थी, सो मिल गई।

सभी गुट अपने-अपने हिसाब से धप्पू महाराज की भूमिका का विश्लेषण करने लगे। कोई कहता कि हम धप्पू को नहीं समझ पाए, तो कोई कहता कि धप्पू हमें नहीं समझ पाए। हारा हुआ गुट कहता कि धप्पू को हमारी कद्र नहीं है, हमने धप्पू के लिए इतना किया और आगे भी उनके ही कल्याण के लिए कई और योजनाएँ बनाई थीं, लेकिन धप्पू ने मूर्खता का परिचय दिया। धप्पू ने अपने पैर पर अपने ही हाथ से कुल्हाड़ी मार ली, जो उसके विरोधी को चुन लिया।

कोई कहता कि धप्पू में बचपना है, वह अभी परिपक्व नहीं हुआ है, तो कोई कहता कि धप्पू साठ पार करते ही सठिया गए हैं; तो कोई उन्हें जवानी के नशे में चूर नासमझ हुड़दंगी कहता।

कुल मिलाकर धप्पू का निर्विवाद व्यक्तित्व एक बार फिर से शंका के घेरे में आ गया। जो हार गए वे अपनी हार का कारण स्वयं की अकुशलता नहीं, धप्पू की बेवकूफी बताते। जो जीत गए, वे अपनी जीत का श्रेय धप्पू का उनके पक्ष में खड़ा होना नहीं, स्वयं की कुशलता को देते, क्योंकि जीता हुआ पक्ष हारे हुए पक्ष की इस बात से सौ प्रतिशत सहमत था कि धप्पू मूर्ख हैं। व्यावहारिक

दृष्टि से इन सभी गुटों के द्वारा धप्पू को निरा मूर्ख मानना सत्य ही प्रतीत होता था, क्योंकि जिस व्यक्ति के अंदर बचपना, बुढ़ापा, जवानी के लक्षण एक साथ नजर आएँ, जो सभी के पक्ष में दिखाई दे, जो कभी कुछ बोलता न हो, जो हमेशा, हर स्थिति में मुसकराता रहे, जो सभी की पीठ ठोके, जो निर्विवाद हो, वह मूर्ख से अधिक कुछ और नहीं समझा जा सकता। सभी गुट धप्पू महाराज के चतुर्वेदी होने को लेकर इस सिद्धांत पर भी एकमत थे कि वह वेदना के कारण चतुर नहीं हुआ, बल्कि वह वेदना रहित होते हुए भी बड़ी चतुरता से अपनी वेदना का बखान करता है, इसलिए वह चतुर्वेदी है। सो धप्पू मूर्ख ही नहीं, मक्कार भी है और इधर धप्पू महाराज अपने ऊपर शंका किए जाने के बाद भी निर्विकार भाव से मंद मुसकराहट लिये सभी की पीठ पर धप्प जमाने में मस्त थे, क्योंकि उनके बारे में सभी गुटों के द्वारा जो कुछ भी कहा जा रहा है, उसकी उन्हें खबर ही नहीं थी, क्योंकि वे सुन ही नहीं सकते थे, वे बहरे थे। लेकिन उनका यह बहरापन उनकी कमजोरी नहीं, उनकी ताकत था। वे सुनते नहीं, सुनने का नाटक करते थे। नारे, वादे, प्रशंसा, भर्त्सना उन्हें सुनाई ही नहीं

पड़ते थे। चारों तरफ पसरा हुआ कोलाहल उनके लिए एक नीरव शांति था। उनके बहरेपन से उपजी शांति ही उनके अबाधित आनंद का स्रोत थी और वे बोल भी नहीं सकते थे, क्योंकि वे सिर्फ बहरे ही नहीं गूँगे भी थे।

मुझे उनके परम मित्र लुप्तलोचन महाराज जो अंधे नहीं थे, किंतु स्वेच्छा से उन्होंने अपनी आँखों पर पट्टी बाँधी हुई थी, जिससे कस्बे के लोग उनको आदर से पंचायती गुरु कहने लगे। गुरु का मानना था कि दृष्टि ही हमारे दुःख का कारण होती है। हमें दिखता है, इसलिए दुःख होता है। उनके अनुसार, दुःख से मुक्ति पाने का सबसे सरल उपाय है, देखना बंद कर दो। गुरु बोले कि अब हम अपने हाथ से तो अपनी आँखें फोड़ नहीं सकते, लेकिन आँखें बंद तो कर सकते हैं। गुरु बता रहे थे कि आज से सत्तर साल पहले तक धप्पू की आवाज सिंह गर्जना हुआ करती थी, धप्पू नॉन स्टॉप कम-से-कम पचास साल तक गरजता रहा, उसकी भयंकर गर्जना सुनकर ही इस दुनिया के सबसे शक्तिशाली शिकारी राजा के होश उड़ गए थे और वह घबराकर सात समुंदर पार जहाँ से आया था, वहीं वापस भाग खड़ा हुआ। उसको भगाने के चक्कर में ही धप्पू की आवाज चली गई। तब से धप्पू न बोल सकता है, न सुन सकता है, केवल देख सकता है और मैं सिर्फ सुन सकता हूँ, बोल सकता हूँ, लेकिन देख नहीं सकता। हमारे दोष ही हमारी दोस्ती का कारण बने।

मैं आश्चर्य में पड़ गया, मैंने गुरु से पूछा कि बड़ी अजीब सी है आपकी दोस्ती, आप सुन, बोल सकते हैं, लेकिन देख नहीं सकते। धप्पू देख सकते हैं, लेकिन सुन-बोल नहीं सकते, फिर आप दोनों को एक-दूसरे की बात कैसे समझ में आती है? आप एक-दूसरे सहायता कैसे करते होंगे? आपकी मित्रता तो एक बोझ है।

पंचायती गुरु बोले कि बात तुम्हारी ठीक है, लेकिन अभी तुम गुटवाले हो, इसलिए तुम्हें समझ नहीं आएगी। इसे समझने के लिए तुम्हें गुटबाज से धप्पू होना पड़ेगा। हमारी मित्रता का आधार ही गफलत है। एक-दूसरे के सिद्धांतों को न मानते हुए भी हमें जब भी आवश्यकता होती, हम सिर्फ एक-दूसरे से ही सहायता माँगते हैं। हमारा रिश्ता विश्वास पर नहीं, आशा पर खड़ा है, धप्पू को

आशा है कि शायद कभी मैं अपनी पट्टी खोलकर देखने भी लगूँगा और मुझे इस बात की आशा है कि शायद धप्पू कभी बोलने-सुनने लगे। हम एक-दूसरे के विचारों के घोर विरोधी होते हुए भी एक-दूसरे के परम मित्र हैं। मेरे अंधेपन और धप्पू का गूँगे-बहरे होने का कारण तुम जैसे गुटबाज लोग हैं। इतने में धप्पू महाराज वहाँ आ पहुँचे, मुझे अपने मित्र पंचायती गुरु के साथ बैठा देखकर बोले कि मैं बहरा नहीं हूँ। सुनने लायक कुछ बचा नहीं, इसलिए मैं बहरेपन का नाटक करता हूँ और मैं गूँगा भी नहीं हूँ। बोलना वहाँ चाहिए, जहाँ कोई सुननेवाला हो, आजकल सुनने में किसी को रुचि नहीं है, इसलिए गूँगे होने का नाटक करता हूँ।

कष्ट में मैं नहीं, तुम जैसे गुटबाज होते हैं। तुम्हारा देखना, सुनना, बोलना ही कष्ट का कारण होता है। अब तुम मेरे रहस्य को जान गए हो, जो मेरे सुख के साथ-साथ तुम्हारे सुख के लिए भी घातक है, इसलिए तुम्हें धप्पू बनाना अत्यावश्यक है, और मंद मुसकराहट लिये उन्होंने मेरे गले को पतली छुरी से रेत दिया।

मेरी आवाज चली गई, मैं गों-गों करने लगा। अपनी आवाज छिन जाने के कारण में रोने लगा। मुझे रोता देख धप्पू महाराज बोले कि रो मत, अब तू गुट के काम लायक नहीं बचा, इसलिए तुझे धप्पू की बिरादरी में शामिल कर लिया। सुनने और बोलने से हम सर्वाधिक प्रभावित होते हैं, इसीलिए कोई भी कल्याणकारी निर्णय सुनकर, बोलकर नहीं, देखकर लिये जाते हैं। कल्याणमस्तु कहकर धप्पू महाराज ने मेरे दोनों कानों में गरम सरिए घुसा दिए। अब मैं न सुन सकता था और न ही बोल सकता था, किंतु आश्चर्य इस बात का था कि मुझे अब पहले की अपेक्षा अधिक साफ दिखाई दे रहा था, धप्पू ने मेरी दृष्टि खोल दी थी। धप्पू जो अभी तक मेरे लिए मेरे विजन को न समझनेवाला एक मूर्ख था, अचानक मुझे जनार्दन दिखाई देने लगा। मेरा सारा दुःख समाप्त हो गया था, मैं आनंद से भरा हुआ था। मैंने प्रसन्नता, कृतज्ञता से धप्पू की ओर देखा व धप्पू की पीठ पर धन्यवाद का एक धौल जमा दिया।

□

सब्र का फल और कब्र का फल

आज एक परिवार के आनंदोत्सव में शामिल हुआ तो उसी परिवार के दो बुजुर्गों की भीषण बहस का मूक श्रोता रहा। आनंद के बहुरूपियापन को देख अचंभित रह गया। एक ही परिवार के दो लोगों के मन में वही आनंद अलग-अलग भाव पैदा कर रहा था। एक का आनंद दूसरे का विषाद था, तो दूसरे के विषाद में ही एक को आनंद था। दोनों बुजुर्गों के चहरे पर लालिमा थी, किंतु एक का चेहरा क्रोध के आवेश में लाल था तो दूसरे का चेहरा आनंद के आह्लाद से लाल पड़ गया था। बड़े बुजुर्गवार ने अपने नाम में राम को पीछे रखा था, सो वे 'लालराम' कहलाते थे, तो छोटे बुजुर्गवार ने राम को आगे कर लिया तो वे 'रामलाल' हो गए। बहस का विषय था 'सब्र का फल मीठा होता है'। बड़े बुजुर्गवार ने छोटे बुजुर्गवार को लताड़ते हुए कहा कि व्यर्थ की बात मत करो रामलाल कि 'सब्र का फल मीठा होता है' यह गलत शिक्षा है। सब झूठ है, एकदम बकवास! तुम जानते हो, मुझसे ज्यादा सब्र अपने परिवार में किसी ने नहीं किया और इसका जो फल मुझे मिला, इसका स्वाद कैसा है? आज पूरी दुनिया देख रही है।

छोटे बुजुर्गवार ने उन्हें और बुरी तरह लताड़ते हुए कहा कि तुम्हें सब्र का नहीं, 'कब्र का फल' मिला है। तुम कब्र के फल को सब्र के फल के नाम से बदनाम मत करो। जब जिंदगी भर सब्र रखा था तो अंत में आपको किसी और की कब्र पर जाने की क्या जरूरत थी जी? तुमको मिली असफलता सब्र रखने का नहीं, कब्र पर जाने का फल है।

यह सुनकर लालरामजी का क्रोध लपलपाने लगा, वे आहत स्वर में बोले कि ज्यादा ज्ञान मत बाँटो, तुमसे ज्यादा दुनिया देखी है मैंने, मेरा किसी की कब्र पर जाना पाप है और तुम्हारा उसी जगह केक ले जाना पुण्य है?

मैं मरे हुए आदमी के हाथ जोड़ूँ तो पतित की कुख्याति पाऊँ। और तुम जिंदा आदमी से हाथ मिलाओ तो पति की ख्याति से लब्ध हो? मेरा झुकना मेरी भूल है? और तुम्हारा झुकना तुम्हारी हूल है?

रामलालजी भी उत्तेजित हो गए, बोले कि कब्र पर जाना शोक की निशानी है, सो तुमको शोक मिला और केक ले जाना आनंद की निशानी है, सो मुझे आनंद मिला। अपने ही हाथों को अपने ही हाथ से मिलाकर 'हाथ जोड़ना' व्यक्ति के स्वार्थी होने की घोषणा है, किंतु अपने हाथ को दूसरे के हाथ से मिलाकर 'हाथ मिलाना' व्यक्ति के परमार्थी स्वभाव को चिह्नित करता है। तुम स्वार्थ से प्रेरित थे और मैं परमार्थ से। इसलिए तुम दुःख भोग रहे हो और मैं सुख।

लालराम बोले कि कुतर्क मत करो! मैं अपने आप नहीं, उनके बुलाने पर गया था। तुम तो बिना बुलाए ही वहाँ पहुँच लिये।

रामलाल बोले, "पड़ोसी बुलाएगा तभी तुम जाओगे, यह तुम्हारे अहंकारी होने का प्रमाण है और पड़ोसी के उत्सव में मेरा बिना बुलाए पहुँचना मेरे निरहंकारी चित्त की घोषणा है।"

लालरामजी दाँत पीसते हुए बोले, "चुप रहो रामलाल, तुम मुझपर स्वार्थी, अहंकारी होने का आरोप लगाकर मेरे जीवन की पूरी तपस्या को भ्रष्ट साबित करना चाहते हो, जबकि तुम्हें पता है कि मैंने अपने नहीं, अपने परिवार के अहंकार की रक्षा की है, अपने स्वार्थों को ताक पर रखकर परिवार के स्वार्थों को सिद्ध किया है। तुम्हारे पास आज जो चमक है, जो सफलता है, जिसके मद में तुम मदमस्त होकर घूम रहे हो और ये आनंदोत्सव माना रहे हो, वह मेरे वर्षों के अथक परिश्रम का परिणाम है। तुम मेरा सत्कार करने की जगह मुझे धिक्कार रहे हो? अपने से बुजुर्ग का सम्मान करना सीखो, क्योंकि तुम भी कभी बुजुर्ग होगे और तुम्हें वही व्यवहार मिलेगा, जो तुमने अपने बुजुर्ग के साथ किया है।"

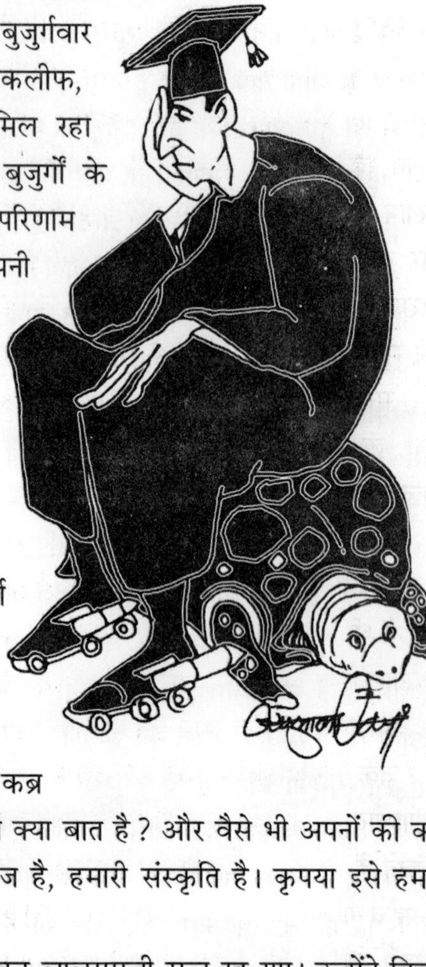

यह सुनकर रामलाल बोले कि यदि आपके सिद्धांत को मान लूँ बुजुर्गवार तो फिर आपको आज जो तकलीफ, पीड़ा, अपमान, तिरस्कार, मिल रहा है, वह आपके द्वारा अपने बुजुर्गों के प्रति किए गए व्यवहार का परिणाम है? यदि ऐसा है तो फिर अपनी वर्तमान स्थिति का दोष मुझे क्यों दे रहे हैं? ये आपके किए हुए कर्मों के फल ही होंगे, जो आज आप तक लौट रहे हैं। आपको कब्र पर जाने का शौक था तो सबने सोचा कि आप हमारे बुजुर्ग हैं, आपको अपने शौक की पूर्ति के लिए दूसरों की कब्र पर क्यों भटकने दें? इसलिए हमने आपके लिए आपकी ही कब्र खोद दी। इसमें बुरा मानने की क्या बात है? और वैसे भी अपनों की कब्र अपने ही खोदते हैं, यह रिवाज है, हमारी संस्कृति है। कृपया इसे हमारी विकृति न मानें।

अजीब से तर्कों को सुनकर लालरामजी सन्न रह गए। उन्होंने विचार किया कि रामलाल कुतर्क पर उतारू है, कुतर्क की प्रवृत्ति 'कथ्य' परक होती है, जिसमें तथ्य और सत्य का कोई स्थान नहीं होता। कथ्य सुनने-समझने में नहीं सिर्फ कहने में विश्वास रखता है। इसलिए दुनिया का श्रेष्ठतम तर्क भी कुतर्क की भूमि पर परास्त हो जाता है। कुतर्क की विशेषता होती है कि वह अपने चेहरे पर तर्क का मुखौटा लगाकर बहस की भूमि पर

खड़ा होता है, तर्क के ऊपर अपनी विजय के कारण यह लोगों को तर्क का परिष्कृत रूप दिखाई देता है, जिससे कुतर्क को सु-तर्क की प्रतिष्ठा भी मिलती। कुतर्क शोर प्रधान होता है, इसमें तर्क की संवाद स्थापित करनेवाली प्रवृत्ति नहीं होती। कुतर्क की शक्ति ही कथ्य में होती है, इसलिए लगातार बोलते रहना इसका स्वभाव है। कुतर्क के कथ्य रूपी एकालाप, प्रलाप, विलाप की तीव्रता और शोर इतना भीषण होता है कि इसमें तर्क के तथ्य और सत्य सुनाई ही नहीं पड़ते। इसलिए कुतर्क से निपटने का एकमात्र कारगर तरीका है 'मौन'। सो बेहतर है कि रामलाल के कुतर्क के जवाब में मुझे मुखर नहीं, मौन हो जाना चाहिए।

मुखर व्यक्ति जब मौन होता है, तब भी और मौन व्यक्ति जब मुखर होता, तब भी, वे समाज के आकर्षण और बदलाव का केंद्र होते हैं। सो लालरामजी घोर मौन में चले गए।

रामलालजी अपने बुजुर्गवार को मौन देखकर चिंता में पड़ गए, क्योंकि वे इस बात को जानते थे कि लालरामजी सच में इतने सब्रवाले हैं कि वे कब्र में भी सब्र से रामलाल की प्रतीक्षा करेंगे। इस भीषण विचार के आते ही रामलालजी ने अपने से छोटों को फुसफुसाकर आदेश दिया कि लालरामजी की कब्र खुदी रहे, उन्हें दिखती रहे, किंतु किसी भी कीमत पर लालराम को कब्र तक नहीं पहुँचना चाहिए, क्योंकि मैं इनसे बहुत प्रभावित हूँ, ये मेरे प्रेरणास्रोत हैं, ये जो करते हैं, मुझे वही करने की इच्छा होती है, ये जहाँ पहुँचते हैं, मैं वहीं पहुँचने को फड़फड़ाने लगता हूँ। इसलिए, कहीं ये कब्र में पहुँच गए तो मैं भी कब्र में पहुँच जाऊँगा। रामलालजी के इस कथन से परिवार के उनसे छोटे बुजुर्ग, जो रामलाल के रहते परिवार में सबसे बड़े बुजुर्ग के ओहदे को प्राप्त नहीं कर सकते अव्यक्त अपूर्व आनंद की आभा से लाल हो गए। उन्होंने विचार किया कि लालरामजी के विषाद और खिन्नता से उपजे इस मौन को आमरण अनशन की तर्ज पर मृत्युपर्यंत मौन में बदलने के लिए प्रेरित करना चाहिए, जिससे वे शीघ्र ही स्वयं के लिए खुदे हुए खड्ड में प्रतिष्ठित हों। लालराम समझ रहे थे कि रामलाल क्या कह रहे हैं, उन छोटे

बुजुर्गों से, क्योंकि उन्होंने भी अपने प्रेरणास्रोत बुजुर्ग को अभी तक उनके लिए खोदी गई कब्र में जाने से रोका हुआ है। अचानक लालरामजी ने देखा कि परिवार के कुछ सदस्य उनके लिए खुदे खड्डे की बगल में एक और खड्डा खोदकर तैयार कर रहे हैं। रामलाल के लिए अपने परिवार के ही कुछ लोगों को विषाद से भरा देख लालरामजी एक दिव्य आनंद की अनुभूति से भर गए।

कहानी में स्मरण रखने योग्य शिक्षा

1. सब्र का फल हर कोई चाहता है, किंतु कब्र का फल कोई भी नहीं चाहता।
2. जिसने सब्र किया है, वही उसके फल का आनंद उठाए यह आवश्यक नहीं, किंतु सब्र करनेवाले के परिजन अवश्य ही उसके फल का आनंद उठाते हैं।
3. आज का प्रेरणास्रोत कल की प्रतारणा का स्रोत होता है।
4. लाल को राम बनाने में नहीं, बल्कि राम के लाल होने में ही भलाई है।
5. हम अपनी कब्र अपने ही खोदते हैं।

6. कब्र खुदने और कब्र में दफनाए जाने के बीच का समय ही नर्क है। इसलिए अपनों को साधकर रखिए, ताकि वे आपके जीते जी ही आपकी कब्र न खोद दें।
7. कुछ लोगों के जीते जी हाथ जोड़ें या मरने के बाद वे दोनों ही सूरतों में आपके अकल्याण का कारण होते हैं।
8. अतीत और भूत में अंतर होता है। हमारे बुजुर्ग हमारा अतीत होते हैं, इन्हें भूत मत बनाइए, क्योंकि भूत कैसा भी हो, किसी का भी हो, हमारे भय और परेशानी का कारण होता है।
9. 'काल' का अर्थ समय भी होता है और मृत्यु भी, इसलिए अपनी उपलब्धियों को, सफलताओं को, सामर्थ्य को स्वयं की नहीं, समय की सौगात मानकर 'काल को याद रखिए,' क्योंकि काल को भूलने की सूरत में ये समय का सुदर्शन रूप छोड़ मृत्यु का भयंकर रूप धारण कर लेता है। परिणामस्वरूप हम सदा के लिए भुला दिए जाते हैं।

□

मनोविज्ञान के कुछ क्रांतिकारी सूत्र

1. बड़ी समस्या से निपटने का सबसे सरल उपाय है, किसी छोटी समस्या को उससे बड़ा और खतरनाक सिद्ध कर दीजिए। इससे हमारा ध्यान उस बड़ी समस्या से हटकर कहीं और केंद्रित हो जाएगा, जिससे वह हमें दिखाई नहीं देगी। किसी चीज का दिखाई न देना अमूमन उसके न होने का प्रमाण होता है, भगवान् और भूत को छोड़कर। इस सूत्र को मनोविज्ञान की भाषा में डायवर्टिंग अटेंशन (भटक-भटका) कहा जाता है।

   इसका लाभ—आपकी मूल समस्या जस की तस बनी रहेगी, जिसका इस्तेमाल आप अपनी सुविधानुसार भविष्य में फिर से कर सकते हैं।
2. अपनी असफलता के अपयश से बचने का आसान तरीका है, किसी और की असफलता को चर्चा का केंद्र-बिंदु बना दीजिए।
3. यदि परिवार में कोई आपकी वर्तमान कार्यप्रणाली पर सवाल खड़ा करे, तो आप उसे संतुष्ट करने का प्रयास मत कीजिए और न ही आपको अपनी कार्यप्रणाली में संशोधन करने की आवश्यकता है।

आप तो बस होशियारी से अपने दादाजी की कार्यप्रणाली पर प्रश्नचिह्न लगा दीजिए। घर के पचहत्तर प्रतिशत लोग वर्तमान की सभी कठिनाइयों का कारण दादाजी को मानते हुए उन्हें दोषी और आपको दया की

दृष्टि से देखना शुरू कर देंगे। 'बहुमत की आवाज सत्य की आवाज होती है' वाला सिद्धांत आपकी रक्षा कर लेगा। आप सत्य के धर्मध्वजा वाहक बन जाएँगे, 'सत्य पीड़ित हो सकता है, किंतु पराजित नहीं', का भाव परिवार जनों को अकल्याण में भी कल्याण देखने की दिव्यदृष्टि से संपन्न कर देगा। आपकी जय जय हो जाएगी।

4. यदि आप दबंग और शेरदिल इनसान की छवि होने के बाद भी पड़ोसी से पिटकर आए हैं, तो इसे मुँहतोड़ जवाब दीजिए। स्मरण रखिए, मुँहतोड़ का अर्थ मुँह को तोड़ देना नहीं, मुँह से तोड़ देना होता है। आप निम्नलिखित वाक्यों को भाव से उच्चारित कीजिए आप देखेंगे कि ये जादू के जैसे आपकी दबंग शेरदिल छवि को बरकरार रखेंगे। विश्वास कीजिए, शब्द में शक्ति होती है, बशर्ते वे शिद्दत से बोले जाएँ।

जादुई वाक्य

1. बेटा जितनी तुमाई उमर है, उतनी हमाई कमर है।
2. इतनी गोली चले हैं के छर्रा बीनत बीनत करोड़पति हो जै हो।
3. हमें चीन लो (पहचान लो), हम मार हैं कम और खचोर हैं (घसीटेंगे) ज्यादा।
4. बेटा सज के आए हो, मनो बज के जै हो।
5. कान खोलकर सुन लोऽऽऽ हफ्तों गोली चलहें और मईनों (महीनों) घर के बीन हैं।
6. छोटे...हम मार हैं ऐंक कें तुम रो हो बैठ के।
7. को का कह रओ कह रओ सो रह नहीं रओ।
8. निबुआ (नींबू) सो मों (मुँह) मीड़ देहैं, सो बीजा से दाँत बाहर निकर आ है।

5. यदि कोई परिजन आपसे व्यावहारिक हित या जमीनी सच्चाई की बात करे और आपको सवालों के घेरे में खड़ा कर दे, तो घबराइए

नहीं। उसकी बात को भावनात्मक मोड़ दे दीजिए। भावना वह ब्रह्मास्त्र है, जो जमीनी सच्चाई को हवा में उड़ाकर उसके चीथड़े बिखेर देता है। भावना ऑल्वेज रूल्ज ओवर व्यवहार।

6. यदि आप घर के मुखिया हैं और किसी कारणवश आप परिवार की प्रगति नहीं कर पा रहे हैं या लेट-लतीफी का आप पर आरोप लग रहा है, तो निराश मत होइए। एक बार ट्रेन में बैठने के बाद कोई भी यात्री ट्रेन छोड़कर नहीं भागता। रुकी हुई रेल के यात्रियों से अधिक विश्वासी और आशावान संसार में कोई और नहीं होता। रुकी हुई ट्रेन के यात्री सबसे अधिक समझदार, अकोमोडेटिंग होते हैं। वे समय बिताने के लिए करना है कुछ काम, शुरू करो अंताक्षरी लेकर प्रभु का नाम से अंताक्षरी खेलकर, पत्ते खेलकर, एक-दूसरे का नाश्ता खाते हुए, अब चलेगी, अब चलेगी की घोषणा करते हुए समय काट लेते हैं।

रेल के रुक जाने से सिर्फ कुछ छोटे बच्चे ही रोते-चीखते हैं, जिससे उनके माँ-बाप को चिंता और चिढ़ पैदा होती है। जिसे बाकी के यात्री—'ये बच्चे हैं, उनको क्या मालूम, ये समझते नहीं हैं', कहकर क्षमा कर देते हैं। सर्वाधिक महत्त्वपूर्ण बात यह है कि ट्रेन के लेट होने की सूरत में सभी यात्री इसका दोष सिस्टम को देते हैं, इंजन ड्राइवर को नहीं। ये आपके लिए सर्वाधिक अनुकूल स्थिति है। इसमें आपकी प्रतिष्ठा की रक्षा यात्री स्वयं करते हैं। आप भले ही रेल चलाना न जानते हों, लेकिन आप यात्रियों के शक के दायरे से बाहर रहेंगे, क्योंकि सिस्टम लायकी और नालायकी का अद्‌भुत मिश्रण है। ट्रेन का लेट होना इसकी नालायकी है और आपकी नियुक्ति इसके लायक होने का प्रमाण। सो आप आनंद करें, बस बीच-बीच में हॉर्न बजाते जाइए, इससे यात्रियों का उत्साह बना रहेगा।

7. यदि आप बिना शिकार किए बेहतरीन जाँबाज शिकारी के नाम से विख्यात हैं और आपकी प्रतिष्ठा खतरे में पड़ गई है तो इस नियम को अच्छे से याद कर लीजिए—

यदि अच्छे शिकारी किसी कारणवश शेर का शिकार नहीं कर पाते, तो पहले वे गीदड़ को शेर बनाकर प्रतिष्ठित करते हैं। फिर गीदड़ को शेर की मौत मारते हैं। इससे उनकी श्रेष्ठतम शिकारी होने की प्रतिष्ठा बची रहती है, क्योंकि वे इस सत्य से भलीभाँति परिचित होते हैं कि संसार यह देखकर प्रभावित नहीं होता कि शिकारी ने कैसे शिकार किया ? बल्कि संसार इस बात को स्मरण रखता है कि शिकारी ने किसका शिकार किया ? शेर को गीदड़ की मौत मारना यदि उन्हें महानतम शिकारी की प्रतिष्ठा देता है, तो गीदड़ को गीदड़ की मौत मारना, उनकी प्रतिष्ठा को धूमिल कर उन्हें गीदड़ के स्तर पर खड़ा कर देता है।

स्मरण रखने योग्य तथ्य—

1. यदि आप शेर हैं तो गीदड़ से मत उलझिए, इससे आपकी प्रतिष्ठा को खतरा है।

2. यदि आप शेर हैं, तब भी शेर से मत उलझिए, इससे आपकी जान को खतरा है।

एक अंतिम मनोवैज्ञानिक सत्य, जिसका पालन आपके लिए कल्याणकारी होगा। आजकल व्यक्ति के कद का अंदाजा उसके दोस्तों को देखकर नहीं, उसके दुश्मनों को देखकर लगाया जाता है। जितना बड़ा आपका दुश्मन, उतने बड़े आप। इसलिए अपने से छोटे आदमी को अपना दुश्मन मत बनाइए, इससे वह छोटा आदमी बड़ा हो जाएगा और आप बड़े होते हुए भी बहुत छोटे इनसान माने जाएँगे। इति सिद्धम्।

□

यश और राज की दीवार

पुलक पिचोरी उर्फ पप्पू महाराज और गुलक पिचोरी उर्फ गप्पू महाराज, दोनों सौतेले भाई थे। इनकी माँ एक थी, किंतु पिता अलग-अलग थे। लेकिन इन दोनों के बीच प्रेम सगे भाइयों से भी बढ़कर था। इसका श्रेय इनकी माँ को जाता था, वह दोनों से ही बहुत प्यार करती थी। बचपन में घटी एक खतरनाक घटना ने एक जैसे संस्कार मिलने के बाद भी इन दोनों भाइयों की विचारधारा में बड़ा भारी अंतर खड़ा कर दिया था। पप्पू जब छोटे थे तो कुछ जबर लोगों ने जबरन पप्पू को पकड़कर उनके हाथ पर 'मेरा बाप चोर है' लिख दिया था, जबकि ऐसा था नहीं। इस अपमान की पीड़ा ने पप्पू के बालमन को आक्रोश से भर दिया, जिससे वे बड़े होकर ऐंग्री यंग मैन बन गए। पप्पू इस जबरिया चिपकाए गए टेटू को छिपाने के लिए अधिकतर फुल बाँह की शर्ट पहनते थे, तो गप्पू अपने जबरदस्त शरीर को दिखाने के लिए हाफ आस्तीन के कपड़े धारण करते थे। पप्पू अखाड़ेबाजी के उस्ताद थे तो गप्पू आँकड़ेबाजी में महारथी थे। एक गणित बनाने में माहिर था तो दूसरे को गणित बिगाड़ने में मास्टरी थी।

पुलक पिचोरी उर्फ पीपी, उर्फ पप्पू महाराज—अखाड़ेबाजी के कारण भीषणवीर थे, तो गुलक पिचोरी उर्फ जीपी, उर्फ गप्पू महाराज—आँकड़ेबाजी के कारण भाषणवीर की ख्याति से लब्ध थे।

पप्पू अपनी मम्मी के साथ रोज मंदिर जाते, लेकिन मंदिर के अंदर नहीं जाते, वे सीढ़ियों पर ही मम्मी का इंतजार करते, क्योंकि पप्पू नास्तिक थे।

गप्पू आस्तिक थे, लेकिन कभी मम्मी के साथ मंदिर नहीं जाते। पप्पू बागी थे तो गप्पू त्यागी थे। इन दोनों बच्चों की अलग–अलग विचारधारा के कारण मम्मी की बड़ी फाँसी थी। वे कभी गप्पू की चिंता से त्रस्त हो जातीं, तो कभी पप्पू की चिंता में पस्त हो जातीं।

दोनों ही सिंगल थे, जबकि मम्मी उनको डबल करना चाहती थीं, लेकिन दोनों ही बच्चे 'मुझे बहू मत दीजिए, मुझे बहू मत दीजिए' की जोरदार आवाजें लगाते हुए मम्मी को केंद्र में रखकर घूमते रहते, जिससे मम्मी कन्फ्यूज होकर बच्चों की बहू मत देने की बात से प्रभावित होकर उन दोनों को बिना बहू के रहने देतीं।

दोनों बेहद परिश्रमी थे, हमेशा भागते रहते, लेकिन एक समस्या से दूर भागता था तो दूसरा समस्या की ओर भागता था। एक का गोल (लक्ष्य) ही बोल था, तो दूसरे का बोल ही गोल था।

पुलक टारगेट पर तीर मारने का अभ्यास करते, लेकिन तमाम अभ्यास के बाद भी तीर निशाने पर नहीं लगने से वे उदास रहने लगे और गुलक टारगेट को भेदने में नहीं, बल्कि अंधाधुंध तीर चलाने में विश्वास करते थे, इसलिए जहाँ कहीं भी तीर लगता, वे उसे ही टारगेट कहकर गोला बना देते और तालियाँ बजाते हुए खुशी से झूम जाते। एक ही कोख में पलने के बाद भी पुलक और गुलक के स्वभाव का बड़ा भारी अंतर मम्मी को चिंता में डाले रहता। अपने बच्चों की प्रसन्नता के लिए मम्मी कभी पप्पू को पुचकारती तो कभी गप्पू को दुलारती।

पप्पू के साथ रहनेवाली मम्मी आजकल गप्पू के घर अपने मंदिर के साथ रह रही थीं। इससे उदास रहनेवाले पुलक और उदास हो गए और एक दिन गुलक के मुँह बोले भाई ने मम्मी के मिजाज और उनके उसूलों के विरुद्ध एक वक्तव्य जारी कर दिया, जिसकी भनक पड़ते ही पप्पू भड़क गए और फोन लगा दिया गप्पू को कि भाईऽऽ रिजाइन (साइन) करते हो या नहीं?

गप्पू ने कहा कि उस पुल के नीचे मिलो, जहाँ आज से पच्चीस साल

पहले हम लोगों ने अपनी जिंदगी की शुरुआत की थी।

पप्पू भिन्नाते हुए पहुँच गए। देखा, गप्पू पहले से ही पुल के नीचे गुर्राते हुए खड़े हैं।

पप्पू, "भाई तुमने दलहित-दलहित करके दल 'हित' के लिए, वर्ग की बात करके अच्छा नहीं किया। यह मम्मीजी के उसूलों के खिलाफ है। तुम साइन करते हो या नहीं?"

गप्पू, "उफ! तुम्हारे उसूल तुम्हारे आदर्श! क्या दिया तुम्हारे आदर्शों ने? दो वक्त की रोटी, सरकारी गाड़ी, सरकारी बँगला, मुट्ठी भर कार्यकर्ता, बस!

"मुझे देखो मुझे, आज से पच्चीस साल पहले हम दोनों ने इसी पुल से अपनी जिंदगी की शुरुआत की थी और आज क्या नहीं है मेरे पास? रुपए, नौकर-चाकर, बैंक बैलेंस, बँगला, गाड़ी, अगाड़ी, पिछाड़ी। पत्रकार से लेकर चित्रकार तक और कलाकार से लेकर मक्कार तक। सबकुछ है और क्या है तुम्हारे पास?"

पप्पू, "मेरे पास माँ के उसूल हैं, उनकी दी गई शिक्षा है।"

गप्पू, "और मेरे पास खुद माँ है, उसका मंदिर है।"

धेंन तिडेंनऽऽऽ ढमढमढमढम ढम! (म्यूजिक पीस)

पप्पू, "भाईऽऽऽ तुम साइन करते हो या नहीं?"

पप्पू अगेन, 'ह' अक्षर का लोप करते हुए बोले, "भाई दलहित की बात करना माँ के साथ धोखा है। तुम साइन करते हो या नहीं?"

गप्पू, "जाओ, पहले उस जनगणना अधिकारी का साइन लेकर आओ, जो जनसंख्या करते समय अपने फार्म में हमारी जात, वर्ग, वर्ण, धर्म का उल्लेख करता है।

"जाओ पहले उस चुनाव अधिकारी का साइन लेकर आओ, जो निर्वाचन का फार्म जमा करने के लिए हमसे हमारी जात, वर्ण, वर्ग, धर्म, अगड़ा-पिछड़ा, एस.सी., एस.टी., ओ.बी.सी. का कॉलम भरने के लिए कहता है।

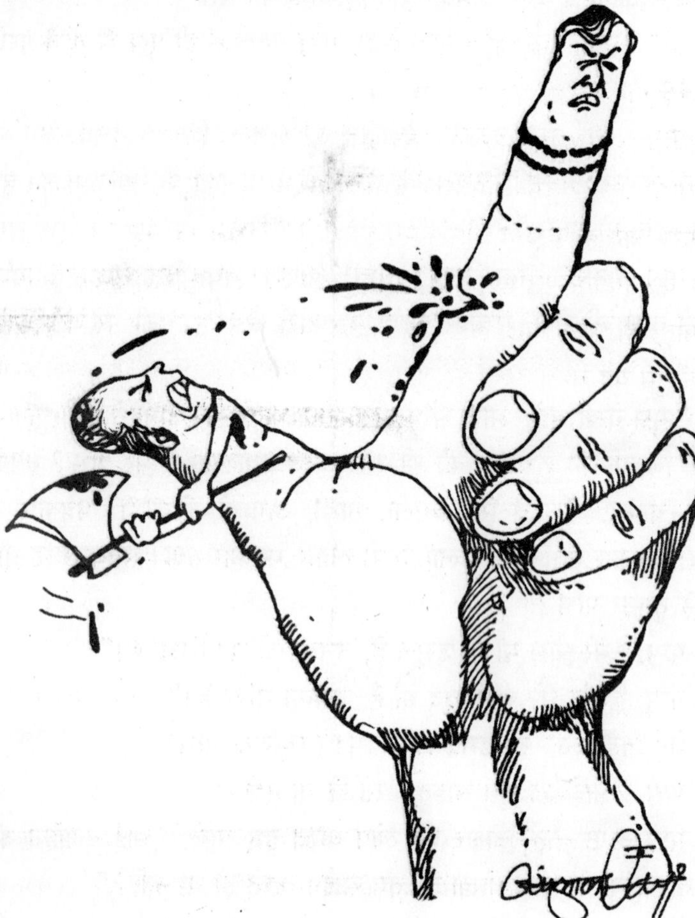

"जाओ पहले उस राशन कार्डवाले का साइन लेकर आओ, जो हमारी अमीरी रेखा, गरीबी रेखा, जात, धर्म, वर्ग, वर्ण की बात करता है।

"जाओ पहले हमारा विधान लिखने वालों का साइन लेकर आओ, जिन्होंने जात, वर्ण, वर्ग, धर्म, अगड़ा-पिछड़ा, एस.सी., एस.टी., बी.सी., ओ.बी.सी. को हमारे विधानग्रंथ में डिफाइन किया है।

"जाओ पहले उस आदमी का साइन लेकर आओ, जिसने जबरदस्ती तुम्हारे हाथ पर मेरा बाप चोर है लिख दिया था। इसके बाद तुम जिस कागज पर कहोगे, मैं उस कागज पर साइन कर दूँगा भाई।"

(पिन ड्रॉप साइलेंस नो म्यूजिक–ओन्ली हेवी साँसों की आवाज)

पप्पू बोले, "भाई! तुम्हारे दलहित की धोषणा, जिसमें 'ह' साइलेंट है, तुष्टीकरण का ही रूप है और तुमने हमेशा माँ के सामने मुझ पर एक वर्ग विशेष के तुष्टीकरण करने का आरोप लगाकर अपमानित किया है और मुझे मातृद्रोही तक सिद्ध कर दिया। अब वही बात तुम कर रहे हो भाई, जबकि तुम यह बहुत अच्छे से जानते हो कि किसी भी प्रकार का तुष्टीकरण जो वर्गविशेष के उत्थान के नाम पर किया जाता है, मूलतः वर्गविशेष के कल्याण के लिए नहीं, बल्कि स्वयं के लाभ के लिए किया जाता है। ये समाज हित के नाम पर स्वहित को सिद्ध करने की प्रक्रिया है। किसी को तुष्ट कर हम स्वयं पुष्ट होते हैं। तुष्टीकरण सुप्त को जाग्रत् करने के लिए नहीं, बल्कि जाग्रत् को सुप्त करनेवाला सुवासित इंजेक्शन है। यह औषधि के नाम पर बेचा जानेवाला मादक द्रव्य है।"

पप्पू की बात सुनकर गप्पू गुम हो गए और बोले, "तुम तो तुष्टीकरण की प्रकृति को बहुत अच्छे से समझते हो भाई।"

पप्पू ने बात काटते हुए कहा, "वह इसलिए, क्योंकि इस मादक द्रव्य का इस्तेमाल मैं वर्षों से कर रहा था। इसमें पहले शिष्ट व्यक्ति को रूष्ट किया जाता है, जब वह व्यक्ति अच्छे से रूष्ट हो जाता है, तब उसे तुष्ट किया जाता है, क्योंकि उसकी तुष्टी पर ही हमारी व्यक्तिगत पुष्टि और संतुष्टी टिकी होती है। माँ मेरी इस मक्कारी को समझ गई थीं, इसलिए वे मेरा घर छोड़कर तुम्हारे घर में, तुम्हारे साथ रहने लगीं। अब तुम भी वही गलती कर रहे हो, जो मैंने की थी, जिसका दुष्परिणाम आज मैं भुगत रहा हूँ। यदि माँ को इस बात का पता चल गया तो वह तुम्हारा घर भी छोड़ देंगी और मेरे घर आएँगी नहीं, उन्हें सड़क पर रहने के लिए मजबूर होना पड़ेगा, जहाँ हर पल उनकी अस्मिता, उनके मान, उनके शील पर खतरा मँडराता रहेगा। वे

रोज ही लुटेरों द्वारा लूटी जाती रहेंगी, फिर हम दोनों चाहकर भी कुछ नहीं कर पाएँगे।"

पप्पू की बात सुनकर गप्पू सोच में पड़ गए और स्वयं को संयत करते हुए बोले, "पप्पू तुम मुझे अपना दुश्मन मत समझो, हम एक ही माँ के बेटे हैं। क्या हुआ अगर हमारे पिता अलग हैं तो? भले ही हम सौतेले हैं, लेकिन हैं तो भाई ही न! पप्पू, याद रखो, तुम पप्पू नहीं, पुलक हो, जिसका अर्थ होता है पुलकित, प्रसन्न रहनेवाला और मैं गप्पू नहीं, गुलक हूँ, यानी गुलगुलानेवाला, जो लोगों को गुदगुदाने का काम करता है। हम दोनों का जन्म ही आनंदित और प्रसन्नचित्त रहने के लिए हुआ है। ये तो अपनी मम्मी ही हैं, जो बेचारी कभी तुम्हारे चक्कर में खुद पप्पू बन जाती हैं तो कभी मेरे चक्कर में गप्पू बनी घूमती हैं।"

"जब माँ, खुद पप्पू और गप्पू बनने के लिए तैयार बैठी हैं तो फिर तुमको या मुझको गप्पू-पप्पू होने जरूरत ही नहीं है। इसलिए अपना यह विषाद त्यागो और यथानाम तथागुण रहो। हम आपस में लड़ते रहते हैं, इसलिए मम्मी हमसे जुड़ी रहती हैं, क्योंकि हम उसके बुढ़ापे का सहारा हैं, इसलिए हमारी खुशी में ही वह अपनी खुशी देखती हैं। तभी वह कभी तुम्हारे घर चली जाती हैं और कभी मेरे घर चली आती हैं, अपने मंदिर को लेकर। जिस दिन हमने एक-दूसरे का विरोध बंद कर दिया, तब याद रखना, मम्मी हमारा सबसे बड़ा अवरोध होंगी। माँ अपने बच्चों के बीच बँटना नहीं चाहतीं, लेकिन यह बिल्कुल असंभव बात है। माँ को न चाहते हुए भी अपने हृदय के टुकड़े करने पड़ते हैं, क्योंकि वे इस व्यावहारिक सत्य को जानती हैं कि यदि वे बच्चों में बँटेगी नहीं तो फिर कटेगी या पिटेगी। और कटने-पिटने से कहीं बहुत अच्छा है बँटना। इसलिए माँ का हम दोनों के घर में से किसी एक के घर में बने रहना उनकी मजबूरी है, जिसे माँ स्वेच्छा का नाम देकर प्रसन्न रहती हैं।"

गुलक पुलक को प्रसन्न करने की नियत से गद्य छोड़ पद्य पर उतर आए, क्योंकि वे पद्य के दुखी व्यक्ति को प्रसन्न करने की शक्ति से भलीभाँति परिचित थे, वे भावुक होते हुए बोले—

"आधी मम्मी आपकी, और आधी मम्मी बाप की।
दाँव लगाना सीख लो तो सारी मम्मी आपकी॥"

गप्पू महाराज के नीतिपूर्ण वचनों से पप्पू महाराज प्रभावित ही नहीं, आश्वस्त होते हुए बोले, "यानी गप्पू ही पप्पू है और पप्पू ही गप्पू है?"

गप्पू ने इस अनगढ़ वाक्य को शास्त्रीय सूक्ति में बदलते हुए कहा, "सफल पप्पू, गप्पू कहलाता है और असफल गप्पू पप्पू के नाम से जाना जाता है।" फिर दोनों भाई समवेत स्वर में बोले, "हम दोनों एक ही सिक्के के दो पहलू हैं। इस सिक्के को सँभालकर रखना माँ की जिम्मेदारी ही नहीं मजबूरी भी है, क्योंकि बाजार में मम्मी नहीं, सिक्का ही चलता है।"

□

'G' की शक्ति

कल सुबह मेरे एक मित्र का फोन आया, बोले, "भाई, घर आओ। एक सिद्ध पुरुष के दर्शन करवाता हूँ।" प्रसिद्धि के इस दौर में जहाँ सिद्ध ढूँढ़ने से भी नहीं मिलते, मैं आनंद से भरा हुआ ठीक साढ़े दस बजे अपने मित्र के घर, उन विद्वान् पुरुष के सम्मुख था। वे पद्मासन लगाए हुए, अपनी आँखों को 'स्वयं की नाक की नोक पर' केंद्रित किए हुए ध्यानस्थ मुद्रा में बैठे थे। पच्चीस-तीस कॉमन फ्रेंड्स भी थे, सभी सावधान की मुद्रा में मेरुदंड को सीधा रखकर बैठे हुए थे। वातावरण में समुद्र की सी शांति थी, परिणामस्वरूप मेरे मित्रों ने मेरे हैलो का जवाब मात्र अपनी पलकों को झपकाकर दिया। पता चला कि ये वर्ग, वर्ण, जात-पाँत को न माननेवाले क्रांतिकारी पुरुष हैं। इन्होंने अर्थ, धर्म, काम, मोक्ष को ही नहीं—काम, क्रोध, मद, लोभ को भी साधा हुआ है। एक दिव्य स्मित उनके चेहरे पर स्थायी रूप से विराजमान थी। मेरे मित्र उनके संपर्क में पिछले दस वर्षों से हैं, किंतु वे सिद्धपुरुष कहाँ के हैं? क्या उम्र है? कहाँ तक पढ़े हैं? इसकी कोई भी पुख्ता जानकारी मेरे मित्र को नहीं थी। लेकिन उनके तपोनिष्ठ होने, हिमालय आदि में वर्षों साधना करने, उनके परम ज्ञानी होने के और उनसे जुड़ी विस्मयाभूत करनेवाली कई चमत्कारी कहानियों का उनके पास जखीरा था।

दिव्यता की आभा से दमकते हुए उस व्यक्तित्व की उम्र का मैंने अंदाजा लगाते हुए अपने मित्र से फुसफुसाते हुए कहा, "स्वामीजी करीब चालीस वर्ष के होंगे?" वे अभिभूत होते हुए बोले, "नहीं भाई, कोई कहता है कि सवा सौ

साल के हैं, कोई कहता है तीन सौ को पार कर चुके हैं और कुछ लोग तो बताते हैं कि इनकी उम्र मात्र सोलह वर्ष की है।" मैं चमत्कृत भाव से उन क्लीन शेव्ड चिरयुवा को फिर से देखने लगा। तभी मेरे मित्र ने आँखों के इशारे से उनके बाजू में बैठे हुए एक और स्थूलकाय विभूति की ओर इंगित करते हुए कहा, "भाई, ये ही इनकी सेवा में पिछले साठ साल से हैं।" अपने मित्र की अतार्किक, किंतु श्रद्धा और भक्ति से युक्त बात सुनकर मैं स्वयं भी अविश्वासपूर्ण श्रद्धा से झुक गया, मैंने महसूस किया कि मेरे दोनों हाथ स्वतः ही प्रणाम की मुद्रा में जुड़ गए। मुझे प्रणाम करता देख उन दोनों की चार चमत्कारी आँखें मेरी दो चमत्कृत आँखों से टकराकर छह हो गईं। उनकी आँखों के तेज और चेहरे के भाव से मुझे लगा, जैसे उन्होंने हम दोनों मित्रों की फुसफुसाहट में हुई पूरी बातचीत सुन ली है। मैं अपने द्वारा अनजाने में हुई अशिष्टता के अपराध-बोध से भर गया, क्योंकि पच्चीस-पचास लोग होने के बाद भी सभी उनकी अनुपम छटा के अनुशासन से बँधे, बिल्कुल शांत सम्मोहित से बैठे थे, माहौल में सुई पटक सन्नाटा था। यह सन्नाटा बिल्कुल वैसा ही था, जैसे किसी दिवंगत आत्मा के सम्मान में दो मिनट के मौन के समय होता है।

मैंने मित्र की तरफ इस भाव से देखा कि अब क्या करना है? सिर्फ दर्शन लाभ ही है या श्रवण का सुख भी मिलेगा? मित्र मेरे मन की बात

समझ गया और बहुत धीरे से बोला कि ठीक ग्यारह बजे बोलने का मुहूर्त है और तभी दीवार घड़ी ने टनटनाते हुए ग्यारह बजने की घोषणा की। घड़ी की आखिरी टन्न के बाद सिद्ध पुरुष ने अपने धीर-गंभीर स्वर में पहला शब्द 'ॐ' उच्चारित किया। ॐ के उच्चारण को सुनते ही उनके बाजू में बैठे स्थूलकाय भद्र पुरुष ने जोर से तालियाँ बजाना शुरू कर दिया, कुछ न समझते हुए हम सब भी तालियाँ पीटने लगे।

अपनी तेजवान दृष्टि उपस्थित जनसमुदाय पर डालते हुए वे दिव्य पुरुष बोले, "तुम लोग सभी बातों से ध्यान हटाकर मात्र 'G' पर ध्यान लगाओ। G बड़ा चमत्कारी शब्द है, यह 'ॐ' से भी ज्यादा पावरफुल है। G फॉर जिगर, G फॉर गॉड, G फॉर गुड्ज। अपना G यानी जिगर लगाओगे तो G यानी गॉड मिलेंगे, गॉड मिले तो गुड्ज अपने आप मिल जाएँगे। G फॉर गॉड को पाना इतना आसान नहीं है, इसके लिए तुम्हें 'S' फॉर साइलेंट होना पड़ेगा, तुम्हारा S फॉर साइलेंट होना ही 'T' फॉर तपस्या है। ऐसा नहीं है कि तुमने अपना ध्यान G पर नहीं लगाया है। तुम हमेशा ही अपना जिगर गॉड और गुड्ज में लगाए हो, लेकिन ऐसा क्या हुआ कि इसके बाद भी तुम S फॉर साइलेंट न होकर S फॉर शोर करने लगे? जिससे तुम्हारा 'T' फॉर तपस्या न होकर, T फॉर ट्रबल हो गया? ध्यान रखो, ब्रह्मांड में सिर्फ वन 'G' ही होता है, और तुम लोग उसे भूलकर कभी टू G, कभी थ्री G के चक्कर में पड़े रहे और उससे भी तुम्हारा मन नहीं भरा, तो अब फोर G के लपेटे में आ गए हो। तुम्हारे इसी शोर-शराबे और ट्रबल के कारण तुमको न तो G फॉर गॉड मिले और न ही G फॉर गुड्ज। एक और भूल तुमने की, जिस G को तुम्हें आगे लगाना चाहिए था, उसे तुमने ए-जी, ओ-जी, 2G, 3G, 4G करके पीछे लगा दिया। मेरे प्यारे बच्चो, G फॉर गॉड तो अपने आगे लगाने के लिए होता है, इसलिए आज से तुम सभी 'G' को आगे लगाओ तो तुम देखोगे कि तुम्हें S फॉर साइलेंस ही नहीं S फॉर शांति भी मिलेगी और तुम्हारा 'T' फॉर ट्रबल, T फॉर 'थ्रिल' में बदल जाएगा।

अपने देश में पत्नी अपने पति को बुलाने के लिए 'ओजी' की आवाज

लगाती है, जो आग्रह है, आदेश है। अब 'ओ' के पीछे लगे 'G' को उसके आगे करके देखो, तुम देखोगे कि वह चमत्कारी रूप से आशीर्वाद का रूप लेकर 'जीओ' हो जाता है। आसमान आशा पर नहीं आशीर्वाद पर टिका है। मेरा आशीर्वाद सदा तुम लोगों के साथ है, खूब 'जीओ' मेरे बच्चो। यह कहकर उन्होंने अपनी आँखें मूँद लीं और ॐ GST ॐ की ध्वनि के साथ वे गहरी समाधि में लीन हो गए। अचानक मेरे मित्र का घर साउंडलेस पटाखों की रोशनी से जगमगाने लगा, जिनकी रोशनी से हम सभी के चेहरे आलोकित होने लगे। हृदय हर्ष से भरा हुआ था, क्योंकि अब मन को त्राण से मुक्त करनेवाला बीजमंत्र डीकोड हो चुका था।

□

मकर संक्रांति नहीं, कर की क्रांति

मैं सुबह नहा-धोकर शिवजी को बेलपत्र चढ़ाकर घर लौटा ही था कि भाईसाहब मुझे बिल्डिंग के बाहर ही मिल गए। भाईसाहब का मिलना बिल्ली का रास्ता काटने के जैसा अपशकुन माना जाता था...अपशकुन को काटने के लिए शास्त्रों में बताई विधि के अनुसार, मैंने मुसकराकर उन्हें मकर संक्रांति की बधाई दी और उनके कल्याण की कामना की,

"भास्करस्य यथा तेजो मकरस्थस्य वर्धते।
तथैव भवतां तेजो वर्धतामिति कामये॥"

...भाईसाहब कुछ नहीं बोले सिर्फ निर्विकार भाव से मुझे देखते रहे, मुझे लगा कि मैंने कुछ कठिन भाषा का इस्तेमाल कर लिया, सो उसे और सरल करके और अधिक मुसकराकर, लगभग चापलूसी सी करते हुए उनसे कहा कि क्योंकि ये न्यूटन के गुरुत्वाकर्षण के नियम के जैसा निर्विवाद सत्य था कि भगवान् का दर्शन फले न फले, लेकिन भाईसाहब का दर्शन अवश्य कुफल देता था। मैं बोला, "भाईसाहब स्नान, दान, दया, धर्म एवं कर्तव्यपरायणता के पावन पर्व मकर संक्रांति की आपको हार्दिक शुभकामनाएँ।" भाईसाहब तीस सेकेंड तक मुझे घूरते रहे, फिर बोले, "बोल लिया, हो गई मंगलकामना या कुछ और कहना बाकी है? मकर संक्रांति का मतलब समझते भी हो या सियार के जैसे सबको हुआँ हुआँ करते देखकर तुम भी करने लगे?" मैं अंदर से हिल गया था, फिर भी साहस को बटोरते हुए कहा, "जी सूर्य देव आज धनु राशि से मकर राशि में प्रवेश कर रहे हैं, व दक्षिणायन से उत्तरायण हो रहे हैं,

जगत् एवं प्राणीमात्र के कल्याण के लिए, इस पवित्र संक्रमण काल को मकर संक्रांति कहा जाता है।"

भाईसाहब बोले, "मुझे शब्दार्थ नहीं भावार्थ बताओ, जब तक तुम शिवजी को पूजते रहोगे, तुम भिखारी ही रहोगे, ये भिखारियों का नहीं राजाओं का, सरकार का असरकारी पर्व है। तुमसे कितनी बार कहा कि विष्णुजी की पूजा करो तो ही लक्ष्मी तुम्हारे पास टिकी रहेंगी, तुम मिस मैच कर रहे हो, तुमको लगता है, विष्णुप्रिया लक्ष्मी खुशी-खुशी तुम्हारे इष्ट शिवजी के साथ टिकी रहेंगी। धनु राशि को तुम धनराशि मानो और मकर को तुम कर राशि मानो, सो सूर्य का धनु राशि से मकर राशि में जाना, दक्षिणायन से उत्तरायण जाने का मतलब है 'उ' धनराशि जो तुमने अभी तक दक्षिणा में कमाई है, मुझे कर राशि के रूप में प्रदान करो अन्यथा उत्तरायण-उत्तर दो। क्योंकि उ धन को मैं कर के रूप में लेकर जगत और प्राणी मात्र के कल्याण के लिए इस्तेमाल करूँगा, अन्यथा तुम्हारी संपत्ति तुम्हारे संक्रमण का कारण बनेगी और तुम्हारी कांति अर्थात् क्रांति नष्ट हो जाएगी। अब आ जाओ तुम्हारी स्नान, दान, दया वाली बात पर जिसका सीधा सा मतलब है कि अभी तक तुमने धन-संपत्ति रूपी गंगा में खूब स्नान कर लिया, अब 'दान और दया'

दिखाते हुए अपने धर्म और कर्तव्यपरायणता का परिचय दो, अन्यथा तुम्हारे जीवन में क्रांति आ जाएगी, यानी बवाल खड़ा हो जाएगा। यह त्योहार नहीं, 'पर्व' है, त्योहार में शुभकामनाएँ दी जाती हैं, पर्व में चेतावनी। तुमको जनवरी में ही आगाह कर दिया है कि मार्च तुम्हारे सर पर खड़ा है, अब 'उ' (उस) धन को जो तुमने अभी तक कमाया है, मेरे कर अर्थात् हाथ में रख दो, नहीं तो सूर्य के प्रखर होते ताप से तुमको कोई बचा नहीं सकता।

"और तुम ये संस्कृत, हिंदी ठोकना बंद करो, ये कोई चीन, जापान, फ्रांस, इटली नहीं है कि तुमसे तुम्हारी भाषा में ही कम्यूनिकेशन हो। यह भारत है, हम स्वार्थ नहीं परमार्थ की संस्कृति के पोषक हैं, यहाँ अपना नहीं दूसरे का दर्द, दौलत और दबदबा महत्त्वपूर्ण होता है। हम 'उधार ही उद्धार है' के मंत्र पर चलनेवाले उद्धारक हैं, हमारी इसी उद्धारक वृत्ति के कारण ही संसार हमें विश्व गुरु कहता है। तुम अपनी भाषा के प्रति आग्रही होकर हमारी छवि को विश्व में कलंकित मत करो। उदारता ही धार है, यही तो उधार है। इसलिए यह देश उधार पर चलता है, चाहे भाषा हो या पैसा, प्यार हो या व्यापार, संस्कृति हो या संपत्ति, सारे विश्व में जो भी श्रेष्ठ था, नियम-कानून से लेकर शिक्षा पद्धति तक, हमने सबका गटर्रा बना लिया है। संसार के कल्याण के लिए यदि हमें स्वयं का, स्वयं की संस्कृति का, भाषा का, शिक्षा का पतन भी करना पड़े तो वह कल्याणकारी है।" और भाईसाहब ने मेरे सारे तिल और गुड़ के लड्डू, जो मैं अपने परिवार के लिए लेकर आया था, मुझसे ले लिये और मुसकराते हुए अंग्रेजी में मुझसे कहा, "Thank you so much for sweets. Wishing you a very happy Makar Sankranti." and he left...

□

मुरलीमनोहर श्यामबिहारी उर्फ बड्डे

मुरलीमनोहर श्यामबिहारी उर्फ बड्डे विकट दर्शनशास्त्री थे, लेकिन रुकिए... बड्डे के दर्शनशास्त्र में घुसने से पहले आप सभी का थोड़ा सा परिचय बड्डे से करवाना आवश्यक है, क्योंकि बड्डे में घुसे बिना उनके दर्शन में घुस पाना असंभव है।

बड्डे सभी ज्ञात-अज्ञात विद्याओं के ज्ञाता हैं, बड्डे वे व्यक्ति हैं, जिनके पास संसार के सभी चित्र, विचित्र, अतिविचित्र रहस्यों के जवाब हैं। ये गूढ़ पुरुषों से लेकर मूढ़ पुरुषों तक सभी की विस्तारित जिज्ञासा का निस्तार करते हैं। संक्षेप में आप यह मान लें कि ब्रह्माजी यदि बालभारती हैं तो बड्डे उनकी कुँजी।

उनका नाम मुरलीमनोहर परिवार ने कुंडली देखकर रखा था, तो उनके नाम में श्यामबिहारी को जोड़ने का कृत्य संसार ने उनकी मंडली को देखकर किया था।

बड्डे सूर्य के प्रकाश में गाँव के किसी भी व्यक्ति को दृश्यमान नहीं होते थे, किंतु जैसे ही सूर्य अमरीका को प्रकाशित करने के लिए चला जाता, वैसे ही बड्डे भारतभूमि पर दृष्टिगोचर होने लगते। प्रतिदिन शाम को ही घर से बाहर निकलने या गाँव की गलियों में विहार करने के कारण गाँव के लोग उनको शामबिहारी कहने लगे, यानी जो सिर्फ शाम को ही विहार करे वह शामबिहारी।

बड्डे शारीरिक और वाचिक दोनों रूपों में दबंग थे, सूर्यास्त के बाद गोधूलि बेला में वे पाँवसवारी अपने घर से निकलकर पूरे गाँव का चक्कर

लगाते हुए अपने सिद्ध ठिए हल्के टी स्टॉल पर पहुँचते, उस दौरान रास्ते में मिलनेवाले अधिकतर लोग उनको दोनों हाथ जोड़कर मुरलीमनोहर कहते हुए उनसे नमस्ते, दुआ सलाम करते प्रत्युत्तर में बड्डे एक हाथ उठाकर श्यामबिहारी कहते हुए आगे बढ़ जाते।

टी-स्टॉल का मालिक हल्के उनकी बुआ का लड़का था, हल्के परम पुरुषार्थी था। उसके पास देश-दुनिया की पूरी खबर रहती थी, हर खबर हल्के के ज्ञान में इजाफा करती, लेकिन साथ ही हल्के के हृदय में व्याप्त द्वंद्व को और घना कर देती।

हल्के अपने हृदय के सभी भ्रमों को संध्याकालीन सत्र में बड्डे के समक्ष रख देता और बड्डे रात डेढ़-दो बजे तक उसके सभी भ्रमों का निवारण करते। अगले दिन हल्के फिर नए भ्रमों के साथ चाय बनाता हुआ बड्डे की प्रतीक्षा करता।

गाँव में इन दोनों को श्रीकृष्ण और अर्जुन की जोड़ी के जैसा देखा जाता था। इनके बीच घटित होनेवाली चाय पर चर्चा वहाँ उपस्थित जन-समुदाय के लिए महाभारत युद्ध में दिए गए गीता ज्ञान के जैसी होती।

हल्के जिज्ञासु होने के साथ-साथ परम कुतर्की व दौंदा-पेली में विश्वास रखनेवाला भी था, जिसके निदान के लिए बड्डे को यदा-कदा अपना दिव्य स्वरूप भी दिखाना पड़ता था, वे हल्के की माँ, यानी अपनी बुआ का तीव्रता के साथ स्मरण करते हुए उनको विभिन्न उपमाओं से अलंकृत करते, हल्के की सहोदरा (बहन) की महिमा का खंडन भी करते, बात समझ न आने पर कभी-कभी संपूर्ण परिवार का वाचिक मान मर्दन कर देते, चरण पादुकाओं (जूता) का भय दिखाते, वे हल्के को स्पष्ट करते कि बड्डे के चरण (लात) या उनकी चरण पादुकाएँ हल्के के शरीर के किन-किन हिस्सों का स्पर्श करेंगी और हल्के के शरीर के उन हिस्सों की क्या गत होगी।

बड्डे की बात न मानने की सूरत में बड्डे के द्वारा किए जानेवाले लितयाई रूपी दिव्य संस्कार की कल्पना मात्र से हल्के सिहर जाते और तत्काल हथियार डाल देते, उनका सारा भ्रम छू-मंतर हो जाता।

गाँववालों का मानना था कि दिव्य स्वरूप के दौरान बड्डे के मुख से फूटनेवाली गाली-गलौज में कबीर, तुलसी, रहीम, रसखान के दोहों से भी

अधिक शक्ति थी, मनुष्य को सहमत और सरेंडर करने का जो काम महान् संतों के 'प्रवचन' नहीं कर पाते थे, वह काम बड्डे के मुख से उद्भाषित 'दुर्वचन' पल भर में कर देते थे।

मुरलीमनोहर श्यामबिहारी उर्फ बड्डे भीषण पाचक भी थे, मरे-गड़े की तेरहवीं हो या किसी का शादी-ब्याह, बड्डे पंगत की शुरुआत में आसन जमाते और अंत तक अन्न के साकार स्वरूप को निराकार में रूपांतरित करते रहते, भोजन पक्का होना चाहिए, माने 'पुड़ी' वह भी देसी घी की...उनका अटल सिद्धांत था—

"चार चौकड़ी (एक साथ चार पुड़ी चार बार)
तीन-तीन तिनवा (माने, तीन पुड़ी एक साथ वह भी तीन बार)
पुनी दोई, पुनी दोई, पुनी दोई (दो-दो पुड़ी को तीन बार परसा जाए)
अगर पड़ें घीयू (घी) के बूँद, तो फिर उड़ें झुंड-के-झुंड।"

उनकी जठराग्नि की महिमा, उसकी शक्ति के आगे पूरे गाँव ने यह नियम बना लिया था कि यदि किसी विधि-विधान में 11, 13, 21 या 25 ब्राह्मणों को बुलाकर भोजन कराना है तो मात्र बड्डे को जिमाकर यह विधान पूरा हो सकता है।

गोधूलि वेला में बड्डे घर से निकले और अपने कुरुक्षेत्र, अर्थात् हल्के टी-स्टॉल की ओर बढ़े चले जा रहे थे। टी-स्टॉल पर पहुँचे तो वहाँ पहले से ही बड्डे के परममित्र परसु पटेल, छिंगे मराज, गुड्डन गुरु मौजूद थे। सभी ने बड्डे को देखकर बारी-बारी से प्रेमपूर्वक 'मुरलीमनोहर जय सियाराम' का नारा लगाया और बड्डे ने भी सभी को रुतबे के साथ श्यामबिहारी राधे-राधे कहते हुए जवाब दिया।

हल्के ने चाय के भगोना में अपनी करछुली छोड़ी और लपककर बड्डे के चरण स्पर्श किए और वापस करछुली चलाने लगा। चाय में दो उफान देने के बाद चाय छानकर बड्डे को देते हुए बड्डे से पूछा, "हमें जा बताओ बड्डे, जे बड़े भाई को अन्ना क्यों कहा जाता है? इसका क्या अर्थ होता है? आप अगर इस गूढ़ तथ्य पर प्रकाश डाल देते तो बड़ी कृपा होती।"

बड्डे ने गरम चाय को ठंडी करने के लिए फूँक मारते हुए कहा, "जा में कछु ज्यादा सोचबे की जरूरत नहीं है। वाल्मीकिजी के मरा को सिद्धांत है।"

बड्डे के कथन से सभी सोच में पड़ गए कि बड्डे क्या कहना चाहते हैं?

बड्डे ने इमरान खान के जैसा एक लुक दिया, जो वह बल्लेबाज को बोल्ड करने के बाद देता था।

फिर इरफान खान के जैसे हवा में देखते हुए बोले, "उलट-पलट"।

फिर दिलीप कुमार के जैसा एक लंबा पॉज लिया और चाय में फूँक मारते हुए बोले, "उमर में बड़े लोग हमेशा हर काम के लाने छोटों को नाहीं करते हैं, वे नान्ना, नान्नाऽऽ कहते रहते हैं, जो लगातार कहने पर अन्ना-अन्ना सुनाई पड़ता है, इसलिए छोटे उनखों 'अन्ना' कहन लगे, जो ना ना करे बो अन्ना।"

"कछु साल पहले पूरो देस एक सुर में ना-ना, ना-ना कर रओ थो, जे भी ना-ना, वो भी नाना और सबई एक-दूसरे के बड़े भाई हो गए थे और एक-दूसरे खों टोपी पहनान लगे थे।"

हल्के ने आपत्ति दर्ज करी, बोले, "बड्डे, जो बड़े होते हैं, वो ही तो हाँ भी कहते हैं? यानी अन्ना मतलब ऐसा बड़ा भाई, जो सिर्फ ना-ना करे?"

बड्डे ने कहा, "अब तुम सब हाँ-हाँ बोलो लगातार और हमें बताओ क्या सुनाई पड़ता है?"

पूरे टी-स्टॉल पर हाँ-हाँ-हाँ-हाँ शुरू हो गई, बड्डे इत्मिनान से चाय पीते रहे।

तभी छिंगे मराज बोले, "बड्डे, लगातार हाँ-हाँ कहने पर जे आँहाँ आँहाँ सुनाई पड़ता है।"

बड्डे ने गुड्डन से पूछा, "आँहाँ का मतलब क्या है?"

गुड्डन गुरु बोलते, इससे पहले ही हल्के बोले, "आँहाँ का मतलब भी नाहीं करना होता है।"

बड्डे ने सूत्र तोड़ते हुए कहा, "तो समझ गए, जिसकी हाँ में भी ना हो वो अन्ना, माने बड़ा भाई।

जे संसार 'उलटा-सीधा एक समान' के सिद्धांत पर टिका है, और उसी

से चलता है। अब जे मनुष्य के ऊपर है कि बो किसको सीधा माने और किसखों उलटा।'' और अचानक बड्डे ने एक प्रश्न और दाग दिया कि मोन माने क्या होता है ?

गुड्डन गुरु ने कहा, ''चुप, चुप्पी, शांति।''

वे बोले, ''चुप या शांति का उलटा क्या होता है ?''

छिंगे मराज बोले, ''बोलना, मुखर होना या शोर।''

बड्डे बोले, ''साबास, सो मोन को उलटो का भओ ?''

परसु पटेल ने कहा, ''नमो...''

बड्डे ने इस सूत्र को और उघाड़ते हुए कहा कि सन 14 के पहले आदमी मोन-मोन चिल्ल्याउत हतो, अब नमो-नमो कह रओ है।

मोन और नमो ये दोनों क्रियाएँ एक ही सिक्का के चित्त और पट्ट हैं।

माने जब बाहर की चेतना अंदर पिड़ जाउत है तो आदमी मोन हो जाता है, और जब अंदर पिड़ी भई चेतना बाहर खों ठोकर मारत है, तब बा नमो कहलाता है।

तभी तुम देखना हर मंत्र में ओम् नमो भगवते, ओम् नमो नारायन, ओम् नमोशिवाय आता है।

इन मंत्रों के जाप से मनुष्य के अंदर पिड़ा हुआ भगवान् बाहर निकल आता है।

हल्के को उनका यह तर्क कुछ अजीब सा लगा, हल्के की आँखों में अपने लिए आंशिक असहमति देख बड्डे ने पुनः बोलना शुरू किया। वे बोले कि जे संसार गुणवाचक है, मनुष्य के जो गुण होत हैं, बेई उसके नाम हो जाते हैं या जो नाम होता है, बई के मुताबिक ओ में गुण आ जाते हैं।

बड्डे बोले कि देखो भाई, हम खेतखन्ना के आदमी हैं, तुमोरों घाईं जादा पढ़े-लिखे नई हैं। ब्रह्माजी को अपनो हिसाब-किताब है ओखों समज बे के लाने हम जो अल्ट-पल्ट फारमुला सिद्ध करे हैं, सो सीधो गणित है, जे की धक रई होय समझ लो ओकी फुकबे वाली है। आदमी की जात बड़ी विचित्र है, जो धक्का देके स्टार्ट करत है, बोई धकया के अलग भी कर देत है। प्रकृति को नियम है, जे साल ज्यादा गरमी पड़त है, बा साल बिट्टयाके के बरसात होत है।

कहने का मतलब है कि जो ज्यादा चमक रहा हो, समझ जाना कि बो चटकने वाला है। इसलिए हमाइ सलाह है कि कोई खों चमकता देख के अपन खों चमकने नी जरूरत नई है।

सूरज तपत है मनो जलत नई है, और आदमी जलत है मनो तपत नई है।

सो आदमी की जलन खों उसकी तपन, उसका ताप, उसका प्रताप मानने की गलती मत करना। तप और ताप में अंतर है, जे एक नई हैं, अपन लोग मूरख की जात हैं, सो आदमी के ताप खों उसका तप मान के उसके चरणों में लोट जाते हैं। लेकिन याद रखो, तप संसार खों प्रकाशित करता है और ताप संसार खों जलाकर राख कर देता है। इसलिए तपे भय आदमी खों तपस्वी मत मान लेना।

नए साल में कछु देना चाहिए तो हमने सोची कि शुभकामनाओं के साथ तुम लोगों खों सद्विचार चार भी दे दें, ताकि तुम्हारा 2017 कैसउँ गया हो, मनो 2018 तो सँभल जाए।

और छिंगे, गुड्डन, परसु तुम लोग ज्यादा नमो–नमो का जाप ना करो, नहीं तो बो फिर से पलट के मोन हो जाएगा। फिर हमसे ना कहना कि बताया नहीं ?

भक्त का जाप तारक भी होता है और मारक भी होता है। अगर सुखी रहना चाहते हो तो होशियारी से जाप करो।

जरूरत से ज्यादा जाप भगवान् को रिलेक्स और निश्चिंत कर देता है, वे फिर भक्त पे ध्यान नहीं देते। लेकिन जब जाप कम हो जाता है, तब भगवान् को चिंता होती है कि क्या गलती हो गई कि लोग हमें कम जप रहे हैं ? फिर वे ऐक्टिव होते हैं।

सीधा नियम है, भगवान् चिंता में रहें तो भक्त निश्चिंत रहता है।

और कहीं तुमने ज्यादा जाप करके भगवान् को निश्चिंत किया तो समझ लो बेट्टा, कि तुमको फिर जिंदगी भर चिंता में घूमना पड़ेगा, और चिंता से भरे हुए ही सीधे चिता पर धर दिए जाओगे।

हल्के जो अभी तक विस्मय से बड्डे को देख रहा था, उसने अपनी चाय की छन्नी को एक तरफ फेंका और जोर से चिल्लाया, ''मुरलीमनोहर श्यामबिहारी अलख निरंजन जय सियाराम!''

□

मौन मुस्कान की मार

मैं बेहद उत्साह से भरा हुआ घर से निकला, आज हिंदू नववर्ष का पहला दिन था और पहले दिन ही मुझे वह ऑफर मिला, जिसके लिए मैं घनघोर प्रयास के साथ मन-ही-मन प्रतीक्षा भी कर रहा था।

घर से निकलते ही मुझे सबसे पहले भाईसाहब के दर्शन हो गए। ना-ना वे मेरे सगे भाई नहीं हैं और ना ही सौतेले हैं, ये वे भाईसाहब थे, जिन्होंने अपने सद् आचरण से नहीं, बल्कि सर्वत्र विचरण से हमारे पूरे मुहल्ले पर जबरदस्ती अपना भाईसाहबपन लादा हुआ था।

उद्‌देश्यहीनता से प्रेरित इस भटकती हुई आत्मा का किसी भी उद्‌देश्य प्रधान व्यक्ति को स्वयं में अटका लेना ही प्रमुख उद्‌देश्य होता था।

उनके साथ उनकी पत्नी भी थीं, जो हमेशा ही उनसे करीब दस-पंद्रह फीट पीछे चला करती थीं, जिन लोगों को भाईसाहब के वैवाहिक स्टेटस की जानकारी नहीं थी (जिसे वे देना भी नहीं चाहते थे।) उनके लिए भाईसाहब सिंगल केन मिंगल थे, लोगों को लगता कि भाईसाहब में ग़जब का आकर्षण है जो यह महिला भाईसाहब की मोहिनी से बँधी हुई उनका पीछा करती रहती है, जबकि भाईसाहब को उसमें रत्ती भर भी इंट्रेस्ट नहीं है।

और जिनको जानकारी थी, उनके लिए भाईसाहब का जवाब होता था कि स्त्री व्यक्ति नहीं, सत्ता और सम्पत्ति के जैसी होती है, सफल लोग सत्ता और संपत्ति के पीछे नहीं भागते, बल्कि सत्ता और संपत्ति सदैव सफल आदमी का पीछा करती हैं, इसलिए यह कहा जाता है कि हर सफल आदमी के पीछे

एक औरत होती है, तो तुम्हारी भाभी का मेरे पीछे चलना मेरी सफलता का प्रमाणपत्र है।

भाईसाहब को सजधजकर रहने का नशा था, उनकी सजावट देखकर हमेशा ही यह लगता कि कोई महान अभिनेता अभी किसी मंच पर अपने अभिनय से दर्शकों को भाव से तरबतर करने जा रहा है या तरबतर करके आ रहा है।

भाईसाहब और भाभीसाहब के इस छोड़-पकड़ जोड़े को अपने सामने देख मेरी आत्मा भय से मेरे हलक में आ गयी।

अब आप पूछेंगे कि यह छोड़-पकड़ जोड़ा क्या है ?

तो ऐसा पति-पत्नी का जोड़ा, जिसने एक-दूसरे को पकड़ा भी ना हो और छोड़ा भी ना हो। खैर, मैंने अपने अंदर के भय को काबू में लाते हुए यूँ ही पूछ लिया कि कैसे हैं भाईसाहब ? और बहुत गर्मजोशी से उनको शुभकामनाएँ दीं, ''हिंदू नववर्ष की हार्दिक शुभकामनाएँ भाईसाहब, माँ भगवती आपको परम स्वस्थ रखते हुए आपके सभी संकल्पों को पूरा करें।''

मैंने शुभकामनाएँ बहुत तेजी से उनसे नजरें चुराते हुए प्रदान की थीं, क्योंकि मैं भाईसाहब की उस विलक्षण सिद्धि से वाकिफ था, और हाल ही में दो-तीन बार उसका शिकार भी हो चुका था। भाईसाहब निश्चित मानसिकता वाले व्यक्ति को अनिश्चित मानसिकता वाले व्यक्ति में रूपांतरित करने में महारथी थे। इस उद्देश्यहीन दिव्यात्मा का एकमात्र उद्देश्य था कि लोगों के उद्देश्य में शामिल होकर उन्हें निरुद्देश्य कर देना और स्वयं को उनके काउंसलर, उनके पथप्रदर्शक के रूप में प्रचारित करना।

मुझे जल्दी में और आगे बढ़ता देख भाईसाहब थपोड़ी मारते हुए बोले, ''सुनो... उनका 'सुनो' जैसे ही मेरे कान में पड़ा, मैं सन्न रह गया और किसी अज्ञात आशंका से मेरा हृदय धड़धड़ाने लगा।''

एक सत्य का उल्लेख करना यहाँ बहुत जरूरी है कि भाईसाहब में गजब की मोहिनी थी। आप उनकी पीठ के पीछे भले ही कितना कुछ कहते रहें, लेकिन उनके सामने पड़ते ही आपको वही सब कहना पड़ता था, जो

भाईसाहब चाहते थे। और जैसे ही आपने वह कहा, जो भाईसाहब चाहते हैं कि आप कहें, फिर उस बात को भाईसाहब आपके स्टेट्मेंट, आपके इक्सेप्टेंस के नाम से मोहल्ले भर में प्रचारित कर देते थे, लोग आपकी लानत-मलानत पर उतर आते थे, आपके लिए भ्रांतियों का निर्माण हो जाता था, आपका भ्रमित, उद्‌देश्यहीन, या कु-उद्‌देश्य वाले व्यक्ति की धारणा समाज में स्थापित हो जाती थी। और भाईसाहब आपको उस दलदल में से निकालने वाले व्यक्ति की ख्याति को प्राप्त होते थे, उनके ऊपर पड़ी हुई कीचड़ का कारण संसार आपको ही मानता था।

मैं बिना किसी अपराध के बुरी तरह घबरा गया था, मेरे भय का आलम यह था कि मैं व्यर्थ ही स्वयं को सच्ची में कुछ-कुछ अपराधी टाइप का

महसूस करने लगा, मैं भाईसाहब की ओर पलटा, भाईसाहब ने मेरी एक तरफ की आँख में अपनी दोनों आँखें गड़ा दीं।

उनके इस तरह देखने को योग की भाषा में शायद त्राटक दृष्टि कहा जाता है।

मेरी एक आँख उनकी दोनों आँखों का लोड नहीं ले पा रही थी, तो मैंने भी हिम्मत करके, आत्मरक्षा के लिए अपनी दोनों आँखों से उनकी एक आँख पर हमला कर दिया।

अब हम दोनों के बीच निःशब्द दृष्टि युद्ध शुरू हो चुका था, भाईसाहब के त्राटक का जवाब मैं एकटक से दूँगा, इसकी उन्हें बिलकुल भी आशा नहीं थी, मैंने देखा कि मेरे इस हमले से वे बौखला से रहे हैं, उन्होंने पैंतरा बदला और अचानक मेरी दायीं आँख को छोड़ बायीं आँख पर हमला कर दिया, इस अप्रत्याशित हमले से मैं कुछ कमजोर पड़ा, लेकिन तुरंत ही मैंने भी अपना दाँव बदलते हुए अपनी दोनों आँखों से उनके होंठों पर हमला कर दिया, मेरे टकटकी अस्त्र से वे विचलित हो गए, उन्हें लगा कि जैसे मैं उनके होठों से निकट भविष्य में निकलने वाले शब्दों का सटीक अंदाजा लगा चुका हूँ।

भाईसाहब को यह कतई बरदाश्त नहीं था कि कोई उनके मन में चल रहे विचारों को पढ़ ले, यह उनकी पहली हार थी।

अब भाईसाहब ने अपनी दोनों आँखें मेरी दोनों आँखों में गड़ा दीं और चार कदम सशरीर मेरे करीब पहुँचे। यह उनका ब्रह्मास्त्र था, लेकिन अब तक मैं भी सतर्क हो गया था और उत्साहित भी था, क्योंकि मैंने भाईसाहब को अपनी जगह से हिलने पर मजबूर कर दिया था।

भाईसाहब करीब आकर मेरी आँखों में झाँकते हुए जैसे ही कुछ बोलने के लिए हुए, वैसे ही मैंने प्रतिआक्रमण करते हुए अपनी दोनों आँखों को किंचित सिकोड़ते हुए उनके माथे पर अटपटी-टकटकी से चोट की और अपनी दोनों भौंहों को थोड़ा सा पास-पास कर दिया।

भाईसाहब जो कहना चाहते थे, उसे एक तरफ रखते हुए शंका में पड़ गए कि मैं उनके माथे पर क्यों देख रहा हूँ, क्या देख रहा हूँ ? उन्होंने अपनी

आँखों को ऊपर की तरफ ले जाते हुए स्वयं के माथे पर यह देखने का प्रयास किया कि मैं उनके माथे पर क्या देख रहा हूँ ?

किंतु यह असंभव प्रयास था क्योंकि दुनिया का कोई भी आदमी खुद की आँखों से खुद के माथे को नहीं देख सकता, फिर भले ही वह भाईसाहब रूपी तुर्रमखाँ ही क्यों ना हो।

अपने माथे को देखने के लिए या तो मनुष्य को आईने की जरूरत पड़ती है या किसी दूसरे व्यक्ति की।

भाईसाहब को पहली बार अपनी भौंहों पर गुस्सा आ रहा था, जो आज उनके माथे और आँखों के बीच बाधा बनकर बिछी हुई थीं, अचानक उनकी दृष्टि मेरे होठों पर गई, जो किंचित मुस्कान लिये हुए थे, उन्होंने चमककर मेरे होंठों की मुस्कान को मेरे आँखों के भाव से मिलाकर देखने का प्रयास किया तो उसमें उनको कुछ रहस्यमय, उपहासमय सा दिखाई दिया। उन्हें लगा कि कहीं कुछ गड़बड़ है ?

वे मुझसे पूछ नहीं सकते थे, क्योंकि मुझे परास्त और भ्रमित करना उनका लक्ष्य था, और जो भाईसाहब अभी तक दूसरों के दोषों को, कमियों को बताते आए हों, वे अपने दोष को उस व्यक्ति से चिह्नित करवाएँ, जिसे वे चित्त करना चाहते हैं? यह सीधे-सीधे उनके अहंकार पर दूसरी चोट होती।

फिर भी भाईसाहब ने अपनी विचलित मनोदशा को छिपाते हुए मेरी तरफ देखा और अपने सिर को थोड़ा सा ऊपर उठाकर वापस नीचे को झटका दिया, इस इशारे का अर्थ था कि क्या है?? ऐसे क्यों देख रहे हो ?

मैंने भी बिना बोले हलका सा आँखों से मुसकरा दिया। और अपनी आँखों को उनके करीब पहुँच चुकी भाभी साहब की तरफ मोड़ दिया और बहुत विनम्रतापूर्वक अपने दोनों हाथ जोड़कर उनको प्रणाम किया।

मुझसे मिले आदर ने भाभी साहब को अभिभूत कर दिया, उन्होंने प्रसन्नता से मुसकराते हुए मेरे सिर को सहलाते हुए आशीर्वाद दिया।

मेरी मुस्कान और भाभी साहब के मेरे प्रति आत्मीय व्यवहार ने भाईसाहब को परेशान कर दिया था, वे सोच में पड़ गए कि उनके माथे पर ऐसा क्या है

जो उन्हें दिखाई नहीं दे रहा, किंतु दुनिया उसे साफ देख पा रही है ?

निरुद्देश्य भाईसाहब को अब एक उद्देश्य मिल गया था और वे कौतुहल, जिज्ञासा, उत्कंठा, चिंता व खिन्नता से भरे हुए अपने घर की ओर बढ़ गए, किंतु इस बार उनकी सफलता, सत्ता और संपत्ति का प्रमाण वह औरत, जो सदा ही उनके पीछे चला करती थी, मेरे पास खड़ी हुई आनंद से मुसकरा रही थी, क्योंकि सत्ता और संपत्ति को भी वे ही लोग अच्छे लगते हैं, जो उनका आदर करें।

मैं परम आनंद से भरा हुआ था, सभी को अपने शब्दों से पराजित, भ्रमित करने वाले भाईसाहब आज मेरी निःशब्दता से पराजित हुए थे।

मुझे आज समझ में आया, कि क्यों लीलापुरुषोत्तम श्रीकृष्ण भीषण परिस्थितियों में भी अपने अधरों पर सदैव मुस्कान को धारण किए रहते थे, मुस्कान वह अद्भुत अस्त्र है, जो मुखर, वाचाल और वाचिक प्रदूषण पैदा करने वाले व्यक्ति को नष्ट ही नहीं, ध्वस्त भी करता है।

□

शॉर्टकट/कटशॉर्ट

आज जैसे ही मैंने अपना मोबाइल ऑन किया तो मुझे एक अनजान नंबर से मैसेज बॉक्स में कुछ अजीबोगरीब मैसेजेज मिले, जिन्हें समझ पाना मेरे लिए बहुत मुश्किल था। मुझे लगा, जैसे किसी ने मेरे सामने क्रॉस वर्ड पजल रख दिया हो।

जिस नंबर से ये मैसेज भेजे गए थे, मैंने ट्रूकॉलर से उस नंबर की जानकारी चाही, तो कुछ भी डिटेल हाथ नहीं आया।

आठ-दस बार #Hihru ash और करीब इतने बार ही #cl its ugnt का मैसेज था।

मैंने उस नंबर पर फोन किया, पता करने के लिए कि ये कौन हैं, जो मुझे मैसेजेज भेज रहे हैं? और ये क्या कहना चाहते हैं? क्योंकि अंग्रेजी लिपि के चिर-परिचित शब्दों के बाद भी वे जिस भाषा का इस्तेमाल कर रहे थे, वह मुझ जैसे हिंदी माध्यम से पढ़े हुए व्यक्ति के लिए आउट ऑफ सिलेबस थी।

फोन करने पर दो रिंग के बाद मेरा फोन कट जाता और तुरंत ही मुझे मैसेज मिलता #cl m.. मुझे लगा कि शायद नेटवर्क प्रॉब्लम के कारण फोन अपने आप कट हो रहा है, सो मैंने मैसेज के थ्रू ही बात शुरू की।

कॉन्वर्सेशन निम्नलिखित है—

मैं 'May I know who's number is this? Unknown person— Hihru ash'

मैं—'What?'

UP—'hru ash'

मैं—'हरू ऐश ? मतलब ? I'm not getting you sorry.'

UP—'its ash..u'

मैं—'मैं ऐश हूँ ?'

UP—'ya'

मैं—'No, I'm not Ash.'

UP—'donn ly I no its u ash u'

मैं—'Its wrong number. By the way May I know who are you ? आप कौन हैं ?'

UP—'Gs m'

मैं—' ? ? ? ? मतलब'

UP—'k ll u in mum whr u I cm'

मैं—' ? ? What'

UP—'lng time no c I'm ur schl fnd cusin mt u 1nc in 83'

मैं—'please write in hindi or call me.'

UP—'u big str fvrt my fmly ll cm ur shotng.'

UP—'donn cl nw cl m aftr lnch I nt fr lving by plan tmrow.'

मैं चक्कर में पड़ गया, क्योंकि ये क्या कहना चाह रहे हैं ? ये कौन हैं ? मेरी समझ में नहीं आ रहा था। मैंने समस्या के समाधान के लिए इस SMS कॉन्वर्सेशन को अपने बेटों के सामने रख दिया। उनसे पूछा कि क्या यह शॉर्ट हैंड भाषा है ? वे देखते ही ताड़ गए, बोले कि पापा यह शॉर्ट हैंड नहीं, कट शॉर्ट लैंग्वेज है। इसका इस्तेमाल वे लोग करते हैं, जिनको काम चलाऊँ, थोड़ी-बहुत इंग्लिश आती है।

इतने में हम चार लोगों के परिवार में सबसे अधिक पढ़ी-लिखी व सहज बुद्धि की स्वामिनी परम प्रिय रेणुकाजी का आगमन हुआ। उनकी अदालत में

केस पुटअप किया गया। फाइल पर सरसरी निगाह डालते ही वे खिलखिलाकर हँसते हुए बोलीं, "रानाजी, ये इस भाषा का इस्तेमाल इसलिए करते हैं, जिससे स्पेलिंग मिस्टेक और ग्रामर के साथ इनके द्वारा किया जा रहा अत्याचार पकड़ में न आए। और इनकी पढ़े-लिखे आदमी की इमिज भी बनी रहे।

मैंने कहा, "लेकिन आजकल तो फोन बहुत स्मार्ट होते हैं, वे किसी भी शब्द को ऑटोकरेक्ट कर देते हैं। फोन खुद ही आपकी इमिज को बना देता है।"

यह सुनकर बच्चे ठहाका मारकर हँस पड़े, बोले कि पापा, आप भी कमाल करते हैं! मैंने कहा कि क्यों? इसमें क्या गलत है? फोन में ऑटोकरेक्ट ऑप्शन होता है।

रेणुकाजी ने मध्यस्थता करते हुए प्रशासनिक सुर में कहा, "ऑटोकरेक्ट उनके काम का होता है, जिनको करेक्ट में कन्फ्यूजन हो। इनको करेक्ट ही नहीं पता तो बेचारा ऑटोकरेक्ट क्या कर लेगा? यह कन्फ्यूजन नहीं, फ्यूजन ऑफ लैंग्विज है रानाजी। इनको अगर आप करेक्ट लिखकर जवाब देंगे तो इनको लगेगा कि आप इनकी इन्सल्ट कर, इनको करप्ट साबित कर रहे हैं। यह सिंबॉलिक लैंगवेज है, इन्होंने आपको सजेस्ट कर दिया, अब समझना आपकी प्रॉब्लम है, कि वे क्या कहना चाहते हैं? जैसे जय श्रीकृष्ण पूरा न लिखकर JSK लिखा जाता है, या जय माता दी का JMD।"

मेरे बड़े बेटे ने कहा, "फोन मुझे दीजिए, मैं आपको समझाता हूँ।" अब चिरंजीव ने क्रम से उस अन्नोन पर्सन के सवालों को डीकोड करना शुरू किया—

Hihru ash का मतलब hi how are you Ash.

ऐश सुनकर मैं चौंका! ऐश मतलब?

पुत्र बोले, "पापा वे आपके नाम आशुतोष को प्यार से शॉर्ट्कट में आशु की जगह ऐश कह रहे हैं। जिससे आपको पता चले कि वे आपके लिए आशु से भी ऊपर वाली क्लोज कैटेगरी में हैं।"

मैंने पूछा कि अपनेपन से ऊपर वाली और कौन सी क्लोज कैटेगरी है भाई?

रेणुकाजी हँसते हुए बोलीं, "रानाजी, एक होता है जबरदस्त अपनापन

और एक है जबरदस्ती का अपनापन।"

तो यह जबरदस्ती का अपनापन है। या तो आपको इन्हें बरदाश्त करना पड़ेगा या आप इनको बुरी तरह डाँटेंगे और ध्यान रखिए, दोनों ही सिचुएशन में नुकसान आपको है और फायदा उनको। मैंने कहा, "क्यों? नुकसान मुझे क्यों होगा?"

रेणुकाजी क्लीनिकल सायकोलॉजिस्ट के अंदाज में बोलीं, "बिकॉज यू

हैव सम्थिंग टू लूज माई डियर। आप जो लूज करेंगे, यह आदमी उसे गेन करेगा। आपके लूज करने पर ही इनका गेन टिका हुआ है।"

अपनी माँ के सुर-में-सुर मिलाते हुए पुत्र द्वय खिलखिलाकर हँस पड़े।

मैंने कहा कि ओके, इसके बाद वाला जो #hru ash लिखा है, उसमें से इन्होंने Hi निकालकर H फॉर How (हाउ), R फॉर are (आर) और U फॉर you (यू) ऐश कर दिया? करेक्ट?

बच्चे बोले, "करेक्ट, गुड गोइंग पापा।"

अब छोटे चिरंजीव बोले, "फिर, जो its ash u है, यह उनका कॉन्फर्मेटिव टेस्ट है कि तुम ऐश ही हो न?"

अब आप आइए, अगले सेंटेंस पर, आपने उनको मना किया कि नहीं, मैं ऐश नहीं हूँ।

उसने लिखा donn ly i no its u ash u. इसका मतलब है डोंट लाय, मैं जानता हूँ कि तुम हो ऐश, तुम ही हो। मुझे भौंचक्का देख दोनों भाई बेतहाशा हँसने लगे। मैंने अब उनका ध्यान Gs m पर किया और दबे स्वर में पूछा कि और यह क्या है?

बच्चों ने Gs m के पहले मैंने जो लिखा था उसे पढ़ा, हू आर यू? और कहा कॉमनसेंस पापा, आपने पूछा, आप कौन हैं? वे आपसे कह रहे हैं कि Gs m मतलब गेस मी? आप पहचानिए उनको, वे कौन हैं?

मैंने पूछा कि इसके आगे जो कुछ लिखा है, क्या उसका मतलब समझा सकते हो?

अब दोनों भाई गंभीर हो गए, क्योंकि मार्ग कठिन से कठिनतम होता जा रहा था।

बड़े पुत्र अन्नोन पर्सन के इस वाक्य को घूरने लगे k ll u in mum whr u I cm. और दो मिनट तक घूरने के बाद अचानक खुशी से उछल पड़े और चिल्लाते हुए बोले कि आई गॉट इट.पापा, इसका मतलब है ओके. (ठीक है)। विल (सरप्राइज) यू (तुम्हें सरप्राइज दूँगा)। इन मुंबई (मैं मुंबई में हूँ)। वेर यू (तुम कहाँ हो?)।

I cm (मैं आता हूँ।) मैं आश्चर्य से बच्चों को देख रहा था। रेणुकाजी ने कहा कि इस भाषा को लिखनेवाला नहीं, पढ़नेवाला मास्टर होता है। क्योंकि इसमें कोमा, फुलस्टॉप से लेकर, आगे-पीछे, बीच के मिसिंग लेटर्स लगाने की जिम्मेदारी पढ़नेवाले की होती है। इट्स अ रियल टेस्ट ऑफ युअर एजुकेशन।

बच्चों को अब डीकोड करने में मजा आने लगा, छोटे बेटे ने कहा कि नाउ माई टर्न। विल टीच यू हाउ टू रीड और बोलना शुरू किया कि पापा सबसे पहले आपको इस पूरे सेंटेंस को ब्रेक करना पड़ेगा, जैसे इसमें तीन बातें कही गई हैं, lng मतलब-L के बाद O आप खुद लगा लेंगे तो वह लॉन्ग हो जाएगा। नाउ रीड दिस, lng time no c. C यानी See (अपनी एक लंबे समय से मुलाकात नहीं हुई)। I'm ur schl fnd cusin. इस सेंटेन्स में Sch के बाद oo आप लगाइए तो वह School हो जाएगा, फिर fnd में f के बाद rie लगाने के लिए आप रेस्पॉन्सिबल हैं, तो rie लगाकर उसे friend बना लीजिए। फिर cusin इसमें अगेन यू हैव टू पुट O आफ्टर C. सो इट्स Cousin (मैं तुम्हारे स्कूल फ्रेंड का कजिन हूँ)।

mt u onc in 83 (एक बार तुमसे मेरी मुलाकात हुई है 1983 में।) मैं विस्मय से छोटे बेटे को देख रहा था कि उसने अगला सेंटेंस मेरी तरफ बढ़ाया, बोला कि अब आप ट्राई कीजिए, दिस इज टुडे'ज लैंगवेज, यू नीड टू लर्न दिस पापा। ट्राई...आई विल असिस्ट यू...मैंने धैर्य से उस सूक्ति वाक्य को देखा, उसे बच्चों द्वारा सिखाई विधि के अनुसार पाट्र्स में बाँटा, कुछ अक्षर डाले, कुछ अंदाज लगाया और मेरी समस्या हल हो गई।

1. u big str. (तुम बड़े स्टार हो)
2. fvrt my fmly. (मेरी फैमिली के फेवरेट हो)
3. ll cm ur shotng. (हम तुम्हारी शूटिंग पर आएँगे)। मुझे प्रसन्नता इस बात की थी कि बच्चों ने भाषा के अनर्थ में छिपे हुए भाव के अर्थ को निकालना सिखा दिया था।

और गुस्सा इस बात का था कि जिस आदमी को मैं जानता ही नहीं, जिससे मैं कभी मिला भी नहीं, वह मुझसे मिलने का दावा ठोक रहा है, अपने

कजिन के साथ, कजिन मतलब क्या? चचेरा/ममेरा/फुफेरा भाई या बहन? वह भी आज से 34 साल पहले जब वह और मैं दोनों ही बच्चे थे। अपने कजिन का नाम नहीं बता रहा है, अपना नाम नहीं बता रहा और मुझसे गेस करने के लिए कह रहा है कि मुझे पहचानो, वह भी इतने अधिकार से, जैसे उसको पहचानना मेरा नैतिक दायित्व है या राष्ट्रीय कर्तव्य।

मैंने चिढ़े हुए ही उसका अगला वाक्य पढ़ा, donn cl nw cl m aftr lnch I nt fr lving by plan tmrow.

बताई गई विधि से इस बेहूदे वाक्य को डीकोड किया और बुरी तरह चिढ़ गया।

1. donn cl nw (अभी फोन मत करो। क्योंकि उसकी ऊटपटाँग भाषा देखकर मैंने उससे बात करने की कोशिश की थी, ताकि मैं पता कर सकूँ कि ये कौन सज्जन हैं? किंतु वे फोन कट कर रहे थे।)
2. cl m aftr lnch I nt fr (लंच के बाद फोन करो, मैं अभी फ्री नहीं हूँ।)
3. lving by plan tmrow (कल हवाई जहाज से वापस जा रहा हूँ।)

मैंने कहा कि अजीब आदमी है यह! मैसेजेज ऐसे भेज रहा है, जैसे मैं मरा जा रहा हूँ, इससे मिलने के लिए!

मुझे चिढ़ा हुआ देखकर रेणुकाजी ने हँसते हुए कहा कि शांत गदाधारी भीम...वह जो भी है, उसको आपसे 'बात करने में' इंट्रेस्ट नहीं है, वह आपसे सिर्फ SMS के जरिए ही बात करना चाहता था, जिससे वह आपके ऑफिशियल नंबर से हुए कॉन्वर्सेशन को सेव कर सके, लोगों को दिखा सके, इससे लोगों पर उसका प्रभाव पड़ेगा कि वह आपका लँगोटिया यार है, वह आपको यूज नहीं, मिस्यूज करना चाहता है। आपने उस अन्नोन पर्सन के मैसेजेज के जवाब आउट ऑफ कर्टेसी दिए, उसकी बात आपको समझ नहीं आ रही थी तो आपने उसको फोन लगाया, जो उसके पास अब रिकॉर्डेड प्रूफ है कि उसने नहीं, आपने उसको फोन किया और आपका उसको फोन करना,

उसके आपके जितना ही महत्त्वपूर्ण होने का प्रूफ है। वह आपसे मिलकर जो नहीं पा सकता, उसे वह आपसे मिले बिना ही पा लेगा। सो नेक्स्ट टाइम बी केयरफुल। छोटे चिरंजीव ने लगभग फुसफुसाते हुए मेरे कान में कहा, "माँ इज राइट। आप बहुत जल्दी लोगों पर ट्रस्ट करते हैं, उनको सीरियस्ली ले लेते हैं, सॉरी टू से पापा, बट यू नीड टू एजुकेट योर सेल्फ।"

उसकी बालसुलभ स्पष्टवादिता से मैं विस्मयाभिभूत सा सोच में पड़ गया, मुझे लगा कि यह शायद ठीक कह रहा है। एजुकेट होने के मायने अब बदल चुके हैं। अब किसी व्यक्ति को, व्यवस्था को, संपर्क को, संबंध को यूज करना नहीं, मिस्यूज करना आना चाहिए। कलयुग में इसलिए राम से बड़ा राम के नाम पर जोर दिया जाता है, क्योंकि जो काम राम नहीं कर सकते, वह काम राम का नाम पल भर में कर देता है। यह सक्सेस का नया फंडा है, मिस्यूज द यूजफुल।

□□□